KB211479

더모던 감성클래식 05

톰 소여의 모험

더모던 감성클래식 05

톰 소여의 모험

마크 트웨인 지음 | 마도경 옮김

더모던
Themodern

이 책에 소개된 대부분의 모험담들은 실제로 일어났다. 한두 개는 내가 직접 겪었고, 나머지는 어렸을 때 나와 함께 학교에 다녔던 소년들의 경험담이다. 허클베리 핀은 실제 인물이다. 톰 소여 역시 마찬가지인데, 다만 한 사람이 아니라 내가 아는 세 소년의 성격을 결합시켰다. 건축가가 집을 짓듯이, 세 소년의 성격들을 조합시켜서 창조해 낸 인물이다.

이 책에 소개되는 기묘한 미신들은 모두 이 이야기의 시대적 배경, 즉 30~40년 전 서부 지역에서 어린아이들과 노예들 사이에 널리 퍼져 있던 것들이다.

나는 이 책을 주로 소년 소녀들을 위해 썼지만, 그런 이유 때문에 어른들이 외면하지 않았으면 좋겠다. 왜냐하면 어른들이, 자신이 어린 시절 어떻게 느끼고 생각하고 이야기했는지, 어떤 희한한 모험에 몰두했는지를 즐겁게 추억해 보았으면 하는 바람도 있기 때문이다.

1876년, 하트포드의 자택에서
저자 마크 트웨인

차례

머리말 • 4

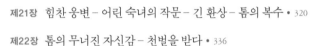

제1장

"톰."

대답이 없다.

"톰!"

역시 대답이 없다.

"무슨 일이 있나? 애, 톰!"

여전히 대답이 없다.

노부인은 안경을 코 아래로 내리고 방 안을 둘러보았다. 그러고는 안경을 눈썹 위로 추켜올리고도 둘러보았다. 그녀가 아이를 찾는 것 같은 사소한 일로 안경을 쓰는 일은 거의 없었다. 아니, 전혀 없었다. 안경은 격식을 차리거나 품위를 내보일 때 쓰는 소품이었고, 쓸모보다는 '멋'을 위한 물건이었다. 사실 그녀는 난로 뚜껑 두 짝을 안경 대신 써도 잘 보일 것이다. 노부인은 잠시 당황스러운 표정을 지었다가, 신경질이 묻어 있지는 않지만 그래도 집 안의 가구들까지 다 들을 수 있을 정도의 큰 목소리로 다시 외쳤다.

"그래, 내 손에 잡히기만 하면 가만 안 둘 테다. 잡히기만 하면……."

그녀는 허리를 굽히고 빗자루로 침대 밑을 쿡쿡 찌르느라 숨이 가빠져서 말을 잇지 못했다. 하지만 침대 밑에서 놀라 뛰쳐나온 건 고양이뿐이었다.

"이 세상에 개보다 더 극성스러운 아이는 없을 거야!"

부인은 열려 있는 문으로 다가가서 토마토 덩굴과 흰꽃독말풀로 우거진 정원을 둘러보았다. 거기에도 톰이 없었다. 이모는 할 수 없이 멀리까지 들리도록 목소리를 높였다.

"토오옴!"

이때 뒤에서 바스락 소리가 났다. 노부인이 몸을 홱 돌려서 막 달아나려는 소년의 헐렁한 윗도리를 간신히 잡아챘다.

"잡았다, 요 녀석! 내가 벽장을 안 뒤졌군. 너, 그 안에서 도대체 뭐 하고 있었니?"

"아무것도 안 했는데요."

"아무것도 안 했다고? 네 손을 좀 봐라. 입은 또 그게 뭐니? 거

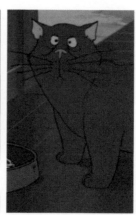

기 묻은 게 뭐야?"

"몰라요, 이모."

"몰라? 그럼 내가 말해 주마. 잼이야. 네 입가에 묻은 게 잼이라고. 잼에 손대면 혼난다고 마흔 번쯤 얘기했을 텐데. 자, 회초리 이리 내."

회초리가 허공으로 올라갔다. 위기일발의 순간이었다.

"앗! 뒤 좀 보세요, 이모!"

이모가 깜짝 놀라서, 자신의 치맛자락을 움켜쥐며 뒤돌아 보았다. 그 순간 아이는 냅다 달려서 높은 울타리를 넘었고, 곧 시야에서 사라졌다.

폴리 이모는 잠시 어안이 벙벙해 있다가 나지막이 웃음을 터트렸다.

"사고뭉치 같으니. 나도 참 바보 같지. 톰한테 그만큼 속았으면 이젠 알 때도 됐는데. 하긴 늙은 바보가 세상에서 가장 지독한 바보라는 말이 있지. 늙은 개는 새로운 재주를 배울 수 없다는 속담도 있고. 하지만 세상에, 저 녀석은 단 한 번도 똑같은 속임수를 쓰지 않으니, 대체 무슨 말썽을 피울지 어떻게 짐작하겠어? 근데 톰은 내가 어느 정도 장난에서 진짜로 화를 내는지 아는 것 같단 말이야. 또 어떻게든 잠시 피해 있다가 날 웃게만 만들면 매를 피할 수 있다는 것까지도. 아, 내가 이모의 도리를 못하고 있는 거야. 매를 들어서라도 아이를 바로잡는 건 하나님의 뜻인걸. 매를 아끼면 아이를 망친다고 성경에도 나와 있잖아.*
나는 우리 두 사람 모두에게 죄를 짓고 있어. 마음속에 꼬마 악
마가 들어찬 장난꾸러기 악동 같으니. 하지만 아! 죽은 내 동생
의 외아들, 가엾은 톰은 아무리 마음을 굳게 먹어도 야단칠 수가
없다니까. 눈감아 주자니 양심에 걸리고 매를 들자니 이 늙은이
마음이 미어지고. 그래, 성경 말씀에 여자 몸에서 태어난 사람은
명은 짧은데 걱정만 많다고 하더니** 정말 그 말이 꼭 맞지 뭐
야. 저 녀석, 오늘 오후에 또 학교를 빼먹겠지. 내일은 꼭 벌을 줘
야겠어. 친구들이 다 노는 토요일에 일을 시키려면 엄청나게 힘
들겠지만, 톰은 세상에서 일하는 걸 제일 싫어하니까 좋은 벌이
될 거야. 내가 할 도리는 해야 해. 아이를 망치지 않으려면."

아닌 게 아니라 톰은 오후 내내 학교를 빼먹고 실컷 놀았다.
집에 돌아와서는 흑인 소년 짐이 저녁 먹기 전에 장작을 패서 내
일 쓸 불쏘시개를 만드는 걸 도왔다. 다만, 짐이 일의 4분의 3을
할 때까지 자기의 무용담부터 들려준 후에 말이다. 톰의 이복동
생인 시드는 이미 자기 몫(장작 부스러기 줍기)을 끝냈다. 그 아인
워낙 얌전했고, 모험을 즐기지도 말썽을 피우지도 않았다.

톰이 저녁을 먹으면서 틈날 때마다 설탕을 훔쳐 먹는 동안, 폴

---

* 잠언 13장 24절
** 욥기 14장 1절

리 이모는 꾀를 써서 톰에게 의미심장한 질문들을 던졌다. 톰을 함정에 빠뜨려서 자기 죄를 다 털어놓게 만들려는 의도였다. 단순한 사람들이 흔히 하는 착각으로, 폴리 이모는 자신이 엉큼하고 신비로운 대화법에 타고난 재주가 있다는 헛된 믿음이 있었다. 이모는 빤한 수법을 경이로운 능력으로 여기며 혼자 뿌듯해했다.

"톰, 오늘 학교에서 상당히 더웠지?"

"네, 이모."

"굉장히 덥던데, 그렇지?"

"네, 이모."

"얼마나 헤엄치러 가고 싶었겠니?"

톰의 얼굴에 살짝 겁먹은 표정이 나타났다. 뭔지 모를 불길한 예감이 든다는 표정이었다. 톰은 이모의 얼굴을 살펴봤지만 전혀 눈치챌 수가 없었다.

"아니요, 별로 그렇진 않았어요."

노부인이 손을 뻗어 톰의 윗도리를 슬쩍 만졌다.

"지금은 별로 덥지 않은 모양이구나."

이모는 속셈을 드러내지 않으면서 톰의 셔츠가 말라 있는 걸 알아낸 것에 스스로 우쭐했다. 하지만 톰은 이모의 은밀한 작전에도 불구하고 이미 사태의 향방을 눈치채고 있었다. 그래서 재빨리 선수를 쳤다.

"몇몇 애들하고 머리에 물을 뒤집어썼거든요. 보세요, 머리가 아직 젖어 있죠?"

폴리 이모는 분명한 정황 증거를 놓쳐서 빈틈을 보인 것에 화가 났지만, 곧바로 좋은 수가 떠올랐다.

"톰, 머리에 물만 끼얹었다면 내가 얼마 전에 꿰매 준 윗옷 깃은 뜯기지 않았겠구나. 어디, 윗옷 단추를 풀어 보거라!"

톰의 얼굴에 당황한 기색은 없었다. 톰은 윗옷을 벗었다. 깃이 원래 꿰맸던 모양 그대로 달려 있었다.

"어머나! 그랬구나. 난 네가 당연히 학교를 빼먹고 헤엄치러 갔다고 생각했지. 톰, 이모를 용서해 주렴. 이모는 우리 톰이 속담에 나오는 '털을 그슬린 고양이'* 같은 아이라고 생각한단다. 보기보다 훨씬 훌륭하단 얘기지. 뭐, 이번 딱 한 번만은 말이야."

이모는 자기의 예리한 판단이 빗나간 게 약간 아쉬운 한편, 톰이 이번만큼은 얌전하게 행동한 것이 기뻤다.

이때 시드가 끼어들었다.

"근데, 하얀 실로 꿰매지 않았어요? 저건 검은 실이잖아요?"

"맞아, 하얀 실이었어. 톰!"

하지만 톰이 빨랐다. 톰은 밖으로 나가면서 소리쳤다.

"시드, 너 이따 두고 보자!"

---

* a singed cat. 외모 때문에 진가를 인정받지 못하는 사람을 의미한다.

안전한 장소로 도망간 톰은 윗옷 솔기에 꽂아 둔 커다란 바늘 두 개를 살펴보았다. 하나에는 흰 실이, 다른 하나에는 검은 실이 끼워져 있었다.

"시드만 아니었으면 이모는 절대로 눈치채지 못하셨을 텐데. 아, 헷갈려! 흰 실을 썼다가 검은 실을 썼다가 하시니. 이거든 저거든 하나로 통일해 주시면 얼마나 좋아. 도대체 종잡을 수가 없잖아. 아무튼 시드는 꼭 손을 봐 줘야지. 본때를 보여 줄 거야!"

톰은 이 마을에서 절대로 모범적인 아이가 아니었다. 물론 톰도 어떤 아이가 모범생인지 잘 알았지만, 당연히 그런 아이를 끔찍이 싫어했다.

2분도 채 안 지나서 톰은 걱정거리를 깨끗이 잊었다. 아이의 걱정거리가 어른들이 겪는 것보다 덜 심각하거나 덜 괴로워서가 아니라, 어른들이 새로운 일에 몰입해서 기존의 불행을 잊듯 훨씬 더 크고 새로운 흥밋거리에 정신이 팔렸기 때문이다. 바로 휘파람이라는 신기한 재주였다. 톰은 얼마 전 한 흑인에게서 휘파람을 배워서, 요즘 부드러운 휘파람 소리를 연습하는 중이었다. 휘파람으로 노래를 부르다가 혀를 빠른 속도로 입천장에 댔다 뗐다 하면 새가 지저귀듯 희한한 소리가 났다. 독자들도 어린 시절을 되돌아 보면 떠오르리라. 톰은 정신을 집중하여 열심히 연습한 끝에 드디어 요령을 터득해서 뿌듯한 가슴을 안고 휘파람으로 아름다운 노래를 부르며 천천히 거리를 거닐었다. 마치 새 별을 발견한 천문학자가 된 기분이었다. 강렬하고 깊고 순수한 즐거움만 따지면, 천문학자보다 톰이 훨씬 더했다.

여름 저녁은 길었다. 아직 어둠이 내리지 않았다. 톰이 갑자기 휘파람을 멈췄다. 눈앞에 낯선 사람이 나타났다. 자기보다 약간 큰 소년이었다. 세인트피터즈버그*같이 소박하고 작은 마을은 낯선 사람이 나타났다 하면, 몇 살이든 남자든 여자든 호기심의 대상이 된다. 그 아이는 옷도 잘 차려입었다. 평일인데 옷차림이 말쑥했다. 이것만으로도 이 마을에서는 놀랄 일이었다. 모자도 고급이고, 단추도 촘촘히 박혀 있고, 둥그렇게 마름질된 저고리도 새 옷이었다. 바지도 마찬가지였다. 금요일에 구두를 신고 넥타이까지 매다니. 그 아이는 톰의 기를 죽이는 도시 분위기를 풍겼다. 이 화려하고 경이로운 존재를 자세히 볼수록, 세련된 옷차림을 애써 무시할수록, 톰은 자신이 초라하게 느껴졌다.

둘 다 아무 말도 하지 않았다. 한 소년이 움직이면 다른 소년

---

* 저자 마크 트웨인이 행복한 어린 시절을 보낸 마을 '한니발Hannibal'을 떠올리며 만들어 낸 상상 속 마을.

도 움직였다. 두 소년은 게걸음으로 빙빙 돌았다. 그러면서 상대의 눈을 서로 노려보았다. 마침내 톰이 입을 열었다.

"한 방 때려 줄까!"

"한번 해 보시지."

"흥, 하라면 못 할 줄 알고."

"못 할걸."

"할 수 있어."

"못 해."

"할 수 있어."

"못 해.

"할 수 있다니까!"

어색한 침묵이 흘렀다.

톰이 다시 말했다.

"네 이름이 뭐냐?"

"네가 상관할 일이 아닌 것 같은데."

"하, 상관하겠다면?"

"하, 한번 해 보시지."

"자꾸 그렇게 말이 많다가, 너 정말 큰코다친다."

"많다, 많다, 자, 어쩔래."

"어휴, 자기가 굉장히 똑똑한 줄 알고 있군. 나는 한 손을 묶고 한 손만으로도 널 패 줄 수 있어. 아주 식은 죽 먹기야."

"허, 어디 한번 해 보라니까. 할 수 있다면서?"

"하, 그럴 거야. 계속 날 약 올리면."

"너 같은 놈들 많이 봤어."

"건방진 녀석 같으니. 넌 네가 대단한 사람인 줄 아는 모양인데. 하, 모자하며!"

"내 모자가 맘에 안 드는 모양인데, 네까짓 게 참아야지 별수 있냐. 어디 벗겨 봐. 건드리기만 해도 가만 안 둘 테니까."

"허풍쟁이!"

"남 말 하시네!"

"넌 지독한 허풍쟁이야. 덤비지도 못하는 녀석이."

"야, 어서 꺼져!"

"자꾸 말대꾸하면 머리를 갈겨 버린다."

"어디, 제발 그렇게 해 보시지."

"정말 때린다니까?"

"해 보라니까. 왜 자꾸 말로만 떠들지? 해 봐. 겁나 죽겠지?"

"난 겁 안 나."

"겁쟁이."

"겁 안 나."

"겁쟁이."

다시 침묵이 흘렀다. 둘은 눈싸움을 하며 게걸음으로 빙빙 돌았다. 그러다가 두 사람의 어깨가 맞닿았다. 톰이 먼저 말했다.

"당장 비켜!"

"너나 비켜!"

"난 못 비켜."

"나는 안 비켜."

두 아이는 서로를 무섭게 노려보면서 각각 한 발에 힘을 줘서 버티며 상대를 밀쳐 내려고 안간힘을 썼다. 하지만 두 소년의 힘은 막상막하였다. 얼굴이 새빨개질 때까지 한참 힘을 겨룬 뒤, 둘은 경계의 눈초리를 거두지 않은 채 서서히 물러섰다.

톰이 말했다.

"겁만 많은 애송이. 우리 형한테 일러 줄 거다. 우리 형은 너 같은 녀석은 새끼손가락 하나만으로도 혼내 줄 수 있어. 형한테 그렇게 하라고 할 거야."

"겁 안 나. 우리 형이 네 형보다 훨씬 크거든. 우리 형은 네 형을 저 울타리 바깥으로 던져 버릴 수도 있어." (두 사람 다 형 이야기는 꾸며냈다.)

"거짓말!"

"어디 거짓말이라고 우겨 봐, 내 말이 거짓말인가 아닌가."

톰은 엄지발가락으로 땅에 금을 그었다.

"이 선을 넘어오면 서 있지도 못하게 패 줄 테다."

낯선 소년은 냉큼 금을 넘어섰다.

"넘었다, 어쩔래? 어디 때릴 수 있나 보자."

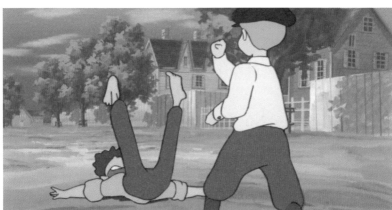

"그렇게 맞고 싶다면야. 조심하는 게 좋을 텐데."

"하, 날 패 준다면서 왜 못 때리지?"

"쳇! 2센트만 주면 소원대로 해 주마."

낯선 소년은 호주머니에서 커다란 동전을 두 개 꺼내서 비웃듯이 앞으로 내밀었다. 톰이 손을 쳐서 동전을 땅에 떨어뜨렸다. 별안간 두 소년은 싸우는 고양이처럼 서로 엉겨 붙어 땅바닥을 뒹굴었다. 1분쯤 상대의 머리칼과 옷을 잡고 찢고 뜯고, 주먹을 날리고 코를 할퀴었다. 결국 둘 다 영광의 흙먼지를 잔뜩 뒤집어쓰고서야, 난장판이 차츰 정리되기 시작했다. 뽀얀 먼지 사이로 소년을 깔고 앉아 주먹질을 하고 있는 톰의 모습이 드러났다.

"항복해!"

톰이 소리쳤다. 소년은 빠져나오려고 발버둥을 쳤다. 그 아이는 울고 있었는데, 아파서라기보다 분해서였다.

"빨리 항복하라니까!"

톰의 주먹질은 계속되었다.

드디어 낯선 소년은 기어들어 가는 목소리로 말했다.

"항복!"

톰은 소년이 일어나도록 내버려 둔 다음 말했다.

"이젠 알았겠지. 앞으로는 사람을 봐 가면서 까불란 말이야."

낯선 아이는 옷에 묻은 흙을 털더니, 코를 훌쩍거리고 흐느끼면서 자리를 떴다. 이따금씩 뒤를 힐끔거렸는데 '다음에 잡히기만 하면' 어찌어찌 복수하겠다고 이를 가는 듯했다. 톰은 콧방귀로 응수하면서 깃털처럼 가벼운 마음으로 뒤돌아섰다.

그런데 톰이 등을 돌리자마자 돌멩이가 톰의 어깨를 강타했다. 소년이 재빨리 사슴처럼 꼬리를 돌려 내뺐다. 톰은 배신자를 끝까지 추적하여 집을 알아냈다. 대문 앞에 자리를 잡고 한참을 적군이 집 밖으로 나오기를 기다렸지만, 적군은 창문으로 내다보았다 사라졌다를 반복할 뿐이었다. 별안간 적군의 엄마가 나타나 톰을 향해 '못되고 사악하고 버릇없는 애'라면서 썩 꺼지라고 소리쳤다. 톰은 하는 수 없이 그 자리를 떠나면서 녀석을 가만두지 않겠다고 다짐했다.

집에 도착하니 상당히 늦은 시각이었다. 톰은 창문을 타고 몰래 방에 들어가려다 잠복해 있던 이모에게 딱 걸렸다. 이모는 톰의 흙투성이 옷을 보고는 내일 톰에게 벌로 일을 시키겠다는 결심을 더욱 굳게 다졌다.

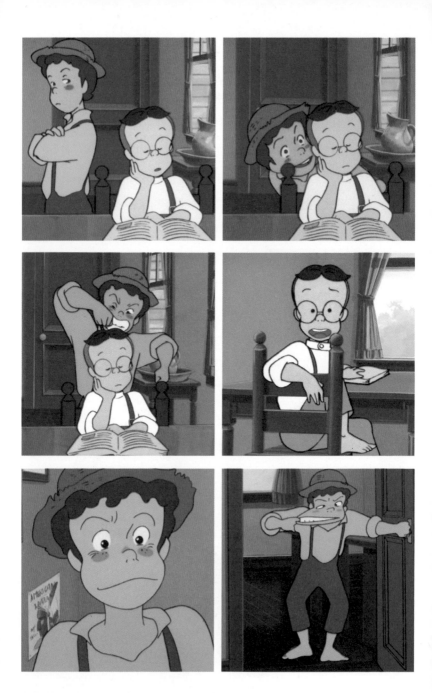

제 2 장

토요일 아침이 되었다. 한여름의 세상은 밝고 생생하고 활기가 넘쳤다. 사람들의 마음에 흥이 솟았고, 마음이 젊은 사람들의 입에서는 노래까지 흘러나왔다. 모두가 밝은 표정으로 경쾌하게 걸어 다녔다. 아카시아 나무들이 도처에 활짝 만발해서 꽃향기가 공기를 가득 메웠다. 마을 뒤편 높이 솟은 카디프 언덕은 녹음이 우거져서, '행복의 나라Delectable Land'처럼 감미롭고 포근한 모습으로 사람들을 손짓하고 있었다.

톰은 흰색 페인트를 담은 양동이와 긴 손잡이가 달린 붓을 들고 길로 나왔다. 울타리를 보자 즐거움은 사라지고 깊은 우울감이 마음을 짓눌렀다. 울타리는 거의 27미터 길이에, 높이도 3미터나 되었다. 인생이 허무하고 짐짝처럼 느껴졌다. 톰은 한숨을 내쉬며 붓에 페인트를 찍어 상단의 널빤지부터 칠하기 시작했다. 똑같은 작업을 반복하고 또 반복했다. 하지만 광활한 대륙처럼 넓게 펼쳐진 울타리와 겨우 몇 군데 희게 칠해진 부분을 비교해 보고는 너무 기운이 빠져 나무 상자에 주저앉았다.

그때 짐*이 양철 양동이를 들고 '버펄로 소녀들'이라는 노래를 부르며 깡충깡충 문에서 나왔다. 갑자기 마을 공동 우물에서 물을 길어 오는 일이 지겨운 노동으로 여겨지지 않았다. 우물가에는 언제나 친구들이 있었다. 소년 소녀들이 백인, 혼혈, 흑인 모두 섞여서 차례를 기다리며 장난치고, 장난감을 교환하고, 말싸움하고, 그러다가 진짜 치고받고 싸우고, 또 떠들며 장난쳤다. 우물가는 집에서 불과 140미터쯤 떨어져 있었지만 짐은 물동이를 들고 나갔다 하면 1시간씩 걸렸다. 그것도 누군가 쫓아가서 끌고 와야 겨우 그 시간에 왔다.

톰이 반색하며 말했다.

"짐! 페인트칠 좀 해 주라. 물은 내가 떠 올게."

짐이 고개를 세게 가로저었다.

"안 돼요, 도련님. 마님이 아무하고도 놀지 말고 바로 갔다 오

---

* 19세기 중반 미국에서는 아주 가난한 시골 가정도 흑인 노예를 한두 명쯤은 거느렸다. 저자 마크 트웨인의 고백처럼 '친구처럼 친하게는 지냈어도 그들의 계급적 불평등 상황은 전혀 인지하지 못했던' 시대적 한계를 고려해서 읽기를 권한다.

라고 분부하셨어요. 특히나, 톰 도련님이 페인트칠을 시킬 게 뻔하니 절대 신경 쓰지 말고 제 일이나 하라고 말씀하셨거든요. 나중에 페인트칠 한 거 보러 오시겠대요."

"이모 말은 신경 쓰지 마, 짐. 이모는 항상 그러시잖아. 물통 이리 줘. 총알같이 갔다 올게. 이모는 모르실 거야."

"아, 안 돼요, 도련님. 마님에게 걸리면 머리를 쥐어박힐 거예요. 틀림없어요."

"이모가? 이모는 사람을 못 때리는 분이야. 골무로 꿀밤이나 주시는 정도지. 그래서 아무도 이모를 안 무서워하잖아. 말만 무섭게 하신다니까. 잔소리야 많이 듣겠지만 그거야 아프지 않잖아. 아무튼 이모가 속상해서 울지만 않으시면 돼. 짐, 내가 멋있는 거 줄게. 하얀 공깃돌!"

짐의 마음이 조금 흔들렸다.

"봐, 여기, 하얀 공깃돌! 정말 멋있지?"

"와! 진짜 멋있는 공깃돌이네요! 그래도 도련님, 저는 마님이 너무 무서워요."

"덤으로 네가 원하면 내 발가락 있지, 다친 엄지발가락 말이야, 그 상처도 보여 줄게."

짐은 이 인간적인 유혹에 그만 넘어갔다. 흑인 소년은 양동이를 내려놓고 허리를 굽혀 하얀 공깃돌을 집었다. 그러고는 붕대가 풀리면서 드러나는 톰의 발가락을 빨려 들어가듯 바라보았다. 그러나 다음 순간 양동이를 낚아채어 쏜살같이 달려갔다. 톰도 얼른 다시 붓을 들고 울타리에 다가섰다. 손에 슬리퍼를 쥔폴리 이모가 심상찮은 눈빛으로 마당에서 걸어 나왔던 것이다.

하지만 톰의 열의는 오래가지 않았다. 머릿속에 오늘 하려고계획했던 재미있는 장난들이 떠오르자 톰은 두 배로 슬퍼졌다.조금 있으면 친구들이 고삐 풀린 듯 온갖 흥미진진한 모험을 즐기러 다 뛰어나올 텐데. 꼼짝 못하고 일하고 있는 나를 약 올리며 지나가겠지. 그러자 화가 불같이 솟았다.

톰은 호주머니에서 자기의 전 재산을 꺼내 꼼꼼히 살펴보았다. 장난감들, 공깃돌 몇 개, 잡동사니들이 전부였다. 아주 잠깐은 남에게 일을 대신 시킬 수 있겠지만, 반 시간의 자유를 얻기에도 턱없이 부족할 것 같았다. 톰은 빈약한 재산을 다시 호주머니에 넣으며, 다른 아이를 뇌물로 매수하려던 생각을 접었다.

그런데 암담하고 절망적인 그 순간, 기막힌 생각이 퍼뜩 떠올랐다. 위대하고 장엄한 영감이란 바로 이런 것이다!

톰은 붓을 들고 조용히 울타리 앞으로 다가갔다. 그때 벤 로저스가 눈에 띄었다. 톰은 동네 아이들 중 그 아이한테 놀림받는게 가장 싫었다. 벤의 발걸음이 깡충깡충 경쾌했다. 지금 기분이좋고 들떠 있다는 증거였다. 벤은 사과를 먹으며, 간간이 흥겨운환호성을 길게 지르다가 나중에는 걸걸한 목소리로 딩동동 딩동동 하는 소리를 냈다. 증기선이 항해하는 흉내였다.

톰을 본 벤이 배의 속도를 줄였다. 길 한복판에서 크게 오른쪽으로 돌면서 힘들게, 그리고 당당하게 배를 갖다 댔다. 그 아이는 지금 물속으로 3미터나 잠기는 큰 배 '대미주리호'이자, 그 배를 모는 선장이었고, 뱃고동의 역할까지 다했다. 최상갑판 위에 서서 명령을 내리고, 그 명령을 스스로 수행하는 셈이었다.

"선장님, 배를 멈추십시오! 땡땡땡."

배가 속도를 줄이고 길가로 붙었다.

"후진하라! 땡땡땡."

배가 팔을 완전히 펴서 양 옆구리에 붙였다.

"다시 우현으로 전진! 땡땡땡! 추우! 츠추우! 추우!"

선장이 오른팔로 위엄 있게 원을 그렸다. 12미터가 넘는 타륜을 돌리는 중이었다.

"좌현으로 후진! 땡땡땡! 추츠추추!"

이번에는 왼팔을 원 모양으로 크게 돌렸다.

"우현 정지. 땡땡땡, 추우. 닻줄을 꺼내라! 자, 힘을 내! 밧줄을 갖고 와! 거기 뭐하고 있나? 밧줄 고리를 저 기둥에 묶으란 말이야. 이제 부두에 배를 대고 밧줄을 풀어라. 엔진은 꺼졌습니다, 선장님. 땡땡땡! (계기판을 점검하며) 쉿, 쉬잇, 슈우우."

하지만 톰은 전혀 아랑곳하지 않고 페인트칠에만 집중했다.

결국 벤이 말을 붙였다.

"야, 톰! 너 고생이 많구나!"

톰은 대답하지 않았다. 톰은 마치 화가처럼 자기가 방금 칠한 부분을 꼼꼼히 살폈다. 그러더니 다시 한 번 부드럽게 덧칠하고 한 걸음 뒤로 물러나서 유심히 바라보았다. 벤이 톰 옆에 나란히 섰다. 톰은 벤이 먹고 있는 사과가 탐이 나 입 안에 군침이 돌았지만 시치미를 뚝 떼고 일손을 멈추지 않았다.

벤이 다시 말을 붙였다.

"어이, 톰. 일하냐?"

그제야 톰은 고개를 홱 돌렸다.

"아! 벤, 너였구나! 이런, 온 줄도 몰랐네."

"난 헤엄치러 가는 길인데. 같이 안 갈래? 아…… 넌 일해야 되겠구나, 그렇지? 물론 그럴 테지!"

"일이라니, 무슨 일?"

"지금 일하는 거 아니야?"

"글쎄, 일이라고 할 수도 있고 아니라고 할 수도 있지. 아무튼 내가 아는 건 이게 톰 소여에게 딱 맞는 일이라는 거야."

톰은 다시 칠을 하면서 태연하게 말했다.

"야, 설마 이 일을 좋아한다는 거야?"

톰은 계속 붓을 부지런히 움직였다.

"좋아하냐고? 글쎄, 좋아하지 말라는 법도 없지. 우리 같은 어린아이들한테 페인트칠을 할 기회가 날마다 있는 줄 알아?"

그 말에 모든 게 달라졌다. 벤은 사과를 먹다가 딱 멈췄다. 톰은 멋있게 붓질한 뒤 한 걸음 뒤로 물러나 그 결과를 감상했다. 그리고 다시 여기저기 덧칠하고, 또다시 결과를 음미했다. 벤은 점점 흥미를 느꼈고, 급기야 완전히 마음을 빼앗겼다.

"야아, 톰, 나도 조금만 해 볼게!"

톰은 잠시 생각하더니, 승낙하는 척하다가 변덕을 부렸다.

"아, 안 돼, 안 돼, 도저히 안 될 것 같아. 폴리 이모가 이 울타리를 엄청나게 아끼시거든. 보다시피 바로 길가 쪽이잖아. 뒤쪽 울타리면 나도 이모도 별로 신경 안 쓸 텐데, 이쪽 울타리는 이모가 아주 중요하게 생각해서. 신경 써서 잘 칠해야 돼. 페인트 칠을 제대로 할 수 있는 애는 아마 천 명에 하나, 아니, 2천 명에 하나 있을까 말까 할걸."

"에이, 한 번만 해 보자. 조금만⋯⋯. 나 같았으면 너한테 시켜 줄 텐데."

"벤, 나도 진짜 그러고 싶지만 폴리 이모가⋯⋯ 짐도 하고 싶어 했는데 이모가 허락하지 않으셨어. 사실 시드도 졸랐지만 못하게 되었고. 자, 이제 왜 내가 이 일을 맡았는지 알겠지? 만약 네가 이 울타리를 칠하다가 조금이라도 잘못되면⋯⋯."

"나 참, 조심해서 잘할게. 한 번만 시켜 줘. 야아, 내가 이 사과 한입 줄게."

"음, 그럼 그럴까. 아니야, 벤, 도저히 안 되겠어. 너무 걱정이 돼서 그래."

"이 사과 다 줄게!"

톰은 못 이기는 척하며 붓을 내려놓았다. 하지만 속으로는 '이 게 웬 떡이냐' 하고 기뻤다. 이렇게 방금 전까지 '대미주리호'였 던 벤은 뙤약볕 아래에서 땀을 뻘뻘 흘리며 일했고, 은퇴한 화가 는 그늘에 놓인 빈 통 위에 앉아 다리를 건들거리며 사과를 먹으 면서 순진한 희생자들을 더 많이 요리할 작전을 세웠다. 속여 먹 을 아이들은 무궁무진했다. 그곳을 지나던 사내아이들은 톰을 놀리려고 가까이 왔다가 모두 이런 식으로 붙잡혀서 페인트를 칠하는 신세가 되었다. 벤이 지쳐서 두 손을 들자 톰은 정성스럽 게 잘 만든 연을 받고 빌리 피셔에게 기회를 넘겼다. 빌리가 나 가떨어질 때쯤엔 조니 밀러가 죽은 쥐 한 마리와 그것을 묶어 돌 릴 끈을 주고 그 자리를 샀다. 아이들이 계속 왔다가 갔고 시간 도 같이 흘러갔다.

오후 늦은 시간이 되자, 아침에 처량하고 가난했던 톰은 엄청 난 부자로 탈바꿈해 있었다. 톰은 공깃돌 열두 개, 구금* 하나, 투명한 파란색 유리병 하나, 대포처럼 생긴 실패, 아무 자물쇠에 도 맞지 않는 열쇠 하나, 분필 한 토막, 유리병 마개, 양철 병정, 올챙이 두 마리, 폭죽 여섯 개, 애꾸눈 새끼 고양이, 놋쇠로 만든 문손잡이, 개 목줄(개는 없음), 칼자루, 오렌지 껍질 네 조각, 못

---

* 입에 물고 손가락으로 타는 원시적인 금속 현악기.

쓰는 헌 창틀 등을 새로 손에 넣었다.

톰은 많은 친구들을 부리며 멋있고, 재미있고, 여유로운 휴식을 즐겼고, 울타리는 울타리대로 세 번이나 덧칠이 되었다! 페인트만 동나지 않았다면 마을의 모든 아이들이 빈털터리가 되었을 것이다.

톰은 인생은 절대 허무하지 않다고 중얼거렸다. 톰은 자기도 모르는 사이에 인간의 행동 양식을 결정하는 위대한 법칙을 발견한 것이다. 아이든 어른이든, 뭔가를 탐내게 만들려면 그것을 쉽게 손에 넣을 수 없는 것으로 만들라는 사실 말이다! 만약 이책의 저자처럼 위대하고 현명한 철학자라면, '노동'은 의무적으로 반드시 해야 하는 것이고 '놀이'는 꼭 해야 할 의무가 없는 것임을 깨달았을 것이다. 왜 조화를 만들거나 연자방아를 돌리는 일은 지겨운 노동이지만, 볼링을 치거나 몽블랑 산을 등반하는 것은 오락인지도 이해할 것이다. 영국의 부자 신사들은 여름 내내 네 마리의 말이 모는 마차를 타고 매일 30~50킬로미터씩 달린다. 그것이 상당한 돈을 내야만 누릴 수 있는 특권이기 때문이다. 만약 마차를 모는 대가로 봉급을 받는다면 그 일은 노동으로 전락하는 것이기에, 신사들은 당장 그 일에서 손을 뗄 것이다.

톰은 그날 '자신의 세계'에서 터득한 큰 변화를 잠시 깊이 생각해 본 뒤, 작업 완료를 보고하러 집으로 발걸음을 옮겼다.

제3장

톰이 폴리 이모 앞으로 갔다. 이모는 침실이자, 아침저녁을 먹는 식당이요, 서재이기도 한 아늑한 뒷방의 열린 창가에 앉아서 졸고 있었다. 향기로운 여름의 냄새, 평화로운 정적, 꽃향기, 벌들의 윙윙거리는 소리에 취해 뜨개질감을 손에 쥔 채. 유일한 말동무인 고양이 피터도 이모의 무릎 위에서 단잠에 빠져 있었다. 안경은 떨어지지 않게 희끗희끗한 머리 위에 얹혀 있었다. 이모는 톰이 당연히 오래전에 도망쳤으리라고 생각했기 때문에 톰이 당당하게 나타나자 매우 놀랐다.

"이모, 이제 나가서 놀아도 돼죠?"

"뭐, 벌써? 얼마나 했다고?"

"전부 다 했어요, 이모."

"톰, 거짓말하지 마라. 거짓말하면 용서 안 해."

"거짓말이 아니에요, 이모. 전부 다 끝냈어요."

폴리 이모는 톰의 말을 믿지 않았기 때문에, 직접 자기 눈으로 확인하려고 밖으로 나갔다. 톰의 말이 20퍼센트만 사실이었어도 만족했을 것이다. 그러니 완벽하게 색칠된 울타리를 보았을 때, 흰색으로 깔끔하게 칠했을 뿐 아니라 두어 번씩 덧칠까지 하고 땅바닥에 흰 줄까지 그어 놓은 모습을 보았을 때, 이모는 얼마나 놀랐던지 말문이 막혔다.

"세상에, 믿을 수가 없네. 꾀를 피우지 않았어. 톰, 너도 마음만 먹으면 이렇게 일을 잘하는구나."

하지만 폴리 이모는 한마디 덧붙여서 김빠지게 했다.

"마음먹는 게 하도 힘들어서 문제지. 자, 나가 놀거라. 너무 늦지 않게 들어오고. 늦으면 혼날 줄 알아."

이모는 톰의 성취에 크게 감동해서 찬장에서 제일 좋은 사과도 꺼내 주었다. 나쁜 짓을 하지 않고 열심히 노력한 대가로 얻은 것은 더 가치 있고 맛있다는 훈계까지 덧붙여서. 이모가 성경 말씀으로 훈화를 마무리하는 동안 톰은 도넛 한 개를 슬쩍했다.

톰은 밖으로 뛰어나갔다. 그때 2층 뒷방으로 연결된 바깥 계단을 올라가는 시드가 눈에 띄었다. 주변 길이 온통 진창이었는데, 순식간에 공기 중에 진흙 뭉치가 가득해지더니 시드에게 우박처럼 쏟아졌다. 폴리 이모가 놀란 마음을 진정시키고 시드를 구출하려고 달려왔을 때는 이미 예닐곱 개의 진흙 뭉치가 시드를 명중시켰고, 톰은 울타리를 뛰어넘어 멀리멀리 달아난 뒤였다. 대문이 있어도 톰은 늘 이용할 여유가 없었다. 아무튼 톰은 한결 마음이 개운해졌다. 시드가 이모에게 검정 실을 고자질해서 자기를 골탕 먹였던 것에 복수했으니까.

톰은 샛길로 빙 돌아서 걷다가, 이모네 외양간 뒤쪽의 진흙길로 나왔다. 붙잡혀서 혼날 염려가 없이 안전해지자, 마을 광장으로 발길을 재촉했다. 아이들과 두 패로 나누어 '전쟁놀이'를 하기로 약속이 되어 있었다. 톰은 장군이었고, 상대편 군대의 장군은 조 하퍼(사실은 절친한 친구)가 맡았다. 두 위대한 장군들은 직접 전투에 참가하지 않고(그건 보잘것없는 졸병들이나 할 일이니까), 작은 언덕 위에 진을 치고 부관들을 통해 명령을 하달하는 방법으로 작전을 지휘했다. 톰의 군대가 오랜 격전 끝에 크게 이겼다. 그들은 전사자 수를 세고, 포로들을 교환하고, 조약 불이행시의 조건을 합의하고, 다음번 전투의 날짜까지 잡았다. 그다음에 양쪽 군대는 행진하면서 그곳을 떠났다. 톰은 혼자 집으로 향했다.

제프 대처의 집 앞을 지나는데 정원에 처음 보는 소녀가 눈에 띄었다. 눈이 파랗고 예쁜 소녀였다. 금발을 양 갈래로 땋아 길게 늘였고, 흰 여름 드레스 아래로 수놓은 긴 속바지가 보였다.

45

방금 전 빛나는 무공을 세운 전쟁 영웅은 총 한 방 쏴 보지도 못하고 소녀의 아름다움에 항복하고 말았다. 에이미 로렌스는 톰의 마음에서 멀어졌다. 기억조차 나지 않았다. 톰은 한때 그 아이를 미칠 듯이 사랑하는 줄 알았고 그런 정열을 신에 대한 숭배와 동일시했는데, 지금 덧없는 풋사랑이었을 뿐임을 깨달았다. 에이미의 마음을 사로잡으려고 공을 들인 게 여러 달이고, 마침내 에이미의 사랑 고백을 받은 것이 일주일 전이었다. 일주일 동안 톰은 세상에서 가장 행복하고 가장 자부심에 넘친 소년이었다. 그러나 지금 눈 깜짝할 사이에, 에이미는 마치 용무를 마친 손님처럼 톰의 마음에서 사라져 버렸다.

톰은 새로운 천사를 숭배하면서 계속 훔쳐보았다. 마침내 정원의 소녀가 알아챘다. 그러자 그때부터는 도리어 소녀를 못 본 척하면서 온갖 희한하고 유치한 동작들을 뽐내기 시작했다. 물론 소녀의 찬탄을 얻기 위해서였다. 해괴하고 바보 같은 행동을 한참 동안 계속했다. 그런데 위험한 재주넘기를 하면서 슬쩍슬쩍 곁눈질로 보니 소녀가 집 쪽으로 걸어가고 있었다. 톰은 울타리로 다가가서 몸을 기댄 채 소녀가 조금만 더 있어 줬으면 하고 소망했다. 소녀가 계단에 잠시 멈춰 섰다가 현관 안으로 발을 들여놓자 톰은 크게 한숨을 내쉬었다.

하지만 톰의 얼굴은 금방 환해졌다. 소녀가 집 안으로 들어가기 전에 울타리 밖으로 팬지꽃 한 송이를 던진 것이다.

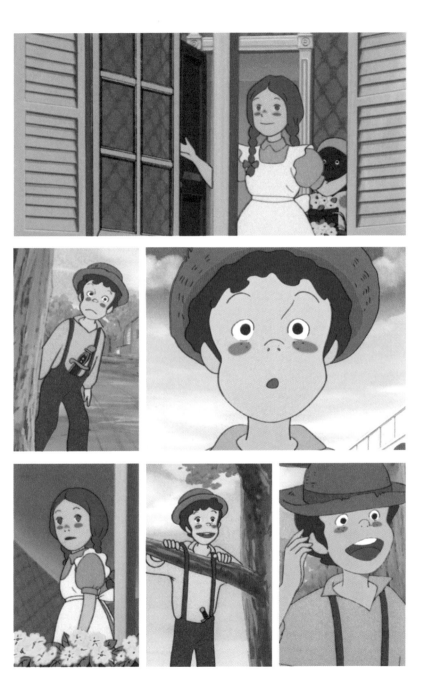

톰은 팬지꽃에서 한두 발짝 떨어져 빙글빙글 돌다가, 멈춰 서서 눈 위에 손 그늘을 만들고 길 아래쪽을 바라봤다. 뭔가 재미난 일이 벌어지고 있는 걸 목격한 것처럼. 그러다 갑자기 땅에서 지푸라기를 집어서 고개를 잔뜩 뒤로 젖히고 콧잔등 위에 올리더니, 지푸라기가 떨어지지 않도록 균형을 잡으면서 게걸음으로 팬지꽃을 향해 조금씩 다가갔고, 꽃이 맨발에 닿자 엄지발가락을 살며시 오므려 집어 올렸다. 톰은 보물을 손에 쥐고 껑충껑충 뛰어 모퉁이를 돌아갔다가, 금방 다시 돌아왔다. 꽃을 심장 옆에 넣고 윗옷 단추를 채울 정도의 시간만 필요했으니까. 심장이 아니라 위장 옆이었나…… 뭐, 톰은 생물 성적이 형편없었으니까 아무래도 상관없었다.

톰은 아까처럼 '으스대면서' 어두워질 때까지 울타리 주변을 맴돌았는데, 소녀는 다시 나타나지 않았다. 톰은 소녀가 지금쯤은 자신의 관심을 눈치챘겠거니 하는 희망으로 스스로를 위로했고, 결국 머릿속으로 온갖 상상을 하며 집으로 영 내키지 않는 발걸음을 옮겼다.

저녁 식탁에서 톰이 어찌나 들떠 있던지, 폴리 이모가 '얘가 대체 무슨 생각에 빠져 있지?' 하고 의아할 정도였다. 시드에게 진흙 폭탄을 퍼부은 사건으로 호되게 야단맞았지만 전혀 개의치 않는 것 같았다. 하지만 이모의 눈앞에서 설탕을 훔치다가 걸려서 된통 혼나자 볼멘소리를 했다.

"이모, 시드가 설탕 먹을 때는 가만 놔두시잖아요."

"시드는 너처럼 심하지 않지. 넌 내가 조금만 한눈을 팔면 설탕에 손을 대잖니!"

잠시 후 이모가 부엌으로 갔다. 시드는 면책 특권을 받은 것에 의기양양해져 마음 놓고 설탕 통에 손을 뻗었다. 톰은 참을 수 없이 약이 올랐다. 그런데 시드의 손이 미끄러지면서 설탕 통이 땅에 떨어져서 박살이 났다. 톰은 속으로 쾌재를 불렀다. 하지만 아무 말 않고 조용히 있었다. 이모가 돌아와서 보고 사고 친 녀석이 누구냐고 물으시면 그때 말해야지, 하고 다짐했다. 이 깜찍한 모범 소년이 야단맞는 것보다 더 통쾌한 구경거리는 세상에 없을 것이다.

과연 이모가 돌아와 깨진 병 조각들을 내려다보며 안경 너머로 분노의 번갯불을 날릴 때 톰은 너무 기뻐서 앉아 있지 못할 지경이었다. 하지만 꾹 참고 혼잣말로 이렇게만 중얼거렸다.

"이제 넌 죽었다."

다음 순간 바닥에 나뒹군 사람은 시드가 아니라 톰이었다! 이모의 억센 손이 또다시 톰을 내려치려고 허공으로 올라갔다.

"잠깐만요, 이모, 왜 나를 때리세요? 시드가 깼단 말이에요!"

폴리 이모는 당황해서 손을 멈췄다. 톰은 다정한 사과의 말을 기다리며 이모를 쳐다보았다. 그런데 이모는 진상을 파악한 뒤에도 고작 이렇게 말했다.

"이런! 음, 하지만 네가 맞을 짓을 안 했다고 보진 않는다. 내가 없는 동안에 넌 분명히 다른 못된 장난을 했을 테니까. 뻔하지, 뭐."

이모는 양심의 가책을 느껴서 뭔가 다정한 말을 해 주고 싶었지만, 그랬다간 자기가 틀렸다는 걸 인정하는 꼴이 되니 교육상 좋지 않다고 판단했다. 그래서 마음에 좀 걸려도 그냥 입을 다물고 할 일을 계속했다.

톰은 뾰로통한 표정으로 구석에 앉아서 가엾은 자기 신세를 되새겼다. 하지만 톰은 마음으로는 이모가 자기에게 졌다고 생각했고, 그렇게 생각하니 언짢은 마음이 얼마쯤 가셨다. 톰은 아무 내색 않고 그냥 무심한 척했다. 이모가 가끔 눈물 어린 눈빛으로 자기를 바라보는 걸 느꼈지만 모르는 척했다.

톰은 자기가 죽을병에 걸려 누워 있고, 이모가 허리를 구부리고 서서 용서의 말을 한마디만 해 달라고 애원하는 모습을 상상했다. 그래도 나는 벽 쪽으로 돌아누워 이모가 바라는 말을 하지 않고 그냥 죽어야지. 그러면 이모의 마음은 어떨까? 이번에는 자기가 강에 빠져, 머리칼을 물에 적신 채 평화롭게 잠든 시체로 집에 돌아온 장면을 그려 보았다. 이모가 내 곁에서 눈물을 비오듯 쏟으며 이 아이를 살려 달라고, 다시는 이 아이를 괴롭히지 않겠다고 하나님께 기도하겠지. 그래도 나는 차갑고 창백한 톰으로 누워서 전혀 소생의 기미를 보이지 않을 거야. 아, 작고 불쌍한 내 영혼의 고통이 끝났노라.

톰은 이런 상상에 푹 빠지는 바람에 연민의 감정이 북받쳐서, 목이 메어 자꾸 침을 삼켰고 눈에 눈물이 고였다. 그 눈물은 톰이 눈을 깜빡이자 주르륵 흘러내려 코끝에서 뚝뚝 떨어졌다. 슬픔에 잠기는 건 톰이 자신을 위해 하는 일종의 사치여서, 들뜬 생각과 요란한 속세의 쾌락 같은 것에 방해받고 싶지 않았다. 슬픈 공상은 그런 천박한 감정과 뒤섞이기에는 너무 신성했다. 그래서 사촌 누나 메리가 일주일이 천년처럼 느껴지는 답답한 시골에 갔다가 집에 돌아온 것이 너무 기뻐 춤추며 들어왔을 때, 톰은 곧바로 일어나 그녀가 노래를 부르며 햇빛을 몰고 들어온 문의 반대편으로 우울함을 안고 나갔다.

톰은 평소에 아이들과 놀던 곳들이 아니라, 지금의 우울한 기분에 어울리는 장소를 찾아보았다. 강물에 떠 있는 뗏목이 톰에게 손짓했다. 톰은 뗏목의 모서리에 걸터앉아 넓은 강을 바라보며 생각을 이어갔다. 저 강물에 빠져서, 자연적으로 따라올 고통의 과정 없이 한순간 죽을 수 있다면 얼마나 좋을까. 그때 팬지 꽃이 생각났다. 품에서 꺼내 보니 꽃이 어느새 구겨지고 시들어 있었다. 그걸 보니 더욱 비참해졌다. 그 소녀는 지금의 내 심정을 안다면 동정해 줄지 궁금했다. 울어 줄까? 목을 안고 날 위로해 주고 싶어 할까? 아니면 이 삭막한 세상이 그랬듯, 그 아이도 날 차갑게 외면할까? 상상 속 고녀는 달콤했기에, 톰은 이런 생각을 머릿속에서 계속 반복했다. 나중에는 새로운 이야기를 만들고 줄거리를 변형해 이야기 소재가 바닥날 때까지 공상을 즐겼다. 이윽고 톰은 한숨을 쉬며 일어났다.

9시 반을 넘겨 10시쯤 되어갈 때, 톰은 인적이 끊긴 한적한 길을 걸어 '미지의 소녀'네 집으로 갔다. 잠시 멈춰 서서 귀를 기울였다. 아무 소리도 들리지 않았다. 2층 창문의 커튼 너머로 촛불 빛이 희미하게 어른거렸다. 그 신성한 존재가 저기 있을까? 톰은 울타리를 넘고, 발소리를 죽여 나무들 사이를 요리조리 빠져나가 창문 밑까지 갔다. 감격에 젖어서 한참 동안 창문을 올려다보았다. 그러고는 땅바닥에 누웠다. 두 손을 모아 가슴 위에 올리고, 시든 팬지꽃을 꼭 쥐었다. 이대로 죽고 싶었다. 이 냉정한 세상에는 자기를 보호해 줄 보금자리도 없고, 이마에 맺힌 땀을 닦아 줄 다정한 손길도 없고, 큰 고통을 겪을 때 애처롭게 지켜봐 줄 사랑하는 이도 없으니까. 이튿날 소녀가 즐거운 아침을 맞이하려고 창밖을 보다가 나를 발견하겠지. "어머!" 하고 놀라며 생명이 꺼진 가엾은 몸 위에 눈물을 뿌릴 거야. 소녀는 찬란한 어린 생명이 이렇게 비참하게 시들고, 이렇게 일찍 꺾인 것에 자그마한 한숨이라도 쉬어 줄까?

그때 창문이 열렸다. 곧이어 하녀의 째질 듯한 비명이 거룩한 정적을 깨더니, 누워 있던 순교자 위로 물벼락이 떨어졌다!

우리의 영웅은 숨을 고르는 콧소리를 내며 후다닥 일어났다.

뭔가 공중에서 미사일처럼 '휙' 소리를 내며 날아갔고, 뒤이어 욕설과 유리창 흔들리는 소리가 났다. 작고 희미한 그림자 하나가 울타리를 뛰어넘어 어둠 속으로 총알같이 사라졌다.

잠시 후 톰은 잠자리에 들려고 흠뻑 젖은 옷을 벗어서 촛불 아래에서 살펴봤다. 그때 시드가 잠에서 깼다. 시드는 톰에게 '한 소리' 하고 싶은 마음이 조금 있었지만, 현명하게도 생각을 고쳐먹고 입을 다물었다. 톰의 눈빛이 심상치 않았기 때문이다.

톰은 하찮은 기도따위는 생략하고 곧장 침대에 누웠다. 시드는 톰이 기도를 빼먹은 일을 잘 기억해 두리라 마음먹었다.

제4장

두뇌의 묘기 - 주일 학교 참석 - 교장 선생님 - "뽐내기" - 명사가 된 톰

해가 고요한 세상 위로 떠올라서 축복하듯 평화로운 이 마을을 비췄다. 아침 식사를 마치자 폴리 이모는 가족 예배를 드렸다. 성경 구절을 낭송하고 몇 가지 내용을 덧붙이는 식으로 진행되었다. 예배가 절정에 이르렀을 때, 폴리 이모가 마치 시나이 산에서 들려주듯 엄숙하게 모세의 계율을 읽어 내려갔다.

그러자 톰도 각오를 다졌다. 그러니까, 자신이 암기할 구절을 기억해 내려고 애썼다. 시드는 이미 며칠 전에 자기 부분을 다 외었다. 톰도 다섯 구절을 암기하려고 안간힘을 썼다. 산상수훈*

* 마태복음 5장~7장. 예수님이 갈릴리의 작은 산 위에서 행한 설교 내용이다.

의 일부를 고른 것도, 그것이 성경책에서 가장 짧은 구절이기 때문이었다. 하지만 30분이 다 되도록 교훈의 내용만 가물가물할 뿐 정확한 내용이 떠오르지 않았다. 하기야 머리는 온갖 세상사에 신경 쓰느라 쉼 없이 돌아갔고 손은 손대로 장난거리를 찾아 바쁘게 움직이고 있었으니까.

메리가 톰에게서 성경책을 빼앗더니 한번 외워 보라고 했다. 톰은 어렴풋한 기억을 더듬으며 애썼다.

"복이 있나니, 어…… 어……."

"가난한 자는……."

"맞아, 가난한 자. 가난한 자는 복이……, 어…… 어."

"마음이……."

"마음이. 마음이 가난한 자는 복이 있나니, 그들, 그들은……."

"그들의 것……."

"그들의 것이기 때문이니라. 마음이 가난한 자는 복이 있나니, 천국이 그들의 것이기 때문이니라. 슬퍼하는 자는 복이 있나니, 그들…… 그들은…… 위……."

"위로."

"아, 그들은 위로…… 아, 생각이 안 나!"

"위로해!"

"그래, 위로해! 왜냐하면…… 왜냐하면…… 어…… 어…… 애통하는, 어…… 어…… 복이 있나니…… 에, 또…… 애통하는 자는…… 위로해……, 메리 누나, 다음이 뭐야? 좀 가르쳐 줘! 왜 날 이렇게 못살게 구는 거야?"

"톰, 이 바보야, 너를 못살게 하는 게 아니야. 난 그런 짓 안 해. 다시 외워. 실망하지 마, 톰. 너도 외울 수 있어. 네가 다 외우면 멋있는 선물을 줄게. 자, 어서, 착하지."

"와아! 선물이 뭐야, 메리 누나? 말해 줘."

"신경 쓰지 마. 내가 멋있다면 정말 멋있는 거야."

"진짜지? 좋았어, 다시 해 보겠어!"

톰은 다시 한 번 시도했다. 선물과, 선물이 뭘까 하는 궁금증 이라는 이중 압력으로 톰은 놀라운 정신력을 발휘하여 마침내 눈부신 성공을 거두었다. 메리의 상은 12.5센트나 하는 새 '발 로' 나이프였다. 톰은 기쁨으로 온몸에 전율을 느꼈다. 사실 그 칼은 아무것도 자를 수 없지만 '충분히 진짜 같은' 발로 나이프 였기에 상상도 못할 기품이 담겨 있었다. 도대체 서부의 남자아 이들은 왜 이 이런 무기가 모조품일 거라고 생각하는지 알 수가 없었다. 아마 영원히 수수께끼일 것이다. 톰은 그 칼로 찬장을 긁어 보고 싶었다. 우선 옷장 서랍부터 시작했다. 그때 빨리 옷 을 입고 주일 학교에 가라고 재촉하는 소리가 들렸다.

메리가 톰에게 물이 담긴 양은 세숫대야와 비누를 건네주었 다. 톰은 밖으로 나와 긴 의자 위에 대야를 올려놓은 다음, 비누 를 그냥 세숫물에 넣었다 빼서 적셔놓고는 소매를 걷었다. 그러

고는 물을 살며시 땅에 쏟아 버리고 부엌으로 들어와 문 뒤에 걸린 수건으로 열심히 얼굴을 문질렀다. 하지만 메리가 수건을 빼앗으며 야단쳤다.

"창피하지도 않니, 톰? 그러면 못써. 물로 씻으면 어디가 덧난다고."

톰은 조금 무안해져 세숫대야에 다시 물을 채웠다. 이번에는 잠시 대야를 내려다보며 의지를 모은 다음 세수를 시작했다. 잠시 후, 톰은 두 눈을 꼭 감고 부엌으로 들어와 더듬거리며 수건을 찾았다. 얼굴에서 세수를 했다는 영광의 증거로 물과 비누 거품이 뚝뚝 떨어졌다. 그러나 수건 밖으로 드러난 톰의 얼굴에서 깨끗한 부분은 겨우 턱까지였다. 그 아래 목에는 새까만 때가 끼어 있었다. 마치 가면을 쓴 것처럼.

메리는 톰을 붙잡고 직접 자기 손으로 씻겼다. 그제야 톰의 얼굴은 흑백의 경계선이 사라져 어엿한 사람의 얼굴이 되었다. 물에 젖은 머리를 깨끗하게 빗어 넘기고 양옆 곱슬머리도 맵시 있고 대칭적인 형태로 정돈했다. (톰은 항상 몰래, 곱슬거리는 부분을 열심히 펴서 머리에 착 붙이고 다녔다. 곱슬머리는 계집애처럼 보여 평생 두통거리라고 생각했기 때문이다.)

메리는 지난 2년 동안 일요일에만 입는 톰의 옷을 가져왔다. 식구들은 이 옷을 그냥 '다른 옷'이라고 불렀다. 톰의 옷이 몇 벌인지 짐작할 수 있다. 톰이 옷을 대충 입자 메리가 다시 바르게 입혔다. 저고리 단추를 턱밑까지 채워 주고 폭이 넓은 셔츠 깃을 어깨 위에 덮어 주고서 솔질을 한 다음, 마지막으로 얼룩무늬 밀짚모자를 씌워 주었다.

톰은 훨씬 멋있는 아이로 변했지만, 정작 본인은 싫은 기색이 역력했다. 톰은 자신의 모습이 매우 불편했다. 청결하고 격식을 차린 옷차림은 톰에겐 구속이었다. 톰은 메리가 구두만큼은 깜박 잊기를 바랐지만, 그 희망도 수포로 돌아갔다. 메리는 당시의 유행대로 쇠기름을 듬뿍 바른 구두를 가져왔다. 톰은 기어이 폭발해서, 사람들은 자기가 싫어하는 일만 시킨다고 볼멘소리를 내뱉었다. 메리가 다정하게 달랬다.

"자, 톰 착하지."

톰은 투덜대면서 구두를 신었다. 메리도 금방 준비를 마치고, 셋은 주일 학교를 향해 집을 나섰다. 톰은 주일 학교가 죽도록 싫었지만 시드와 메리는 좋아했다.

주일 학교의 수업은 아침 9시에서 10시 반까지고, 그다음부터는 설교 시간이었다. 셋 중 둘은 항상 설교 시간까지 자발적으로 남아 있었다. 나머지 한 명도 물론 남아 있기는 했지만, 완전히 다른 이유 때문이었다.

예배당 안에는 등이 높고 딱딱한 긴 의자들이 놓여 있는데 삼백 명쯤 앉을 수 있었다. 교회는 꼭대기에 첨탑 대신 소나무 궤 같은 것이 올려진 작고 허름한 건물이었다. 톰은 교회 입구에서

한 발 뒤로 빠져 나들이옷을 멋지게 차려입은 한 친구에게 말을
걸었다.

"야, 빌리, 노란 딱지 있냐?"

"응."

"뭐하고 바꿀래?"

"뭘 줄 건데?"

"감초와 낚싯바늘."

"어디 봐."

톰이 감초와 낚싯바늘을 보여 주었다. 빌리는 아주 만족해서
노란 딱지를 내밀었다. 톰은 또 다른 아이와 하얀 공깃돌 두어
개와 빨간 딱지 세 장을 교환했다. 또 다른 자질구레한 물건들을
주고 푸른 딱지 두 장을 손에 쥐었다. 톰은 아이들이 들어올 때
마다 한 명씩 불러 세워 10분에서 15분 동안 이런 식으로 여러
색깔의 딱지를 받아냈다.

이제 톰은 교회 안으로 들어갔다. 나들이옷을 차려입은 아이
들이 웅성거리는 소리로 가득했다. 톰은 제자리를 찾아가 앉더
니 곧 가장 먼저 걸린 아이와 입씨름을 시작했다. 나이가 지긋하
고 엄격하신 선생님이 싸움을 말렸다. 선생님이 돌아서자마자
톰은 앞줄에 앉은 아이의 머리칼을 잡아당겼고, 그 애가 뒤돌아
보자 시치미를 떼고 성경책을 읽는 척했다. 잠시 후, 또 다른 아
이를 바늘로 찔러 바라던 대로 "아야!" 하고 비명을 지르게 만들

었다. 결국 선생님께 또 꾸중을 들었다. 톰의 반은 늘 이런 꼴이었다. 어수선하고, 시끄럽고, 말썽이 끊이지 않았다.

성경 구절을 암송할 때도 자기가 맡은 구절을 완벽하게 외우는 아이가 하나도 없어 남이 옆에서 불러 줘야 했다. 그러나 어찌되었든, 아이들은 그럭저럭 자기가 맡은 구절을 외워서 성경 문구가 적힌 푸른 딱지를 하나씩 받아 갔다. 선생님은 성경을 두 구절 외울 때마다 푸른 딱지를 하나씩 주었다. 푸른 딱지가 열 장이 되면 빨간 딱지 한 장과 교환할 수 있고, 빨간 딱지를 열 장 모으면 노란 딱지와 바꿀 수 있고, 노란 딱지가 열 장이 되면 교장 선생님께 수수하게 제본된 (물가가 쌌던 그 시대에도 40센트나 했던) 성경책을 한 권 받았다.

아무리 도레판* 성경책을 상으로 준다고 해도 2천 개나 되는 성경 구절을 외울 만한 근면성과 열성을 가진 사람이 얼마나 되겠느냐고? 메리는 벌써 성경책을 두 권이나 받았다. 2년여에 걸친 노력의 결과였다. 언젠가 독일계 집안의 남자아이가 네 권인가 다섯 권을 탄 적이 있었다. 그 아이는 단숨에 3천 구절을 암송한 적도 있었다. 그러나 이것이 정신에 너무 큰 부담을 주었는지, 그날 이후 그 아이는 거의 바보가 되었다. 주일 학교 입장에서도 큰 불행이었다. 큰 행사가 있으면 어김없이 주일 학교 교장

---

* 프랑스 화가 구스타브 도레(Gustave Dore)가 삽화를 그린 성경으로 1860년대에 출간되었다.

선생님이 개를 앞으로 불러내어 (톰의 표현대로 말하면) '뽐내기'를 시켰기 때문이었다. 비교적 큰 아이들만 지루한 암기에 성공해서 성경책을 탈 만큼 딱지를 모았기에, 이 상의 시상식은 매우 드물고 특기할 만한 장면이었다. 수상자는 그날 하루만큼은 위대하고 뛰어나 보여서, 그 자리에 있던 어린 학생들의 마음은 상을 타려는 야심으로 두근거렸다. 이런 마음은 몇 주일이나 계속되기도 했다. 물론 톰은 그런 상을 탐낼 만큼 공부 욕심이 크지 않았지만, 상에 따르는 영광과 성공을 간절히 바라는 것만은 확실했다.

판에 박힌 순서대로, 주일 학교 교장 선생님이 교단에서 찬송가책을 책갈피에 두 번째 손가락만 꽂은 채 들고 서서 학생들의 주위를 환기시켰다. 교장 선생님이 짤막한 설교를 할 때 손에 쥐는 찬송가책은 음악회에서 가수가 반드시 드는 악보와 똑같았다. 둘 다 왜 드는지 이유를 알 수가 없다. 찬송가책이든 악보든, 들고만 있지 한 번도 들여다보지 않으니 말이다.

월터즈 교장 선생님은 서른다섯 살쯤 된 홀쭉한 사람으로, 회색 염소수염을 길렀고 회색 머리카락을 짧게 깎았다. 옷깃은 빳빳이 세워 거의 귀에 닿을 정도로 높이 세웠는데, 그 뾰족한 끝이 양쪽 입가에 닿을 정도로 위로 뻗어 있었다. 이것이 울타리처럼 얼굴을 막아서 선생님은 싫어도 항상 정면을 봐야 했고 옆을 보려면 몸 전체를 돌렸다. 또 턱 바로 밑에 지폐 정도 크기로 양

끝에 긴 술이 달린 크라바트cravat*를 맸다. 구두코는 유행에 따라 썰매의 날처럼 뾰족하게 위로 솟아 있었다. 젊은이들이 벽에다 발가락을 갖다 붙이고 몇 시간씩 앉으면서 힘들게 창조한 유행이었다. 월터즈 선생님은 성실하고 진지하고 정직한 분이었다. 신성한 물건과 장소를 매우 소중히 여기고, 세속적인 것과 뚜렷이 구별했다. 그래서 주일 학교에서 연설하는 그분의 목소리에는 자신도 모르게 평소에는 전혀 들을 수 없는 독특한 억양이 담겼다. 설교는 항상 이런 식으로 시작되었다.

"자, 어린이 여러분, 얌전히 앉아서 잠깐만 선생님 말에 주목하세요. 자, 됐어요. 착한 어린이들은 모두 그렇게 하죠. 저쪽에 창밖을 내다보는 여자 어린이가 있군요. 아마 내가 밖에 있는 줄 아는 모양이에요. 내가 저 나무 위에 올라가서 새들과 이야기하는 줄 아나 봐요. (여기저기서 킥킥거린다.) 여러분이 밝고 깨끗한 얼굴로 주일 학교에 모여서 훌륭하게 행동하고 착한 사람이 되는 법을 배우려고 하는 것을 보니 얼마나 기쁜지 모르겠어요."

그렇고 그런 말이 장황하게 이어졌다. 그것들을 새삼스레 여기 다 옮길 필요는 없을 것이다. 만고불변의 틀에 박힌 이야기로 우리가 이미 다 아는 것들이니까.

설교의 나머지 3분의 1은 짓궂은 사내아이들의 싸움과 장난,

* 남성들이 넥타이처럼 목에 걸어 매는 턱받이 모양의 천.

또 점점 커지는 술렁거림과 소곤대는 소리 때문에 제대로 진행되지 못했다. 외딴섬처럼 조용하던 시드와 메리에게도 전염되었다. 그러나 월터즈 선생님의 목소리가 가라앉자 떠드는 소리도 따라서 멈췄다. 설교는 감사의 침묵 속에 마무리되었다.

오늘 아이들이 특히 소란스러웠던 이유는 아주 드문 사건, 즉 어떤 손님들의 방문 때문이었다. 대처 변호사가 허약해 보이는 노인과 풍채 좋은 짙은 회색 머리의 신사, 그리고 그의 아내인 듯한 품위 있는 부인을 대동하고 들어왔다. 부인은 한 여자아이를 데려왔다.

톰은 내내 안절부절못하고 양심의 가책을 느끼고 있었다. 에이미 로렌스와 눈을 마주치지 못하고 그녀의 다정한 눈길을 계속 피하고 있었던 것이다. 그런데 새로 온 소녀를 본 순간 톰의 영혼은 행복으로 불타올랐다. 그래서 곧 다른 아이들을 때리고 머리카락을 잡아당기고 얼굴을 찡그려 보이는 등, 온 힘을 다해 제 존재를 '과시'했다. 한마디로 소녀의 관심을 끌 만한 별의별 짓은 다 했다. 톰은 한껏 신이 나면서도, 딱 하나 마음에 켕기는 구석이 있었다. 어젯밤 이 천사의 정원에서 당한 모욕이었다. 그러나 이것은 모래 위에 쓰인 글자처럼, 지금 새로이 밀려오는 행복의 파도에 휩쓸려 어느덧 사라져 버렸다.

손님들은 가장 명예로운 상석으로 안내되었다. 월터즈 선생님이 설교를 끝내자마자 손님들을 학생들에게 소개했다. 중년 신사는 굉장한 인물이었다. 다름 아닌 주州 판사였다. 이 마을의 아이들이 본 가장 높은 사람이었다. 아이들은 이 사람의 몸이 무엇으로 이루어져 있을지 궁금했고, 쩌렁쩌렁한 목소리를 듣고 싶은 마음과 정말 그렇게 고함칠까 봐 무서운 마음이 반반씩 엇갈렸다. 그 신사는 여기서 20킬로미터나 떨어진 콘스탄티노플에서 왔다고 하니, 말하자면 안 본 곳이 없을 정도로 세계 각지를 여행한 것이다! 바로 그 눈으로 주 재판정에서 직접 판결을 내렸을 것이다. 거기 재판정은 지붕이 무려 양철로 돼 있다고 했다. 아이들의 침묵과 반짝이는 눈에 존경심이 가득했다. 그는 이 마을의 변호사인 대처 씨의 형이었다. 그래서 제프 대처가 곧장 앞으로 나가 이 위대한 사람과 알은척을 하자, 모든 학생들이 걔를 부러워했다. 제프의 귀에는 학생들의 소곤거림이 음악처럼 들렸을 것이다.

"야, 짐, 쟤 좀 봐! 제프가 저리로 올라간다. 와, 봐! 저 사람하고 악수하려고 해. 악수하고 있어! 야아, 멋있는데, 너도 제프처럼 하고 싶지?"

월터즈 선생님은 여기저기 기회만 있으면 달려가서 지시를 내리고 판단을 내려 주고 다시 취소하는 등, 온갖 사무적인 용무로 바쁘게 왔다 갔다 함으로써 존재감을 드러내고 있었다. 도서 계원도 역시 자기 존재를 과시했다. 책을 한 아름 안고 이리저리 뛰어다니며 사소한 일에도 기꺼이 침을 튀겨 가며 참견했고, 사람들을 들들 볶아 댔다. 젊은 여자 선생님들도 조금 전에 매 맞은 아이들을 상냥하게 몸을 굽혀 어루만져 주고, 악동들에게는 예쁜 손가락을 들어 보이며 경고하는 시늉을 하고, 착한 아이들은 다정하게 토닥거려 줌으로써 돋보이려 했다. 젊은 남자 선생님들은 가벼운 꾸지람 같은 권위와 훈육에 대한 열의의 증거를 보여서 자신을 과시했다. 그리고 남녀 할 것 없이 모든 선생님이 교단 옆 도서실을 분주히 들락거렸다. 이곳을 두 번이고 세 번이고 계속 드나드는 것 자체가 하나의 일거리였다(내가 다 챙겨야 하니 아주 성가시다는 표정을 짓고서!). 여자아이들도 다양한 방법으로 자신을 드러냈고, 남자아이들은 종이를 말아 공중에 던지거나 서로 엎치락뒤치락 싸움질을 하며 튀려고 애썼다. 그런 와중에 그 위대한 판사는 자리에 앉아 재판관다운 엄숙한 미소를 교회 전체에 보냈고, 위엄의 빛 속에 안주하고 있었다. 그 역시 자기 과시를 하고 있는 셈이었다.

그런데 월터즈 선생님의 입장에서 완벽한 기쁨을 누리는 데에 딱 한 가지가 부족했다. 성경책을 상으로 시상하며 천재를 소개할 기회가 없다는 점이었다. 노란 딱지를 가진 아이들이 몇 있기는 했지만, 상을 줄 만큼 많이 가진 아이가 없었다. 그는 똑똑한 아이들 사이를 돌아다니며 계속 물었다. 그 독일계 소년의 머리를 정상으로 돌릴 수만 있다면 선생님은 아마 온 세상을 다 주었을지도 모른다.

이때, 희망이 없어 보이던 이때, 톰 소여가 아홉 장의 노란 딱지와 아홉 장의 빨간 딱지, 열 장의 푸른 딱지를 들고 앞으로 나오더니 성경책을 달라고 했다. 마른하늘에 날벼락이었다. 톰이야말로 월터즈 선생님이 '10년이 지나도 성경책을 못 탈 아이'로 꼽고 있었던 것이다. 그러나 되돌릴 방법이 없었다. 정당한 물증이 있었고 또 그것들은 틀림없는 진짜였다. 톰은 판사를 비롯하여 귀빈들만 앉는 단상으로 올라갔고, '행사 본부'는 이 중대한 뉴스를 발표했다.

지난 10여 년 동안 이 마을에서 일어난 가장 놀라운 사건이었다. 워낙 충격적인 사건이어서 이 새로운 영웅은 판사의 반열에 올랐다. 모든 아이의 시선이 한자리에 있는 두 사람에게 쏠렸다. 사내아이들은 부러워서 죽을 지경이었다. 제일 가슴 아픈 아이들은, 페인트칠을 해 보는 특권을 얻으려고 톰에게 이날 표와 교환할 재산을 안겨 줌으로써 이 증오스러운 영광에 기여한 것을 뒤늦게 깨달은 무리였다. 그 아이들은 뱀처럼 교활한 사기꾼의 봉이 된 자신을 책망했다.

교장 선생님은 짜낼 수 있는 가장 부드러운 표정으로 톰에게 성경책을 수여했는데, 가엾게도 어딘가 맥이 빠져 보였다. 뭔가 비밀이 숨겨져 있음을 직감했기 때문이다. 톰이 2천 개나 되는 성경 구절을 외웠다니, 말도 안 돼. 톰은 20줄도 무리인데. 확실히 무리라고.

에이미 로렌스는 자랑스럽고 기뻤다. 에이미는 자기가 기뻐하고 있음을 톰이 봐 주기를 바랐다. 그런데 톰이 에이미를 한 번도 돌아보지 않았다. 이상했다. 머릿속에 약간 혼란이 왔다. 희미하게 의혹이 일었다가, 곧 사라졌다가, 곧 다시 의심했다. 에이미는 톰의 수상한 눈길을 따라가 보고 금세 상황을 알아챘다. 가슴이 아팠다. 질투심이 일고, 화가 나고, 눈물도 났다. 모든 아이들이 미워졌다. 톰이 제일 미웠다.

　교장 선생님은 톰을 판사 앞으로 데려갔다. 톰은 입이 얼어붙고 숨이 막히면서 심장이 두방망이질 쳤다. 위대한 판사 앞이라서 겁난 탓도 있었지만, 진짜 이유는 판사가 '그 소녀'의 아버지이기 때문이었다. 사방이 까맣게 어두웠더라면 무릎을 꿇고 그를 우러러보고 싶었다. 판사는 톰의 머리를 쓰다듬으며 훌륭한 학생이라고 칭찬하고는 이름을 물었다. 톰은 숨을 헐떡이며 더듬다가 간신히 한마디 했다.

　"톰이에요."

　"오, 톰 말고. 그것은……."

　"토머스입니다."

　"아, 그렇지. 어쩐지 톰 뒤에 뭐가 더 있을 것 같았어. 좋아, 그것 말고 또 이름이 있을 텐데. 말해 보겠니?"

　"판사님에게 성까지 말씀드려야지, 토머스. 그리고 뒤에 '판사님'을 꼭 붙이거라. 예의를 지켜야지."

월터즈 선생님이 일러 주었다.

"토머스 소여입니다, 판사님."

"그래! 참 착한 아이구나. 잘했다. 남자답구나. 2천 구절은 엄청나게 많은 거란다. 정말 엄청난 양이지. 그것들을 외우느라 애쓴 보람은 반드시 있단다. 지식은 이 세상에서 무엇보다 소중한 것이거든. 우리가 위대하고 훌륭한 사람이 되고 안 되고는 다 지식으로 좌우된단다.

넌 이다음에 훌륭하고 착한 사람이 될 게다, 토머스. 그때가 되면 넌 과거를 돌아보면서, 다 소년 시절 주일 학교에서 배운 덕택이라고 말할 거야. 널 가르쳐 주신 훌륭한 선생님들 덕분이며, 널 격려하고 지켜보며 좋은 성경책을 주신 고마운 교장 선생님 덕분이라고 말할 거야. '이렇게 훌륭하고 멋진 성경책을 일생 동안 내 곁에 간직하게 해 주신, 올바른 교육 덕택이지'라고 말할 게 틀림없어! 넌 네가 암기한 성경 구절 2천 개를 그 어떤 큰 돈과도 바꾸지 않겠지. 암, 돈보다 더 귀한 거니까.

자, 이제 우리 부부 앞에서 네가 배운 걸 조금만 말해 보렴. 쑥스러워 하지 말거라. 우리는 성경을 암송하는 학생을 정말 자랑스럽게 여긴단다. 자, 너는 틀림없이 예수님의 열두 제자들을 다 알고 있겠지. 제일 먼저 제자가 된 두 사람이 누구니?"

톰은 단춧구멍만 만지작거리며 쩔쩔맸다. 그러고는 얼굴을 붉히면서 눈을 내리깔았다. 월터즈 선생님은 가슴이 철렁했다.

'이런 제일 쉬운 문제도 톰은 대답하지 못할 거야. 아, 판사님은 대체 왜 톰에게 질문 같은 것을 하시지?'

무슨 말이든 해야겠다고 느낀 선생님이 조심히 입을 열었다.

"어서 판사님께 대답해야지, 토머스. 무서워하지 말고."

톰은 여전히 꾸물댔다.

부인이 끼어들었다.

"자, 그럼 내게 말해 보렴. 맨 처음 제자가 된 두 사람은……."

"다윗과 골리앗이요!"

나머지 장면이 궁금하겠지만…… 자, 이쯤에서 자비롭게 막을 내리자.

제5장

10시 반쯤 되자, 이 작은 교회의 깨진 종이 울렸다. 잠시 후 마을 사람들이 아침 예배를 드리려고 교회로 들어오기 시작했다. 주일 학교에 참석한 아이들은 제각기 부모들을 찾아가 곁에 앉았다. 이제 아이들은 어른들의 감시 아래 놓인 셈이다. 폴리 이모가 들어오자 톰, 시드, 메리도 이모 옆으로 갔다. 이모는 톰을 통로 옆자리에 앉혔다. 활짝 열린 창에서 되도록 멀리 떨어뜨려 놔야 창밖의 아름다운 여름 풍경에 한눈팔지 못할 테니까.

많은 사람들이 줄지어 통로로 들어왔다. 한때는 잘살았지만 지금은 늙고 가난한 우체국장, 시장과 부인(이 손바닥만 한 마을에 '시장'이라니. 이 마을에 불필요한 것들 중 하나다), 치안 판사, 과

부인 더글러스 부인이 들어왔다. 올해 마흔 살인 더글러스 부인은 아름답고 똑똑하고 너그럽고 마음씨가 고왔고, 또 부자였다. 언덕 위 부인의 저택은 이 마을에서 유일하게 궁전이라 할 만한 집이었다. 게다가 부인은 마을 행사에서 손님들에게 잘 대해 주고 돈을 후하게 쓰기 때문에 세인트피터즈버그가 자랑할 만한 사람이었다. 이어서 허리가 굽었지만 공경할 만한 인물인 워드 소령과 부인, 타지에서 온 새로운 명사 리버슨 변호사가 들어왔고, 다음에는 이 마을 최고의 미인이 론*으로 만든 옷에 리본으로 치장한 매력적인 젊은 아가씨들의 무리를 이끌고 들어왔다. 그 뒤로 가게에서 일하는 젊은이들이 한꺼번에 들어왔다. 머리에 기름을 바르고 히쭉히쭉 웃는 이 여성 숭배자들은 입구에 둥근 벽을 만들고 서서 마지막 아가씨가 그들 사이를 다 지나갈 때까지 기다렸다. 마지막으로 모범 소년인 윌리 머퍼슨이 어머니를 유리잔 다루듯이 조심스럽게 부축하며 입장했다. 그 소년은 항상 어머니를 교회에 모시고 왔기 때문에 모든 동네 아주머니들의 칭찬을 받았다. 모든 남자아이들은 걔를 싫어했다. 너무 착해서 '너무 돋보였기' 때문이다. 일요일에는 늘 그랬지만, 윌리의 뒷주머니에서 흰 손수건이 우연을 가장하여 삐져나와 있었다. 톰은 손수건도 없었지만, 그걸 갖고 다니는 남자애는 잘난

* lawn. 고운 면이나 아마사로 된 천.

체하는 녀석쯤으로 멸시했다.

신도들이 다 모이자, 밖에서 들어오지 않고 빈둥거리는 굼벵이들에게 보내는 경고의 표시로 교회 종이 한 번 더 울렸다. 교회 안에 엄숙한 침묵이 흘렀고 2층 성가대석에서만 간간이 킥킥거리고 속삭이는 소리가 났다. 예배가 다 끝날 때까지 계속 킥킥거리고 속삭였다. 옛날에는 예절 바른 성가대도 있었는데 지금은 그런 게 어디 있는지 모르겠다. 너무 먼 과거의 일이라서 잘 생각나지도 않는다. 아마도 외국에 있는 성가대였던 것 같다.

목사가 찬양할 구절을 알려 주고서, 그 부분을 멋진 가락으로 읽어 내려갔다. 그의 독특한 낭송 스타일에 대해서는 이 고장에서 칭찬이 자자했다. 중간 음조에서 낭송을 시작해서, 점점 올라가 특정 부분에 이르면 핵심 단어에 엄청난 강세를 준 다음, 다이빙 도약대에서 뛰어내리듯 목소리가 착 가라앉는 식이다.

어찌 나 홀로 편안한 꽃길로 천상으로 가겠는가. 다른 이들이 영광의 상을 얻기 위해 싸우고, 피바다를 항해하는데?[*]

사람들은 목사를 훌륭한 낭송가라고 생각했고, 교회 친목회에서는 그에게 항상 시 낭송을 부탁했다. 목사가 낭송을 끝내면 여

[*] 찬송가 「십자가 군병 되어서」의 제2절 가사.

성들은 양손을 추켜올렸다가 힘없이 무릎 위에 떨어뜨리거나, 눈동자를 '굴리거나', 고개를 저었다. 마치 "말로는 표현할 수 없어요. 너무 아름다워요. 속세의 소리로 보기에는 너무 아름다워요"라고 말하려는 듯이.

찬송가 합창이 끝나자, 스프레이그 목사가 '인간 게시판'으로 변해서 각종 모임과 사교 행사 같은 '전달 사항'을 알렸다. 그 목록은 세상의 종말까지 뻗은 듯이 길었다. 이런 모습은 미국에서 신문이 흔한 요즘에도, 심지어 대도시에서도 흔히 볼 수 있는 희한한 관습이다. 별 이유 없는 전통일수록 없애기가 더 힘들다.

이제 목사는 기도를 올렸다. 훌륭하고 자비로운 내용이었고, 매우 상세했다. 목사는 교회를 위해, 교회에 온 아이들을 위해, 마을의 다른 교회를 위해, 마을을 위해, 지방을 위해, 주를 위해, 주의 공무원들을 위해, 미국을 위해, 미국의 교회들을 위해, 하원을 위해, 대통령을 위해, 연방정부의 공무원들을 위해, 폭풍이 몰아치는 바다에서 이리저리 흔들리는 불쌍한 선원들을 위해, 유럽의 왕정과 동양의 전제주의 정권의 압제에 신음하는 수백만의 피압박 민중을 위해, 빛과 복음이 있는데도 볼 수 있는 눈과 들을 수 있는 귀가 없는 사람들을 위해, 오지의 섬에 있는 이교도들을 위해 기도한 다음, 마무리로 자기가 방금 말한 모든 말씀이 은총과 자비를 받아 비옥한 땅에 뿌려진 씨앗처럼 언젠가 풍성한 선의 열매를 맺게 해 달라 기도했다. 아멘!

옷자락이 바스락거리며 스치는 소리와 함께, 서 있던 모든 신도들이 자리에 앉았다. 이 책의 주인공 소년은 기도에 전혀 관심이 없고 그냥 참고 견딜 뿐이었는데, 그나마도 잘 못 참아서 처음부터 끝까지 안절부절못했다. 톰은 자기도 모르는 사이에 기도의 세세한 부분까지 다 외우고 있었다. 열심히 들어서가 아니라 목사가 늘 똑같은 내용을 반복했기 때문이다. 그래서 아무리 사소한 내용이라도 새로운 말이 조금 섞이면, 그의 귀는 그것을 금방 감지했고, 당연히 화가 났다. 내용을 추가하는 행위가 불공정하고 비열한 짓으로 여겨졌다.

기도가 한창일 때, 앞 의자의 등받이에 파리가 한 마리 내려앉았다. 파리는 조용히 발을 비비다가 다리로 머리를 감싸더니 몸통에서 떨어져 나갈 정도로 머리를 열심히 문질렀다. 톰의 손이 근질거렸다. 얼핏 가느다란 파리의 목이 드러났다. 이번에는 뒷다리로 날개를 문지르더니 날개를 외투처럼 제 몸에 붙였다. 파리는 전혀 위험하지 않은 줄 안다는 듯이 이 모든 몸단장을 조용히 마쳤다. 실제로 파리는 안전했다. 톰은 감히 파리를 잡을 수가 없었다. 기도할 때 그런 짓을 하면 영혼이 박살난다고 믿기 때문이었다. 드디어 기도의 마지막 문장이 낭송될 때 톰은 손을 동그랗게 말아 살살 앞으로 내밀었다. "아멘" 소리와 동시에 파리는 포로가 되었다. 이모가 이 장면을 목격하고 톰의 손에서 파리를 날려 보냈다.

목사는 성경 구절을 일러 주더니 단조로운 목소리로 설교를 시작했다. 너무 지루해서 사람들이 단체로 졸음에 빠져들었다. 꺼지지 않는 지옥불과 유황에 관한 내용이었는데, 다들 조는 바람에 선택받을 숫자는 구원이고 뭐고 할 정도도 안 될 만큼 줄었다. 톰은 늘 설교문의 페이지를 세어 보았다. 그래서 예배가 끝나면 톰은 항상 그날 몇 페이지의 설교를 했는지 정확히 알았다. 설교 내용은 거의 몰랐지만.

하지만 이번에는 톰도 잠시나마 설교를 주의깊게 들었다. 목사가 사자와 양이 한자리에 눕고 어린이가 그들을 몰고 다니는 천년왕국이 오면* 전 세계 사람들이 한자리에 모여 산다는 감동적이고 웅장한 광경을 그려주었기 때문이다. 이 위대한 이야기에 담긴 비장미, 교훈, 도덕 따위는 이 소년에게 전혀 전해지지 않았다. 톰은 전 세계 사람들 앞에서 주인공 어린이가 돋보이는 장면만 생각했다. 톰의 얼굴은 이런 공상으로 밝아졌다. '내가 그 어린이라면 얼마나 좋을까.' 물론 사자는 잘 길든 놈이어야 한다.

딱딱한 설교가 다시 이어지자 톰도 다시 고통 속으로 빠져들었다. 그때 자기의 보물이 떠올랐다. 턱이 억센 크고 검은 딱정벌레인데, 톰은 '집게벌레'라고 불렀다. 장난감 총 상자에 넣어

---

* 이사야서 11장 6절

두었던 녀석을 끄집어냈다. 딱정벌레는 밖으로 나오자 대뜸 톰의 손가락을 깨물었다. 놀란 톰이 얼떨결에 벌레를 튕기자, 벌레는 통로로 날아가 뒤집어진 채 버둥거렸다. 톰은 다친 손가락을 입에 물었다. 딱정벌레는 다리를 버둥거릴 뿐, 몸을 뒤집지 못했다. 그 모습에 톰이 녀석을 다시 집어오려고 했지만, 손이 닿지 않았다. 설교에 흥미를 잃은 몇몇 사람들도 딱정벌레를 흥미롭게 곁눈질했다.

바로 그때 푸들 한 마리가 어슬렁거리며 교회로 들어왔다. 마음도 슬프고 나른하고 고요한 여름이 너무 무료해서 기분 전환거리를 찾는 것 같았다. 그 개가 딱정벌레를 발견했다. 녀석이 늘어졌던 꼬리를 빳빳히 올리더니 살랑살랑 흔들었다. 개는 이 귀한 선물의 주변을 돌면서 자세히 살폈고 안전거리를 유지하며 냄새를 맡았다. 그런 뒤 다시 주변을 돌았고, 좀 더 대담하게 더 가까이 다가가서 냄새를 맡았다. 그러다가 입을 벌려 덥석 물었는데, 놓쳤다. 두 번, 세 번…… 계속 덤볐다. 개는 본격적으로 이 오락을 즐기기 시작했다. 앞발 사이에 딱정벌레를 두고 배를 깔고 주저앉아 실험을 즐겼다. 그러더니 마침내 놀이에 싫증이 났는지 멍한 표정이 되더니 이내 졸기 시작했다.

개의 머리가 꾸벅꾸벅하며 점점 내려가다가, 턱으로 적군을 건드렸다. 적군은 이 기회를 놓치지 않았다. 푸들이 날카로운 비명을 지르더니 고개를 마구 흔들었다. 그 바람에 딱정벌레는

2~3미터쯤 나가떨어졌는데, 이번에도 뒤집어진 채 떨어졌다. 주변 구경꾼들은 속에서 터져 나오는 웃음을 참느라 부르르 몸을 떨었다. 어떤 이들은 부채나 손수건으로 얼굴을 가렸다. 톰은 무척 즐거웠다. 개가 바보같아 보였는데(아마 스스로도 그렇게 느꼈을 것 같다), 한편으로는 딱정벌레에게 원한을 품고 복수심을 불태우는 것 같았다. 그래서인지 개는 다시, 이번에는 신중하게 공격을 퍼부었다. 빙빙 주변을 돌다가 불시에 펄쩍 뛰어 앞발로 내리쳤고, 이빨로 여러 번 물었지만 아슬아슬하게 빗나갔다. 또 귀가 펄럭이도록 머리를 흔들었다. 그러나 오래지 않아 개는 또 싫증을 냈다. 그래서 파리와 장난을 치려 했으나 이 역시 시큰둥해 했다. 코를 땅바닥에 바싹 붙이고 개미를 쫓는 일에도 금세 싫증냈다. 개는 하품을 하고 한숨을 쉬더니 딱정벌레의 존재를 까맣게 잊고 털썩 주저앉았는데, 하필이면 벌레 위였다!

날카로운 외마디 비명이 터져 나오더니 푸들이 복도를 따라 달렸다. 도주하는 내내 비명이 계속되었다. 개는 교회 안을 가로질러 단상 앞으로 달려가더니, 반대쪽 통로로 날듯이 뛰어갔고, 문 앞에서 다시 방향을 틀었다. 개는 시끄럽게 짖으며 연단에 올라갔다. 뛸수록 고통은 더 커졌다. 드디어 개는 광채를 발하며 빛의 속도로 궤도를 맴도는 '털 뭉치' 혜성처럼 뱅글뱅글 돌다. 결국 광란의 수난자는 궤도를 이탈하여 주인의 무릎 위로 펄쩍 뛰어 올라갔고, 주인은 개를 창밖으로 내던졌다. 절망의 비명은 금세 가늘어지면서 아스라이 사라졌다.

교회 안 모든 사람이 터져 나오는 웃음을 참느라 얼굴이 새빨개졌고 숨도 제대로 쉬지 못했다. 중단되었던 설교가 재개되었으나 제대로 진행되지 못하고 끊어지기 일쑤였다. 신도들에게 감동을 주기는 절대 불가능했다. 아무리 진지한 의미를 전해도 한 구석에서는 숨죽인 불경스러운 웃음소리가 끊임없이 터져나왔다. 재치 없는 목사가 오래간만에 재담을 한 듯한 상황이었다. 고난의 설교가 끝나고 감사의 기도가 낭송되자 비로소 모든 신도들은 진정한 안도감을 느꼈다.

톰 소여는 신성한 예배 의식도 약간의 변화만 있으면 즐거운 것이라고 생각하면서 꽤 즐겁게 집에 돌아갔다. 딱 하나, 찜찜한 구석이 있었다. 개가 자기의 '집게벌레'를 갖고 노는 거야 얼마든지 환영이지만, 그걸 갖고 달아난 것은 괘씸하기만 했다.

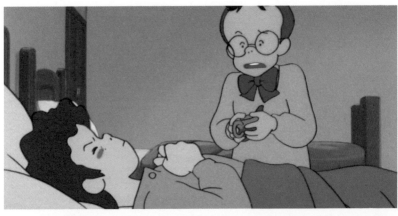

제6장

자가 진단 – 치과 치료 – 자정의 마법 – 마녀와 악마
– 조심스러운 접근 – 행복한 시간

월요일 아침, 톰은 비참했다. 월요일 아침에는 항상 그랬다. 학교에서 한 주일간 지속되는 지루한 고통이 시작되는 날이기 때문이다. 톰은 월요일 아침마다 생각했다. '차라리 일요일이 없으면 좋겠어.' 휴일 때문에 오히려 감옥과 족쇄의 일주일을 다시 시작한다는 생각이 더욱 끔찍하게 다가왔다.

톰은 누워서 문득, 병에 걸렸으면 좋겠다고 생각했다. 그러면 학교에 안 가도 되니까. 어느 정도 실현 가능성이 있는 방법이었다. 톰은 자신의 몸 상태를 자세히 살폈다. 아픈 데가 없었다. 그래도 다시 한 번 조사했다. 복통이 느껴지는 것 같아 큰 희망을 품고 복통을 키워 보았다. 하지만 복통은 점점 약해지더니 완전

89

히 사라져 버렸다.

톰은 더 깊이 성찰했다. 갑자기 중요한 사실을 발견했다. 앞니가 하나 흔들리고 있었다. 운이 좋았다. 그런데 톰은 '환자의 신호'로서 앓는 소리를 내려다가, 문득 '이모의 법정'에 끌려갔을 때 이런 주장을 내세우면 이모가 이를 뽑아 버릴 것이고, 그러면 진짜 아플 것이라는 데 생각이 미쳤다. 그래서 앞니 문제는 일단 보류하고 다른 방법을 궁리했다. 아무리 머리를 굴려도 뾰족한 수가 떠오르지 않았다. 그러다 예전에 의사가 들려준 어떤 병이 떠올랐다. 의사는 그 병에 걸리면 환자는 적어도 2~3주 누워 있어야 하고 심하면 손가락도 잃는다고 겁을 줬다. 톰은 이불에서 아픈 발가락을 빼내어 높이 쳐들고 자세히 들여다보았다. 어떤 증상이 필요한지 몰랐지만 시도해 볼 만했다.

톰은 신음 소리를 내기 시작했다.

하지만 시드는 전혀 모른 채 계속 잠만 잤다.

톰은 더 크게 앓는 소리를 냈다. 그러자 발가락에서 진짜 통증이 느껴지는 것 같은 착각이 들었다.

시드는 여전히 아무 반응을 보이지 않았다.

이제 힘을 내어 숨을 헐떡였다. 그리고 잠시 쉬었다가 숨을 크게 들이쉰 다음 진짜 같은 신음 소리를 연달아 토해 냈다.

그래도 시드는 코를 골며 잤다.

톰은 화가 나서 "시드, 시드" 하고 부르며 시드를 흔들었다. 이번에는 효과가 있었다. 톰은 다시 신음 소리를 냈다. 시드는 하품을 하고 기지개를 켜더니 한쪽 팔로 몸을 일으켰다. 시드가 코를 쿵쿵거리며 톰을 바라보았다. 톰은 계속 신음 소리를 냈다.

시드가 말했다.

"톰, 야, 톰!"

(반응이 없다.)

시드가 톰을 흔들며 걱정스럽게 내려다보았다.

"야, 톰. 톰! 왜 그래, 톰?"

톰이 끙끙거리며 말했다.

"아, 그러지 마, 시드. 흔들지 말란 말이야."

"왜, 무슨 일이야, 톰? 이모를 불러야겠어."

"아냐, 신경 쓰지 마. 조금 있으면 나아질 거야. 아무도 부르지 마."

"안 돼, 불러야 돼! 그렇게 죽는소리하지 마, 톰. 무서워. 언제부터 이런 거야?"

"몇 시간 됐어. 아야! 그렇게 움직이지 마, 시드. 너무 아파 죽겠어."

"톰, 왜 진작 깨우지 않았어? 오, 톰, 그만해! 신음 소리를 들으니까 소름이 끼쳐. 톰, 왜 그러는 거야?"

"시드야, 네가 한 짓을 다 용서해 줄게. (신음 소리) 네가 내게 한 짓 전부 다. 내가 죽으면……."

"죽는다고? 안 돼, 톰. 오, 제발……."

"모두를 다 용서하겠어, 시드. (앓는 소리) 사람들한테 그렇게 말해 줘, 시드. 그리고 내 창틀과 애꾸눈 고양이는 새로 이사 온 여자애한테 줘. 그리고 이렇게 전해……."

시드는 옷을 재빨리 챙겨 입고 방에서 뛰어나갔다. 톰의 상상은 큰 효과를 발휘하여 지금 진짜로 아픈 것 같았다. 신음 소리도 진짜 같았다.

시드는 날듯이 아래층으로 내려가 소리쳤다.

"폴리 이모, 나와 보세요! 톰이 죽어 가요!"

"죽어 가다니!"

"네. 빨리요, 빨리 와 보세요!"

"쓸데없는 소리! 그럴 리가 있니?"

그러면서도 이모는 2층으로 뛰어 올라왔고 시드와 메리가 뒤따라왔다. 이모는 얼굴이 하얗게 질렸고 입술을 떨었다.

"얘, 톰! 왜 그러니?"

침대 옆에 온 이모는 숨 가쁜 목소리로 말했다.

"아, 이모, 저는……."

"무슨 일이야……. 도대체 왜 그러니, 애야?"

"아, 이모, 아픈 발가락이 썩는 것 같아요."

늙은 이모는 의자에 털썩 앉아 몰래 슬며시 웃었다. 그러고 나서 조금 울다가, 그다음에는 동시에 웃다가 울었다. 이모는 그러

면서 마음이 진정되었다.

"톰, 너 때문에 깜짝 놀랐다. 헛소리 그만하고 얼른 일어나."

앓는 소리가 즉각 멈췄고 발가락의 통증도 사라졌다. 톰은 바보가 된 기분이었다.

"폴리 이모, 정말 썩는 것 같단 말이에요. 여기가 너무 아파서 이 아픈 것도 잊어 먹을 정도였어요."

"이가 아프다고? 정말? 이는 또 왜 아파?"

"이 하나가 흔들려서 엄청나게 아파요."

"됐다, 됐어. 앓는 소리는 다신 내지 마라. 입을 벌려 봐. 음, 이 하나가 정말 흔들리는구나. 그렇다고 죽진 않아. 메리야, 비단실 좀 가져올래? 부엌 난로에서 석탄도 한 덩이 꺼내 오고."

"이모, 이를 뽑지 마세요. 이젠 안 아파요. 아파도 난리치지 않을게요. 제발 뽑지 마세요, 이모. 학교를 빼먹고 싶지 않아요."

"아하, 빼먹고 싶지 않다고. 정말이니? 그러니까 학교를 빼먹고 낚시 가고 싶어서 난리를 쳤구나? 톰, 이모는 널 사랑하는데, 넌 늙은 이모의 가슴을 멍들게 하려고 온갖 꾀를 피우는구나."

이때 메리가 들어왔다. 늙은 이모는 비단실로 톰의 이를 단단히 묶고 실 끝을 침대 기둥에 매더니, 불덩어리를 집어 갑자기 톰의 얼굴에 닿을 정도로 가까이 들이댔다. 눈 깜짝할 사이에 톰의 이는 침대 기둥에 대롱대롱 매달렸다.

모든 시련에는 보상이 따르는 법! 아침을 먹고 학교에 간 톰은 모든 아이들에게 선망의 대상이 되었다. 윗니 사이에 구멍이 생기는 바람에 희한하고 멋있는 폼으로 침을 뱉을 수 있었기 때문이다. 이 묘기를 신기해 하는 꼬마들이 톰을 졸졸 따라다녔다. 한 손가락을 베어서 지금까지 호기심과 경탄의 중심에 서 있던 아이가 순식간에 빛을 잃고 모든 추종자를 잃는 신세로 전락했다. 상심한 아이가 짐짓 거만한 태도로 '톰 소여처럼 침 뱉는 건 시시한 거'라고 말해 보았지만, 다른 아이가 "그게 바로 이솝 우화의 신 포도야!"라고 말했다. 무너진 영웅은 힘없이 사라졌다.

잠시 후 톰은 우연히 길에서 허클베리 핀과 마주쳤다. 그는 소문난 술주정뱅이의 아들이라서, 마을에서 부랑아 취급을 받았다. 모든 엄마들은 허클베리를 지독하게 미워하고, 또 무서워했다. 게으르고 제멋대로 굴고 상스러운, 아주 나쁜 아이라는 게 그 이유였다. 자녀들이 허클베리를 부러워하고, 그 아이의 금지된 생활을 동경하고, 그 아이처럼 살기를 바랐기 때문이기도 했다. 톰도 여느 좋은 집안의 아이들처럼, 허클베리의 떠돌이 생활이 부러웠는데 같이 놀지 말라는 엄격한 명령을 받고 있었다. 그래서 톰은 틈날 때마다 허크와 어울렸다.

허클베리는 어른들이 내버린 옷을 입어서, 항상 옷 여기저기가 터져 있고 누더기처럼 펄럭였다. 모자는 차라리 초승달처럼 생긴 폐물이라는 말이 어울렸고, 가장자리도 다 닳아서 너덜거렸다. 코트라도 걸친 날은 발뒤꿈치에 닿을 정도로 커서 뒷단추가 등 밑까지 내려왔다. 바지는 간신히 멜빵끈 하나로 지탱해서 엉덩이 부분이 축 처져 헐렁거렸고, 쭈글쭈글한 바짓가랑이는 걷어 올리지 않아서 땅에 질질 끌렸다.

허클베리는 철저하게 마음 내키는 대로 돌아다녔다. 날씨가 좋은 날에는 남의 집 앞 계단에서 잠을 잤고, 비가 오면 빈 나무통을 찾아 그 속에서 잤다. 그 소년은 학교나 교회에 갈 필요가 없었고, 누군가에게 주인님이라고 존칭하거나 복종할 필요도 없었다.* 마음 내킬 때 내키는 장소로 낚시를 가거나 헤엄치러 갔고, 마음에 들면 아무 데서나 언제고 머물렀다. 싸움질을 해도 아무도 혼내지 않았고, 얼마든지 늦게 자도 괜찮았다. 봄이 오면 항상 가장 먼저 맨발로 돌아다녔고 가을에는 가장 늦게 신발을 신었다. 씻을 필요도 없었고 깨끗한 옷을 입지도 않았다. 게다가 욕도 아주 잘했다. 한마디로, 인생을 멋지게 살 수 있는 모든 조건을 갖춘 아이였다. 세인트피터즈버그에서 '부모의 구속' 받으며 사는 얌전한 아이들은 모두 그렇게 생각했다.

톰은 이 낭만적인 부랑아에게 반갑게 인사했다.

"야, 안녕, 허클베리!"

"어, 그래. 이거 어때?"

"손에 든 게 뭔데?"

---

* 당시에 존재하던 노예들과도 처지가 달랐다는 의미다.

"죽은 고양이."

"어디 봐, 허크. 와, 굉장히 단단해! 어디서 났어?"

"어떤 애한테 샀어."

"뭘 주고?"

"파란 딱지 한 장이랑 도살장에서 가져온 소 방광."

"파란 딱지는 어디서 났는데?"

"2주 전에 벤 로저스한테 굴렁쇠 막대기를 주고 바꿨지."

"허크. 죽은 고양이로 뭘 하려고?"

"뭘 하냐니. 사마귀를 떼지."

"설마, 정말? 더 좋은 방법이 있는데."

"웃기지 마. 그게 뭐야?"

"당연히, 나무 썩은 물이지."

"썩은 물! 그런 건 당최 관심 없어."

"정말, 정말? 허크, 너 한 번도 안 해 봤어?"

"응, 안 해 봤어. 근데 밥 태너는 해 봤대."

"누가 그래?"

"쳇, 걔가 제프 대처한테 말한 걸, 제프가 조니 베이커에게 말해서, 조니는 짐 홀리스한테 말하고, 짐은 벤 로저스한테 말했지. 벤이 한 검둥이한테 말했는데, 난 그 검둥이한테 들었어. 이제 알겠지?"

"흥, 무슨 말? 다른 사람은 몰라도 검둥이 말은 거짓말이야. 그

검둥이가 누군지 모르겠지만, 거짓말 안 하는 검둥이는 본 적이 없어. 다 거짓말이야! 그래, 밥 태너가 어떻게 했다는 건데?"

"빗물이 고여 있는 썩은 나무 그루터기에 손을 넣어 봤대."

"낮에?"

"그럼."

"그루터기를 쳐다보면서?"

"응, 그런 거 같아."

"아무 말도 안 했대?"

"그건 모르겠어. 몰라."

"아하! 썩은 물로 사마귀를 떼려면 제대로 해야지, 그렇게 엉터리로 하는 바보가 어디 있냐! 쳇, 그렇게 하면 전혀 소용이 없어. 잘 들어, 허크. 정식으로 하려면 우선 혼자 숲 한복판으로 가야 해. 그루터기에 썩은 물이 고인 데 말이야. 그래서 딱 자정에 그루터기에 등을 붙인 다음, 그 안에 손을 집어넣고 이렇게 외쳐. '보리알아, 보리알아, 꼬마 인디언들의 밥아, 썩은 물아, 썩은 물아, 이 사마귀를 빨아 먹어라.' 그러고 나서 눈을 감고 잽싸게 열한 걸음 떨어져 나와 제자리에서 세 바퀴 돈 다음에 집으로 가. 그 후에도 아무하고도 말하면 안 돼. 말하면 다 헛수고가 되니까."

"우와, 그럴 듯한데. 그런데 밥 태너는 그런 식으로 안 했어."

"안 했겠지. 그 녀석이 그렇게 했을 리가 없잖아. 밥 태너는 우리 동네에서 사마귀가 가장 많은 애야. 걔가 썩은 물 사용법을 제대로 알았다면 그렇게 사마귀가 많지 않겠어? 난 그런 식으로 손에서 사마귀를 수천 개나 뗀걸, 허크. 난 개구리를 많이 가지고 놀아서 그런지 사마귀가 많이 생겨. 콩으로도 뗐고."

"맞아, 콩도 좋은 방법이지. 나도 해 봤어."

"그래? 어떻게 했는데?"

"콩을 반으로 쪼개. 그다음에 사마귀를 칼로 베서 피가 나오게 한 다음 그 피를 자른 콩에 발라. 그걸 달 없는 밤…… 자정쯤 사거리 같은 데로 가져가서 땅에 깊게 구멍을 파서 반쪽만 묻는 거야. 남은 콩은 태우고. 그럼 피 묻은 콩이 사마귀를 계속 끌어당기지. 나머지 반쪽을 가져오려고 말이야. 결국 그 피가 사마귀를 잡아당겨서 조금만 있으면 사마귀가 없어져."

"그거야, 허크. 네 말이 맞아. 콩을 땅에 묻을 때 주문을 외워주면 더 좋아. '없어져라 콩아. 떨어져라 사마귀야. 더 이상 날 괴롭히지 말아 다오!' 조 하퍼도 그렇게 했대. 걔는 쿤빌에서 살았는데 다른 동네에서도 다 그렇게 한대. 근데 죽은 고양이는 어떻게 사마귀를 없앤다는 거야?"

"어, 고양이를 들고 자정쯤 공동묘지로 가. 아주 못된 악당이 묻힌 날이 좋아. 그러면 자정에 악마가 나타나거든. 두어 놈이 같이 올 수도 있어. 하지만 우리 눈엔 안 보여. 바람 소리 같은 걸로 악마들끼리 수군거리는 소리만 들리지. 악마가 악당의 영혼을 데려가려고 할 때 뒤에서 죽은 고양이를 번쩍 들고 말하는 거야. '악마는 송장을 따라가라. 고양이는 악마를 따라가라. 사마귀는 고양이를 따라가라. 너와는 안녕이다!' 그럼 어떤 사마귀라도 단번에 없어지게 돼 있어."

"그거 되게 좋은 방법 같은데? 허크, 넌 해 봤어?"

"아니, 홉킨스 할머니한테 들은 거야."

"음, 그럴 줄 알았어. 다들 그러는데 그 할머니는 마녀래."

"맞아, 톰. 나도 알아. 그 할머니가 우리 아빠도 홀렸어. 아빠가 직접 그렇게 말했어. 언젠가 아빠가 길을 가고 있는데 아빠한테 와서 마법을 걸더래. 그래서 아빠가 돌을 집어 던졌대. 할머니가 피해서 맞히지는 못했는데 바로 그날 밤 아빠는 술에 취해 자다가 침대에서 떨어져 팔이 부러졌대."

"와, 끔찍하다. 너희 아빠는 마녀가 마법을 걸었다는 걸 어떻게 알았지?"

"아빠 말로는 쉽다던데. 그네들이 사람을 계속 뻔히 쳐다보면 그게 바로 마법을 거는 거래. 특히 뭐라고 중얼거리면 틀림없고. 주기도문을 거꾸로 중얼중얼 외우는 거거든 ."

"허크, 그 고양이를 언제 시험해 볼 거니?"

"오늘 밤. 악마들이 오늘 밤에 호스 윌리엄스 영감을 노릴 것 같아."

"에이, 그 영감은 토요일에 묻었잖아. 토요일 밤에 악마들이 이미 데려가지 않았을까?"

"하, 무슨 소리! 악마들의 주문은 자정이 되어야만 효력이 있어. 토요일 자정은 일요일이잖아. 악마들은 일요일에는 얼씬도 안 해. 내 생각에 말야."

"아, 그 생각을 못 했네. 그렇겠구나! 나도 같이 가도 돼?"

"물론이지. 겁나지 않으면 따라와."

"겁나다니! 전혀. 밤에 야옹 소리를 낼 거니?"

"응, 내가 신호하면 너도 야옹 하고 대답해. 지난번에 계속 야옹야옹 했더니 헤이즈 영감이 돌을 던지면서 '빌어먹을 고양이 새끼'라고 하더라고. 그래서 벽돌로 창문을 박살 내 줬지. 아무한테도 말하지 마."

"말 안 할게. 근데 그날 밤에는 야옹 소리를 낼 수가 없었어. 이모가 계속 감시해서 말이야. 이번에는 꼭 야옹 할게. 참, 저건

뭐냐?"

"그냥 진드기야."

"어디서 났어?"

"숲에서 주웠어."

"뭐하고 바꿀 건데?"

"몰라. 팔고 싶지 않은데."

"맘대로 해. 그래 봐야 쪼그만 진드기인데 뭐."

"흥, 사람들은 자기 진드기가 아니면 다 헐뜯지. 난 이놈이 좋아. 내가 보기엔 아주 멋있는 진드기야."

"흥, 진드기는 얼마든지 있어. 마음만 먹으면 천 마리도 넘게 잡겠다."

"호, 근데 왜 안 잡아? 못 잡는다는 걸 아주 잘 알기 때문 아니야? 이놈은 아주 일찍 나온 진드기야. 올해 처음 본 놈이라고."

"야, 허크. 그놈 주면 내가 이 줄게."

"어디 봐."

톰은 종이 뭉치를 꺼내 조심스럽게 풀었다. 허클베리는 부러운 눈으로 이를 한참 동안 들여다보았다. 강한 욕심이 생겼다.

"이거 진짜야?"

톰은 윗입술을 올려 이 빠진 구멍을 보여 주었다.

허클베리가 말했다.

"좋아. 바꾸자!"

톰은 어제까지 '집게벌레'의 감옥으로 사용했던 장난감 총 상자에 진드기를 넣었다. 두 아이는 각자 전보다 부자가 된 기분으로 헤어졌다.

톰은 약간 외진 곳에 있는 학교 앞까지 오자 빠른 걸음으로 걸었다. 딴짓 않고 곧장 온 사람 같은 태도였다. 톰은 옷걸이에 모자를 걸고 날쌘 동작으로 자기 자리를 찾았다. 선생님은 바닥에 판자를 댄 커다란 팔걸이의자에 왕처럼 앉아 아이들이 공부하는 소리를 자장가 삼아 졸다가, 톰이 들어오는 소리에 깼다.

"토머스 소여!"

톰은 누가 자기 이름을 줄이지 않고 성까지 붙여서 제대로 부르면 골치 아픈 일이 닥친다는 걸 경험으로 알고 있었다.

"네, 선생님!"

"이리 나와라. 새삼스러울 것도 없지만, 오늘은 무슨 이유로 늦으셨나?"

톰이 거짓말로 이 위기를 넘기려던 그때, 금발을 양 갈래로 등까지 땋아 내린 문제의 소녀가 눈에 확 들어왔다. 톰은 온몸이 감전된 듯한 사랑의 전율을 느꼈다. 게다가 그 소녀의 옆자리가 교실에서 유일한 빈자리였다. 그래서 톰은 재빨리 대답했다.

"허클베리 핀과 얘기하느라 늦었습니다."

선생님은 심장이 철렁해서 곤혹스러운 표정으로 톰을 빤히 쳐다봤다. 아이들이 중얼거리던 소리도 뚝 그쳤다. 학생들은 이

겁 없는 아이가 이젠 완전히 돌았구나, 하고 생각했다.

"너, 너 뭐 하다가 늦었다고?"

"허클베리 핀과 얘기하느라고 늦었습니다."

잘못 들은 게 아니었다.

"톰 소여, 내가 평생 들어 본 것 중 가장 놀라운 고백이로구나. 그런 죄는 매 몇 대로는 안 되지. 윗옷을 벗어라!"

선생님은 팔이 아플 때까지 매질을 했다. 옆에 쌓아 놓은 회초리가 금방 줄어들었다. 그런 뒤 선생님은 단호하게 명령했다.

"자, 가서 여학생 옆에 앉아라! 이걸 경고로 삼아."

교실에 킥킥거리는 소리가 퍼졌다. 톰은 무안한 표정을 지었는데, 사실 그건 미지의 우상에 대한 경외심과 대단한 행운에 대한 황홀감 때문이었다. 톰은 소나무 의자 끝에 앉았다. 소녀는 고개를 빳빳이 세운 채 톰에게서 멀리 떨어져 앉았다. 모든 학생들이 서로 팔꿈치로 찌르고, 눈짓을 나누고, 뭐라고 속삭였다. 하지만 톰은 앞에 놓인 길고 낮은 책상 위에 두 팔을 올린 채 조용히 앉아 책을 읽는 척했다.

아이들의 관심이 조금씩 톰에게서 멀어졌고, 단조로운 교실에는 평소처럼 학생들의 웅성거림만 가득했다. 그러자 톰은 소녀를 곁눈질로 훔쳐보기 시작했다. 소녀는 그 모습을 보고 입을 삐죽이더니 거의 1분 동안 톰에게 뒤통수가 보이도록 고개를 돌리고 있었다. 소녀가 고개를 조심스럽게 다시 돌리자 책상에 복숭아가 한 개 놓여 있었다. 소녀는 복숭아를 손으로 밀어냈다. 톰은 가만히 그 자리에 다시 갖다 놓았다. 소녀가 다시 밀어냈지만 적개심은 한결 줄어 있었다. 톰은 끈질기게 그것을 그 자리에 갖다 놓았다. 이번에는 소녀도 가만히 내버려 두길래, 톰은 자기 석판에 '제발 받아 줘. 나 또 있어'라고 썼다. 소녀는 글씨를 흘끗 봤지만 별다른 내색을 하지 않았다.

톰은 왼팔로 가린 채 다시 석판에 뭔가를 그리기 시작했다. 소녀는 톰의 행동을 보지 않는 척했지만 점점 호기심이 동했다. 톰은 여전히 소녀를 무시한 채 계속 그림만 그렸다. 소녀는 보려는지 말려는지 알 수 없는 애매한 태도를 보였고, 이번에는 톰이 모르는 척했다. 마침내 소녀가 머뭇거리며 속삭였다.

"좀 보여 줘."

톰은 그림의 일부만 보여 주었다. 박공 구조로 된 어두운 집과 굴뚝에서 연기가 피어오르는 모습을 만화처럼 그린 것이었다. 이제 소녀는 관심이 온통 그림에 쏠려서 다른 것들은 깡그리 잊어버렸다. 그림이 완성되자 소녀가 잠시 그림을 뚫어지게 응시하더니 작은 소리로 말했다.

"멋있다. 사람도 그려 봐."

소년 화가는 그 집 정원에 기중기같이 키가 큰 사람을 그려 넣었다. 집 전체를 한 발로 넘어갈 수 있을 정도였다. 하지만 소녀는 까탈스러운 성격이 아니었는지, 그 괴물 같은 사람이 마음에

든다고 속삭였다.

"사람도 멋있게 그렸네. 이제 나도 이 그림에 넣어 줘."

톰은 모래시계처럼 허리가 잘록하고, 얼굴은 보름달 같고, 팔 다리는 지푸라기처럼 가느다란 소녀를 그렸다. 확 펴진 손가락에 커다란 부채까지 들려 주었다.

소녀가 말했다.

"정말 멋있다. 나도 이렇게 그림을 잘 그렸으면."

톰이 낮은 목소리로 말했다.

"쉬워. 내가 가르쳐 줄게."

"그럴래? 언제?"

"점심 때. 밥 먹으러 집에 가니?"

"네가 가르쳐 준다면 기다릴게."

"좋았어. 너 이름이 뭐야?"

"베키 대처. 너는? 아, 알아. 토머스 소여지?"

"그건 어른들이 날 때릴 때 부르는 이름이야. 내가 착하게 굴 때에는 그냥 톰이야. 너도 톰이라고 불러, 알았지?"

"응."

톰은 소녀가 보지 못하도록 손으로 가리고 석판에 또 뭔가를 썼다. 이번에는 소녀도 물러서지 않고 보여 달라고 졸랐다. 그러자 톰이 말했다.

"에이, 아무것도 아니야."

"멋있는 거 같은데."

"아냐. 보고 싶지 않을걸."

"보고 싶어, 정말로. 좀 보여 줘."

"아무한테도 말 안 할 거지?"

"응, 말 안 할게. 정말로, 정말로. 두 배로 정말로 아무한테도 말 안 할게."

"아무한테도 진짜 얘기 안 할 거지? 절대로, 죽을 때까지."

"응, 아무한테도 절대로 절대로 말 안 해. 이제 보여 줘."

"에이, 실망할 텐데!"

"그럼 내가 강제로 본다."

베키는 자그마한 손으로 톰의 손을 밀어내려 했고, 둘 사이에 옥신각신하는 실랑이가 이어졌다. 톰은 열심히 반항하는 척했지만 자기 손이 조금씩 밀리도록 내버려 두었다. 결국 글씨가 드러났다.

「너를 사랑해.」

"에이, 너 나빠!"

베키가 톰의 팔을 살짝 때렸다. 베키는 홍당무처럼 얼굴을 붉혔지만, 기분이 좋았다.

이 중요한 순간에 톰은 누군가가 천천히, 엄청난 힘으로 자기

귀를 말아 쥐더니 위로 쭈욱 끌어올리는 충격을 느꼈다. 교실이 웃음바다로 변한 가운데, 톰은 귀를 잡힌 채 교실을 한 바퀴 돌고서 제자리로 돌아왔다. 선생님이 잠시 무서운 눈초리로 톰을 노려보다가 한마디도 하지 않고 자기 '왕좌'로 돌아갔다. 톰은 귀가 얼얼했지만 마음은 뛸 듯이 기뻤다.

교실은 조용해졌고, 톰은 진심으로 공부에 집중하려고 애썼다. 하지만 마음의 동요가 너무 컸다. 읽기 시간에 자기 차례가 되었는데 엉망으로 읽었다. 지리 시간에는 호수를 산으로, 산은 강으로, 강은 대륙으로 헷갈렸고 나중에는 완전히 뒤죽박죽이 되었다. 철자 시간에는 갓난아이들도 아는 단어를 연속으로 틀리는 바람에 반에서 꼴찌로 떨어졌다. 결국 톰은 몇 달 동안 으스대며 달고 다녔던 백랍 메달을 내놓았다.

제7장

국경 조약 – 아침 수업 – 실수

톰은 책에 집중하려고 애를 쓸수록 마음속에 더 딴생각이 솟구쳤다. 그래서 연신 한숨과 하품을 쏟아 내다가, 결국 공부하려는 노력을 포기했다. 점심시간은 영원히 오지 않을 것 같았다. 교실은 쥐 죽은 듯 조용했다. 숨소리조차 들리지 않았다. 나른한 날들 중에서도 최고로 졸린 날이었다. 스물다섯 명의 꼬마 학자들이 웅얼거리는 소리가 마치 벌 떼의 윙윙거리는 소리처럼 최면을 거는 듯했다. 멀리 햇빛을 받아 번쩍이는 카디프 언덕의 푸른 산허리는 이글거리는 열기의 베일 사이로 어른거리며 거의 보라색을 띠었다. 하늘 높이 새 서너 마리가 나른한 날갯짓으로 떠 있을 뿐, 생물은 소 몇 마리밖에 눈에 띄지 않았다. 그 소들도 졸고 있었다.

톰은 밖에 나가 마음대로 놀든지, 아니면 이 지루한 시간을 보낼 흥밋거리를 갖고 싶어서 안달이 났다. 그래서 호주머니를 뒤져 보다가, 감사의 기도라도 올릴 듯이 얼굴이 환해졌다. 물론 감사의 기도를 어떻게 하는지 몰랐지만. 톰은 슬며시 장난감 총 상자를 꺼내서 진드기를 길고 평평한 책상 위에 꺼내 놓았다. 이 생물도 이 순간만큼은 감사의 기도를 드리고 싶을 만큼 기뻤겠지. 아, 너무 성급한 판단이었다. 진드기가 고마운 마음으로 달아나려고 해서, 톰이 핀으로 녀석의 몸을 다른 방향으로 밀었다.

옆자리의 절친한 친구도 톰처럼 지루해서 죽을 맛이었는데 이 재미있는 광경에 곧장 감사하는 마음으로 큰 흥미를 보였다. 조 하퍼 말이다. 두 소년은 평일에 죽 붙어 지내다가 토요일만 되면 적으로 나뉘어 서로 전투를 벌였다. 조는 자기 옷깃에 꽂아 두었던 핀을 뽑아 이 포로의 훈련을 거들기 시작했다. 이 장난은 갈수록 흥미진진해졌다. 잠시 후 톰은 둘이 같이 진드기를 건드리니까 둘 다 마음껏 가지고 놀지 못한다고 말했다. 그러더니 조의 석판을 책상에 올리고 중간쯤에 금을 긋고 이렇게 말했다.

"자, 진드기가 네 땅에 있으면 네 마음대로 건드려도 돼. 난 가만 있겠어. 하지만 네가 놓쳐서 이놈이 내 땅으로 넘어오면 다시 네 땅으로 건너갈 때까지 넌 건드리면 안 돼."

"좋아, 시작하자. 녀석을 움직여 봐."

진드기는 톰의 손에서 빠져나오자마자 경계선을 넘어갔다. 진드기는 조에게 한참을 시달리다가 간신히 톰의 영토로 탈출해 왔다. 이런 식으로 무대가 계속 바뀌었다. 한 아이가 진드기를 열심히 괴롭히고 있으면 상대 아이도 간섭하고 싶어서 뚫어져라 쳐다보았다. 둘 다 석판 위에 머리를 처박고 이 장난에 무섭게 집중했다. 행운이 조의 편에 서기로 결정한 것 같았다. 진드기는 이리로, 저리로, 다시 반대 방향으로 피해 다니면서 두 아이만큼이나 흥분하고 안달했다. 그러나 승리를 잡았다고 생각되어 톰이 손가락을 움직이려 하면 어김없이 조가 핀으로 진드기의 방향을 돌려놓아 계속 붙잡는 것이었다. 톰은 더 이상은 도저히 참을 수가 없어서, 핀 대신 손을 뻗었다. 조가 발끈했다.

"톰, 녀석한테 손대지 마."

"그냥 좀 건드린 것뿐인데, 뭘."

"안 돼, 공평하지 않잖아. 놓아줘."

"나 참, 많이 안 건드린다고."

"내 말 안 들려? 그냥 놔두라니까."

"싫어!"

"놔줘야 돼. 얘는 내 땅에 있잖아."

"야, 조 하퍼, 이 진드기가 원래 누구 거지?"

"누구 건지는 상관없어. 녀석이 지금 내 땅에 있으니까 넌 건드리면 안 돼."

"하, 난 건드리겠어. 내 진드기니까. 나는 죽어도 내가 하고 싶은 대로 하겠어!"

이때 엄청난 타격이 톰의 어깨에, 곧이어 조의 어깨에 가해졌다. 2분 동안 두 사람의 저고리에서 먼지가 풀풀 피어올랐고, 다른 학생들은 이 광경을 즐겼다. 두 소년은 놀이에 너무 몰두해서 선생님이 발끝으로 살금살금 다가와 자기들 뒤에 서 있고, 교실이 일순간에 조용해진 것도 몰랐던 것이다. 선생님은 그렇게 한참 동안 이 재미있는 광경을 구경하다가 끼어들었던 것이다.

정오에 수업이 끝나자, 톰은 베키 대처에게 달려가 귀엣말로 속삭였다.

"모자를 쓰고 집에 가는 척해. 모퉁이가 나오면 애들 몰래 싹 빠져서 길 따라 죽 갔다가 다시 와. 나는 다른 길로 가서 똑같은 방법으로 애들을 따돌리고 올 테니까."

그렇게 한 사람은 한 무리의 꼬마 친구들과, 또 한 사람은 다른 무리와 함께 학교에서 나갔다. 잠시 후 두 사람은 약속한 대로 길 끝에서 만나 학교로 돌아왔다. 학교에는 둘밖에 없었다. 두 아이는 석판을 앞에 놓고 나란히 앉았다. 톰은 베키에게 석필을 주었다. 그러고 나서 석필을 쥔 베키의 손을 잡고 그림을 그렸다. 곧 멋있는 집 그림이 탄생했다.

그림이 시들해지자 두 아이는 수다를 떨기 시작했다. 톰은 행복의 바다에서 헤엄치는 기분이었다. 톰이 말했다.

"너 쥐 좋아하니?"

"아니! 너무 싫어!"

"그래? 나도 살아 있는 쥐는 싫어. 근데 지금은 죽은 쥐를 말하는 거야. 줄에 매달아서 빙빙 돌리는 거."

"정말 싫어, 산 쥐든 죽은 쥐든 다 똑같아. 내가 좋아하는 건 껌이야."

"나도. 지금 껌이 있으면 얼마나 좋을까."

"그러니? 나한테 조금 있어. 조금만 씹게 해 줄게. 하지만 나중에 도로 줘야 돼."

마음이 통했다. 두 아이는 흡족한 표정으로 벤치에 앉아 다리를 흔들며 번갈아 가며 껌을 씹었다. 톰이 말했다.

"서커스 구경해 봤니?"

"응, 말 잘 들으면 아빠가 나중에 또 데리고 가신댔어."

"나도 세 번인가 네 번인가…… 아무튼 여러 번 가 봤어. 서커스에 비하면 주일 학교는 너무 시시해. 서커스에서는 항상 재미있는 일이 벌어져. 난 크면 서커스단의 광대가 될 거야."

"아, 멋있겠다! 광대는 정말 예뻐. 옷이 온통 물방울무늬잖아."

"맞아. 그 사람들은 돈도 아주 잘 써. 하루에 1달러나 쓴대. 벤로저스가 그랬어. 근데 베키, 너 약혼한 적 있니?"

"그게 뭔데?"

"음, 결혼을 약속하는 거야."

"아니, 안 해 봤어."

"하고 싶지 않니?"

"조금 하고 싶어. 아니, 잘 모르겠어. 어떤 거야?"

"어떤 거냐고? 뭐 특별한 건 아니야. 그냥 남자 친구에게 '너 말고 다른 애하고는 절대 결혼 안 한다'고 말하면 돼. 절대로, 아무하고도. 그리고 나서 뽀뽀만 하면 끝이야. 누구나 할 수 있어."

"뽀뽀? 뽀뽀는 왜 하는데?"

"음, 그러니까, 왜냐하면…… 사람들이 다 그렇게 하니까."

"사람들이 다?"

"응, 서로 사랑하면 다 그렇게 하는 것 같아. 너 아까 내가 석판에 뭐라고 썼는지 생각나지?"

"으…… 응."

"뭐라고 썼는데?"

"말 안 할래."

"그럼 내가 말해 줄까?"

"응…… 응……. 그렇지만 나중에."

"안 돼, 지금 말할래."

"안 돼, 지금은 하지 마. 내일 해."

"안 돼, 지금 할래. 제발, 베키야…… 조그맣게 말할게. 아주 아주 조그맣게 말할게."

베키는 망설였다. 톰은 베키가 말이 없자 찬성하는 것으로 단

정하고, 베키의 귀에 입을 바싹 대고 조심스러운 목소리로 속삭였다. 그러고는 한마디 덧붙였다.

"너도 조그맣게 말해 봐……. 똑같이."

베키는 잠시 머뭇거리다가 입을 열었다.

"내 얼굴이 안 보이게 고개를 저쪽으로 돌려. 그럼 얘기할게. 그렇지만 아무한테도 이 얘기 하면 안 돼. 알았지, 톰. 절대 말 안 하는 거야, 응?"

"알았어, 정말로, 정말로 말 안 할게. 자, 해 봐, 베키."

톰이 고개를 돌렸다. 베키는 수줍은 듯이 고개를 숙이고, 자기 숨결에 톰의 고수머리가 흔들릴 정도로 다가가서 속삭였다.

"사…… 랑…… 해."

베키는 그 말을 하고 나서 자리에서 벌떡 일어나 책상과 걸상 주위를 뱅뱅 돌았다. 톰이 뒤쫓아 뛰어가자 베키는 할 수 없이 교실 구석으로 달아나 작고 흰 앞치마로 얼굴을 감쌌다. 톰은 애원하듯이 말했다.

"자, 베키야, 이젠 됐어. 뽀뽀만 하면 다 끝나는 거야. 너무 무서워하지 마. 별거 아니야. 제발, 베키야."

베키는 조금씩 못 이기는 척, 얼굴을 감쌌던 팔을 풀었다. 베키의 얼굴은 빨갛게 물들어 있었다. 톰은 베키의 붉은 입술에 입을 맞추었다.

"이제 다 끝났어, 베키. 이제부터는, 나 말고는 아무도 사랑하면 안 돼. 나 말고 아무하고도 결혼하면 안 돼. 절대로, 영원히. 알았지?"

"알았어. 너 말고 어떤 애도 사랑하지 않을 거야, 톰. 그리고 너 말고 아무하고도 결혼하지 않을 거야. 너도 나 말고 아무하고도 결혼하면 안 돼."

"물론이지. 당연한 말씀. 그래서 약혼하는 거야. 또 학교 올 때나 집에 갈 때, 다른 사람들이 안 보면, 항상 나하고 같이 다니자. 파티장에서 춤출 때에도 너는 나를 선택하고 나는 너를 선택하는 거야. 약혼하면 원래 다 그렇게 하거든."

"정말 멋있다. 그런 얘기는 처음 들어 봐."

"응, 아주 재밌어! 전에 에이미 로렌스하고……."

베키의 눈이 커지는 것을 보자 톰은 아차 하고 입을 다물었다.

"야, 톰! 그럼 내가 네 첫 약혼자가 아니야?"

베키가 울음을 터뜨렸다. 톰은 쩔쩔맸다.

"오, 울지 마, 베키. 걔한테는 이제 관심도 없어."

"아니야, 관심 있어. 너도 잘 알잖아."

베키는 톰을 밀쳐 내고 벽으로 얼굴을 돌린 채 울음을 그치지 않았다. 톰이 다시 위로의 말을 건네며 베키를 달래려 했지만 소녀는 다시 뿌리쳤다. 그러자 톰은 자존심이 상해서 그대로 밖으로 나와 버렸다. 초조하고 속상한 마음으로 서성이며, 베키가 자기 행동을 후회하고 자신을 찾으러 나오지 않을까 하는 기대로 문 쪽을 살폈다. 하지만 베키는 나오지 않았다.

그러자 톰은 자기가 큰 잘못을 저질렀다는 두려운 생각이 들었다. 이제 와서 다시 되돌아가는 게 아주 쑥스러웠지만 톰은 용기를 내 교실 안으로 들어갔다. 베키는 여전히 구석에서 벽을 보고 선 채 흐느껴 울고 있었다. 톰은 가슴이 아팠다. 톰은 베키에게 다가가 잠시 아무 말 않고 서 있었다. 어떻게 해야 할지 알 수

가 없었다.

"베키, 나는…… 너 말고는 아무도 좋아하지 않아."

마침내 톰은 머뭇거리며 말했다.

베키는 말없이 흐느끼기만 했다.

톰은 애원했다.

"베키……제발, 뭐라고 말 좀 해 봐."

여전히 흐느끼는 소리만 들렸다.

톰은 자기가 제일 소중하게 여기는 보물을 꺼냈다. 벽난로 꼭대기 서랍에서 빼낸 놋쇠 손잡이였다. 톰은 그것을 베키에게 내밀었다.

"제발 베키야, 이거 너 가져."

베키는 그것을 바닥에 내동댕이쳤다.

그러자 톰은 그 자리를 박차고 학교를 뛰쳐나와 언덕을 넘어 멀리 가 버렸다. 오늘은 다시 학교에 돌아오지 않을 생각이었다. 이제는 베키가 불안해졌다. 베키가 황급히 문으로 달려갔지만 톰은 보이지 않았다. 운동장으로 가 봤지만 거기에도 톰은 없었다.

"톰! 돌아와, 톰!"

베키는 큰 소리로 톰을 불렀다.

귀를 기울여 봤지만 대답이 없었다. 베키 곁에는 이제 침묵과 외로움만 자리했다. 결국 다시 주저앉아 울면서 자기 행동을 후회했다. 그때 아이들이 다시 학교로 돌아오기 시작해서 베키는 슬프고 아픈 마음을 남몰래 감춰야만 했다. 그리고 슬픔을 나눌 친구도 없이, 낯선 아이들 틈에 끼어 길고, 서럽고, 가슴 아픈 오후를 보냈다.

제8장

톰, 진로를 결정하다 - 숲에서 재현된 고전 속의 명장면

톰은 이리저리 골목길을 빠져나가, 등굣길에서 훨씬 떨어진 곳까지 와서야 터벅터벅 걷기 시작했다. 도중에 작은 개천을 두어 개 건넜다. 물을 건너면 추적을 피할 수 있다는 미신이 아이들 사이에 퍼져 있었기 때문이었다. 30분 후 톰은 카디프 언덕 꼭대기에 있는 더글러스 부인의 저택 뒤꼍에 이르렀다. 거기서 보면 학교는 계곡 저 아래에 있어서 거의 눈에 보이지 않았다. 톰은 울창한 숲으로 들어가, 일부러 사람이 다니지 않는 길을 택해 숲 한가운데까지 가서, 커다란 떡갈나무 아래에 이끼가 퍼져 있는 곳에 앉았다.

바람 한 점 불지 않았다. 지독한 한낮의 열기는 새들의 노랫소

리마저 잠재웠다. 자연은 잠든 듯이 고요했다. 멀리서 딱따구리 소리만 이따금씩 들려왔다. 그 소리 때문에 숲에 흐르는 침묵과 외로움이 오히려 더 크게 느껴졌다. 이 가엾은 소년은 우울한 기분에 깊이 잠겼다. 지금의 주변 환경과 딱 맞았다.

톰은 무릎에 팔꿈치를 받치고 턱을 괸 채 깊은 생각에 빠졌다. 인생은 기껏해야 고통뿐인 듯했다. 얼마 전에 죽은 지미 호저스가 부럽기까지 했다. 바람이 나무 사이로 속삭이듯 지나가면서 무덤 위에 핀 풀과 꽃을 어루만지는 숲에서 신경 쓸 것도 괴로운 일도 없이, 땅속에 누워 영원히 잠자고 꿈꾸면 얼마나 편안할까. 주일 학교 출석 점수만 좋았다면 톰은 아마 기꺼이 죽는 길을 택했으리라. 그러면 모든 게 끝난다. 베키만 해도 그렇다. 내가 뭘 잘못했는가? 아무것도 없다. 이 세상에서 최고로 위해 줬는데 개처럼, 그래, 정말이지 개나 다름없는 대우를 받았다. 언젠가는 걔도 후회하겠지. 하지만 그때는 늦으리라. 아, 잠깐만 죽었다가 다시 살아날 수는 없을까!

그러나 쾌활한 어린아이의 마음은 그렇게 억눌린 상태로 오랫동안 있지 못한다. 자기도 모르는 사이에 톰의 마음은 다시 현실 세계의 관심사로 되돌아왔다. 지금 뒤돌아서서 수수께끼같이 사라져 버리면 어떻게 될까? 영원히, 아주 먼 곳으로, 바다 건너 미지의 세계로 가서 두 번 다시는 돌아오지 않는다면? 그럼 베키는 어떻게 생각할까? 이때 광대가 되겠다는 생각이 다시 떠올랐지만 이내 역겨워졌다. 광대 하면 떠오르는 실없는 장난이나 우스갯소리, 물방울무늬 타이츠 같은 것들은 지금 낭만적인 공상을 즐기는 영혼에게는 불쾌할 정도로 어울리지 않았다. 그래, 군인이 되어 먼 훗날 빛나는 무공을 쌓은 백전노장의 모습으로 돌아오는 거야. 아니, 그보다는 차라리 인디언이 되어서 물소를 사냥하고 먼 서부의 황량한 대평원과 산맥을 누비는 게 낫지 않을까. 위대한 추장이 되어 머리에 깃털을 꽂고 얼굴은 섬뜩하게 칠을 한 채 의기양양하게 교회로 돌아오리라. 어느 나른한 여름날 아침에 사람을 오싹하게 만드는 전투의 함성과 함께 주일학교에 들이닥치면, 친구들의 눈이 부러움으로 번쩍 뜨이겠지. 아냐, 더 멋있는 건 없을까.

해적! 바로 이거야!

톰 앞에 영광으로 타오르는 미래의 길이 활짝 열리는 것 같았다. 온 세상에 이름을 떨치고 사람들을 두려움에 떨게 하리라! 해적 깃발을 펄럭이며 크고 빠른 검정 해적선 '폭풍의 영혼호'를 타고 춤추는 바다를 가르며 나아가는 나의 모습은 얼마나 멋있을까. 명성이 절정에 올랐을 때 옛 마을에 불쑥 나타나 교회로 당당하게 걸어 들어갈까. 햇볕에 탄 구릿빛 얼굴에 검은 벨벳으로 만든 잘록한 조끼와 반바지를 입고, 무릎까지 오는 긴 장화에 붉은 어깨띠를 두르고, 허리에 커다란 권총 몇 자루를 차고 옆구리에는 붉게 녹슨 단검을 차고, 깃털이 펄럭이는 커다란 모자를 쓰고, 해골과 뼈다귀가 그려진 검은 깃발을 휘날리며 나타나는 거야. 그러면 "해적왕 톰 소여가 왔다! 카리브 해의 검은 복수자가 왔다!" 하고 수군거리는 소리가 황홀하게 들려오겠지. 그래, 결심했어!

톰의 진로는 결정되었다. 당장 집을 떠나리라. 바로 내일 시작하리라. 그러려면 당장 지금부터 준비해야 한다. 우선 재료부터 수집해야 한다. 톰은 바로 옆에 있는 썩은 통나무 쪽으로 가서 발과 나이프로 한쪽 밑동을 팠다. 칼은 곧 나무판자 같은 것에 닿았고, 거기에서 속이 빈 소리가 났다. 톰은 거기에 손을 올리고 엄숙하게 주문을 외웠다.

"여기 없는 것 올지어다! 여기 있는 것 계속 있을지어다!"

그러고 나서 흙을 파헤치니 송판이 드러났다. 송판을 치우니 아담하고 예쁜 보물 상자가 나왔다. 양옆과 바닥이 송판으로 되어 있었다. 그 안에 공깃돌이 하나 들어 있었다. 톰은 엄청나게 곤혹스러운 표정으로 머리를 긁적이며 중얼거렸다.

"이럴 수가!"

톰은 신경질적으로 공깃돌을 던져 버리고 곰곰이 생각했다. '주문이 효험이 없다니!' 톰과 모든 동지들은 철석같이 믿었다. 공깃돌을 묻으며 정해진 주문을 외우고, 2주 후에 와서 방금 전의 그 주문과 함께 파면 사방 여러 곳에서 잃어버렸던 모든 공깃돌이 저절로 모여 있을 거라고. 그 미신이 엉터리라는 게 분명해졌다.

톰의 믿음은 뿌리까지 흔들렸다. 지금까지 성공담은 여러 번 들었지만 실패했다는 얘기는 듣지 못했다. 사실은 톰 자신도 이미 여러 차례 시도했다가, 아예 숨겼던 장소를 못 찾는 바람에 번번이 실패해 놓고 말이다. 톰은 한참 동안 속을 썩인 끝에 마녀가 마법을 써서 방해했다고 결론 내렸다. 톰은 이 문제를 완벽하게 해결하고 싶었다. 그래서 근처를 샅샅이 뒤진 끝에 한가운데에 깔때기 모양의 구멍이 나 있는 모래 구덩이를 발견했다. 톰은 땅바닥에 엎드려서 그 구멍에 입을 대고 소리쳤다.

"개미귀신아, 개미귀신아, 비밀을 말해 다오! 개미귀신아, 개미귀신아, 비밀을 말해 다오."

그런데 갑자기 모래가 움직이더니 작고 검은 벌레가 잠깐 모습을 비쳤다가 놀라서 쏜살같이 구멍 속으로 다시 들어갔다.

"무서워서 말을 못하는군! 역시 마녀의 짓이야. 이제 확실히 알았어."

톰은 마녀와 싸우는 게 얼마나 어리석은지 잘 알고 있었으므로 깨끗이 포기

했다. 방금 던져 버린 공깃돌이라도 챙기려는데, 아무리 샅샅이 뒤져도 보이지 않았다. 톰은 보물 상자가 있는 곳으로 되돌아가서 공깃돌을 던질 때와 똑같은 자세로 섰다. 그러고는 호주머니에서 또 다른 공깃돌을 꺼내 같은 방향으로 던지면서 말했다.

"형제여, 가서 네 형제를 찾아오너라!"

톰은 공깃돌이 떨어진 곳을 잘 봐 뒀다가 그곳으로 가서 찾아보았다. 하지만 이번 공깃돌은 처음 공깃돌이 떨어진 곳에 못 미쳤거나 더 먼 곳에 떨어진 게 틀림없었다. 할 수 없이 톰은 두 번이나 더 시도했다. 마지막 시도가 성공이었다. 두 개의 공깃돌이 비슷한 곳에 떨어져 있었다.

바로 그때 양철로 만든 장난감 나팔 소리가 숲속 푸른 오솔길을 따라 희미하게 들렸다. 톰은 저고리와 바지를 후딱 벗고 멜빵을 허리띠처럼 맨 다음 썩은 통나무 뒤의 나무들을 헤쳐 조잡하게 만든 활과 화살, 나무칼, 양철 나팔을 찾아냈다. 그렇게 재빨리 무기들을 챙겨 들고 셔츠를 펄럭이며 맨발로 뛰어갔다. 톰은 커다란 떡갈나무 아래에서 멈춰서 나팔 소리로 답한 다음, 조심스럽게 주위를 살피면서 까치발로 한 발짝씩 움직였다.

"멈춰라, 나의 부하들이여! 숨어 있어라, 내가 나팔을 불 때까지!"

톰은 상상의 동지에게 조심스럽게 말했다.

저쪽에서 불쑥 조 하퍼가 나타났다. 톰처럼 가벼운 옷차림에 공들여 무장한 모습이었다.

톰이 소리쳤다.

"멈춰라! 내 허락도 없이 누가 서우드 숲에 들어왔느냐?"

"기스본의 사나이는 어느 누구의 허락도 필요 없다. 너야말로 누구…… 누구…….."

"누구인데 감히 그런 말을 입에 올리느냐?"

톰이 다음 대사를 일러 주었다. 둘이 책의 내용을 외워서 말하고 있는 것이다.

"너야말로 누구인데 감히 그런 말을 입에 올리느냐?"

"내가 바로 로빈 후드다. 내가 누구인지는 곧 죽을 겁쟁이가 알게 될 것이다."

"네가 바로 그 유명한 악당이란 말이냐? 그렇다면 이 흥겨운 숲의 통행권을 놓고 네놈을 기꺼이 상대해 주마. 덤벼라!"

두 아이는 나무칼만 잡고 다른 무기는 모두 땅바닥에 내팽개 쳤다. 그리고 한 발짝씩 앞으로 나아가면서 펜싱 자세를 취하더 니, 엄숙하고 진지하게 '두 발짝 전진했다 두 발짝 후퇴하며' 칼 싸움을 시작했다. 톰이 말했다.

"자, 네놈이 재주가 있으면 한번 화끈하게 보여 주어라."

두 아이는 숨을 몰아쉬고 땀을 흘리며 화끈하게 재주를 선보 였다. 이윽고 톰이 소리쳤다.

"쓰러져, 쓰러져! 왜 안 쓰러지는 거야?"

"싫어! 너는 왜 안 쓰러져? 네가 졌잖아."

"나 참, 나는 쓰러질 수가 없어. 책에 그렇게 돼 있질 않아. 책에는 '그러자 로빈 후드는 일격을 가해 불쌍한 기스본의 사나이를 처치했다'라고 돼 있어. 그러니까 너는 뒤돌아서서 내 칼을 등에 맞아야 돼."

책에 그렇게 나와 있다는 말에는 도리가 없었다. 할 수 없이 조는 뒤돌아서 톰의 일격을 맞고 쓰러졌다.

"이제, 내가 너를 죽일게. 그래야 공평하잖아."

조가 일어서면서 말했다.

"허, 그건 안 되지. 책엔 그런 말이 없어."

"쳇, 엉터리."

"좋아, 조. 그럼 네가 탁발 수도승 터크나 방앗간 집 아들이 되어 몽둥이로 때리면 되잖아. 아니면 잠깐 동안만 내가 노팅엄의 영주가 되고 네가 로빈 후드가 되어 날 죽이든지."

그 제안은 마음에 들었으므로 둘은 그 장면들을 연기했다. 잠시 후, 톰은 다시 로빈 후드가 되어 이번에는 배신한 수녀에게 속아 상처를 추스르지 못하고 피를 흘리는 역할을 했다. 마침내 조는 무법자 일당을 대표해 로빈 후드를 끌고 나와 그의 힘없는 손에 활을 쥐어 주었다.

"이 화살이 떨어지는 곳, 추방자의 숲 아래에 이 불쌍한 로빈 후드를 묻어 주시오."

톰은 이렇게 말하고는, 활을 쏘고 쓰러져 죽는 시늉을 했다. 하지만 하필이면 쐐기풀 위에 쓰러지는 바람에 시체치고는 너무 활기차게 벌떡 일어났다.

두 아이는 다시 옷을 입고 장비를 숨긴 다음, 무법자가 사라져 버린 것을 슬퍼하면서 숲을 떠났다. 현대 문명이 무법자를 없애서 대체 무엇이 좋아졌는지 모르겠다고 말하면서 말이다. 아이들 생각에는 미국 대통령 자리에 영원히 앉아 있느니 셔우드 숲에서 1년 동안 무법자 생활을 하는 게 훨씬 나은 일이었다.

제9장

그날 밤, 톰과 시드는 평소처럼 9시 반쯤 잠자리에 들었다. 시드는 기도를 한 후 곧 잠이 들었다. 하지만 톰은 초조하게 뭔가를 기다렸다. 새벽이 다 됐다고 생각한 순간, 시계 종이 열 번 울렸다. 실망스러웠다. 톰은 너무 초조해서 이리저리 뒤척이고 싶었지만, 시드가 깰까 봐 꼼짝 않고 누워 깜깜한 허공만 멀뚱멀뚱 보았다. 온 세상이 죽은 듯이 고요했다.

조금 있으니 들릴락 말락 한 작은 소리들이 정적을 뚫고 차츰 귀에 들려왔다. 시곗바늘이 째깍거렸다. 낡은 대들보가 묘하게 삐걱거렸고, 계단에서도 희미하게 삐거덕 소리가 났다. 귀신이 돌아다니는 게 분명했다. 폴리 이모의 방에서는 숨이 막히는 듯한 코 고는 소리가 박자에 맞춰 흘러나왔다. 어디서 나는지 도 저히 가늠할 수 없는 귀뚜라미의 단조로운 울음소리가 들리더 니, 머리맡 벽장에서 살짝수염벌레*가 나무를 갉아 먹는 소리가 났다. 톰은 몸을 부르르 떨었다. 누군가의 삶이 얼마 안 남았다 는 뜻이니까. 멀리서 개 짖는 소리가 밤공기를 갈랐고, 더 먼 곳 에서 다른 개가 응답하듯 짖었다. 톰은 몸부림쳤다. 그러다 결국 멈춘 시간 속에 영원의 세계로 접어들라는 자연의 요구에 순응 했다. 잠들지 않으려고 안간힘을 쓰다 슬그머니 잠들어 버린 것 이다. 시계 종이 열한 번 치는 소리도 듣지 못했다.

잠결에 고양이의 처량한 울음소리가 들렸다. 이웃집 창문 올 라가는 소리와 "쉿! 망할 놈의 고양이 같으니" 하는 고함이 나더 니, 장작 창고의 뒤편에서 빈 병이 땅에 부딪쳐 박살나는 소리에 정신이 번쩍 들었다. 정확히 1분 후, 톰은 황급히 옷을 입고 창문 을 통해 L자형 지붕을 네발로 기어갔다. 기면서 한두 번 조심스 럽게 '야옹' 하는 고양이 울음소리를 냈다. 장작 창고 지붕으로 뛰어내리고 다시 땅으로 내려오니, 허크가 죽은 고양이를 들고 서 있었다. 두 소년은 어둠 속으로 재빨리 사라졌다. 30분 후, 그 들은 공동묘지의 무성한 수풀 사이를 헤집고 가고 있었다.

옛 서부 시대풍으로 조성된 공동묘지는 마을에서 2킬로미터

---

* 옛날에는 이 벌레가 나무를 갉아 먹는 소리를 죽음의 전조로 여겼다.

쯤 떨어진 언덕 위에 있었다. 주변을 판자 울타리로 불규칙하게 둘러쳤다. 울타리가 어디는 안쪽으로, 또 어디는 바깥쪽으로 쓰러져 똑바로 서 있는 부분은 거의 없었다. 묘지 전체에 풀과 잡초가 우거졌다. 오래된 무덤들은 한결같이 움푹 패였고 비석도 거의 없었다. 꽤 많은 무덤 위에 비석 대신 판자가 쓰러질 듯이 서 있었다. 그마저도 모서리가 거의 마모되고 벌레 먹은 상태였다. 마치 몸을 기울였지만 기댈 곳을 찾지 못하는 형국이었다. 원래는 '누구누구에게 바침' 어쩌고저쩌고 하는 말이 쓰여 있었을 텐데, 지금은 대낮에도 읽을 수 없을 정도로 낡아 있었다.

약한 바람이 신음하며 나무 사이를 지나갔다. 톰은 그 소리가 사자死者들의 영혼이 잠에서 깬 것에 화나 투덜대는 소리 같아서 겁났다. 두 아이는 거의 말을 하지 않았다. 하더라도 잔뜩 소리를 낮추었다. 시간과 장소도 그랬고, 무엇보다 묘지의 엄숙하고 고요한 분위기에 짓눌렸기 때문이다. 드디어 그토록 찾고 있던 새 무덤이 눈에 띄었다. 두 아이는 무덤에서 몇 피트 떨어진 곳에 서 있는 거대한 세 그루의 느릅나무 뒤에 몸을 숨겼다.

톰과 허클베리는 조용히 기다렸다. 그 시간이 길게 느껴졌다. 멀리서 간간이 들려오는 '부엉부엉' 소리만이 정적을 깨뜨렸다. 톰은 숨이 막혀 아무 말이라도 하지 않으면 견딜 수 없었다.

"허크, 죽은 사람들이 우리가 온 걸 좋아할까?"

허클베리도 속삭였다.

"나도 몰라. 여기 되게 조용하다. 그렇지?"

"응."

두 아이는 제각기 골똘히 생각했다. 한참만에 톰이 속삭였다.

"야, 허크, 호스 윌리엄스가 우리 얘기를 듣고 있을까?"

"당연하지. 적어도 그의 영혼은 듣고 있을걸."

한참 후에 다시 톰이 입을 열었다.

"그럼 윌리엄스 씨라고 말할걸. 나쁜 의도로 그런 건 아닌데. 사람들이 다 호스라고 불러서 나도 그런 건데."

"이런, 죽은 사람들에 대해 말할 때는 아주 조심해야 돼. 톰."

이 말 때문에 다시 대화가 끊겼다.

갑자기 톰이 동지의 팔을 잡았다.

"쉿!"

"왜 그래, 톰?"

두 아이는 서로 껴안았다. 가슴이 뛰었다.

"쉿! 또 소리가 났어. 못 들었어?"

"난……."

"저 소리야! 이젠 들리지?"

"맙소사 톰, 이리 오나 봐! 오고 있어, 틀림없이. 어떡하지?"

"나도 몰라. 귀신 눈에 우리가 보일까?"

"톰, 귀신들은 밤에도 볼 수 있어, 고양이처럼. 괜히 왔나 봐."

"야, 겁내지 마. 우리한테 신경도 안 쓸 거야. 우린 아무 짓도 안 했잖아. 여기서 꼼짝 않고 가만히 있으면 절대 눈치 못 채."

"그럴게, 톰. 그런데 어휴, 왜 이렇게 떨리지."

"잠깐!"

두 아이는 동시에 고개를 숙였다. 제대로 숨을 쉴 수가 없었다. 묘지 끝에서 숨 죽여 말하는 소리가 바람을 타고 들려왔다.

톰이 속삭였다.

"저기, 저기 봐! 저게 뭐지?"

"도깨비불이네. 와, 톰, 되게 무섭다."

희미한 그림자 몇 개가 구식 양철 램프를 흔들며 어둠 속에서 점점 가까이 다가왔다. 땅바닥에 수많은 작은 불빛들이 흩어졌다. 허클베리가 벌벌 떨었다.

"악마야, 틀림없이! 그것도 셋씩이나! 하나님 맙소사. 톰, 이제 우린 죽었어! 너 기도할 줄 아니?"

"한번 해 볼게. 너무 무서워하지 마. 우리를 해치진 않을 거야. '이제 제가 잠자리에 들어…….'"

"쉿!"

"왜 그래, 허크?"

"저건 사람이야! 적어도 하나는! 머프 포터 영감 목소리야."

"설마. 정말이야?"

"틀림없어. 꼼짝 말고 있어. 저 영감은 미련해서 우리가 있는 걸 눈치채지 못할 거야. 늘 술에 취해 있잖아. 한심한 영감!"

"알았어. 가만히 있을게. 지금은 안 움직이네. 안 보여. 또 이리 온다. 다시 보인다. 또 안 보여. 다시 보여. 잘 보인다! 이젠 똑똑히 보여. 야, 허크, 또 한 사람 목소리도 알겠어. 인디언* 조야."

"그런 거 같아. 살인자 혼혈아! 차라리 악마가 더 낫겠다. 저 사람들이 왜 여기 왔을까?"

아이들은 이제 속삭이지도 못했다. 세 남자가 코앞에 있는 윌리엄스의 무덤까지 왔기 때문이다.

"여기야."

세 번째 목소리가 말을 하면서 램프를 높이 들자 얼굴이 드러났다. 젊은 의사인 로빈슨이었다.

포터와 인디언 조는 손수레를 끌고 있었다. 그들은 수레에서 밧줄과 삽 두어 자루를 내리더니 무덤을 파헤치기 시작했다. 의사는 램프를 무덤 위에 올려놓고 땅에 앉아 느릅나무에 등을 기댔다. 그와 아이들 사이는 손을 뻗으면 닿을 정도였다.

로빈슨이 낮은 목소리로 말했다.

"이봐, 서두르라고! 언제 달이 뜰지 모르니까."

두 사람은 볼멘소리로 대답하고는 땅을 팠다. 한동안 흙과 자갈을 퍼내는 소리만 들렸다. 으스스한 소리가 단조롭게 이어졌

---

* 원문은 인준(Injun). 아메리카 원주민(Native American)이나 그들 혼혈을 부르던 호칭인데, 인종차별 인식(흑인은 노예, 인준은 범죄자 등)이 있던 시대이니만큼 호칭에 이미 부정적 어감이 담겨 있었다. 여기서는 '인디언'으로 바꾸어 썼다.

다. 마침내 삽이 부딪히는 둔탁한 소리가 났다. 사내들은 재빨리 관을 땅 위로 끌어내고, 삽을 지렛대 삼아 관 뚜껑을 뜯어 시체를 땅바닥에 거칠게 꺼냈다. 그때 구름 뒤에서 달이 나오며 시체의 창백한 얼굴을 비췄다. 사내들은 수레 위에 시체를 올리더니 담요로 감싸고 밧줄로 묶었다. 포터 영감이 스프링이 달린 커다란 칼을 꺼내 밧줄의 자투리를 자르고 이렇게 말했다.

"자, 지저분한 짓은 다 끝났소, 의사 양반. 딱 다섯 장만 더 내시지. 안 그러면 그냥 놓고 갈 테니."

"말 한번 잘했다!" 인디언 조가 맞장구를 쳤다.

"그게 무슨 소리야? 선불까지 달라고 해서 줬잖아."

"맞아. 그렇지만 좀 더 내놓으란 얘기지."

조가 의사에게 다가갔다. 의사는 어느새 일어나 있었다.

"생각나? 5년 전 어느 날 밤에 먹을 걸 좀 달라고 당신 아버지 집에 갔었지. 그때 당신이 날 부엌에서 쫓아냈어. 다시는 얼씬도 하지 말라면서 말이야. 난 쫓겨 나오며 맹세했지. 백 년이 걸려도 반드시 복수하겠다고. 게다가 당신 아버지는 나를 부랑자라는 이유로 감옥에까지 넣었어. 내가 그걸 잊었을 것 같아? 내 몸에 인디언의 피가 괜히 흐르는 게 아니야. 이제 넌 나한테 걸렸어. 넌 빚을 갚아야 돼. 알았어?"

그는 의사의 얼굴 앞에 주먹을 흔들어 위협했다.

그때 의사가 갑자기 주먹을 날렸다. 악당 조가 땅바닥에 길게 쓰러졌다. 포터가 놀라서 칼을 떨어뜨리며 외쳤다.

"이봐, 내 친구 때리지 마!"

포터가 뛰어가 의사의 멱살을 잡았다. 두 사람은 풀을 짓밟고 흙먼지를 사방에 날리며 온 힘을 다해 싸웠다. 인디언 조가 벌떡 일어났다. 눈이 분노로 이글거렸다. 그는 칼을 집어들고 두 사람 쪽으로 살금살금 기어가더니, 허리를 잔뜩 굽힌 채 고양이처럼 주위를 돌며 기회를 엿보았다.

그 순간 의사가 포터의 손아귀에서 빠져나오더니 윌리엄스의 무덤에 있던 무거운 판자를 잡고 포터의 머리를 내리쳤다. 포터가 쓰러지는 찰나, 혼혈아 조가 젊은 의사의 가슴에 칼을 깊숙이 찔러 넣었다. 의사가 비틀대다가 포터의 몸 위로 비스듬히 쓰러졌다. 포터의 몸이 곧 의사가 흘린 피로 흠뻑 젖었다. 동시에 구름이 이 끔찍한 광경을 감추어 버렸다. 톰과 허클베리는 그 틈을 타서 어둠 속에서 전속력으로 도망쳤다.

잠시 후, 달빛이 다시 나왔다. 인디언 조는 쓰러진 두 사람을 내려다보며 생각에 잠겼다. 의사가 뭔가 알아들을 수 없는 소리를 중얼거리고 한두 번 길게 숨을 헐떡이더니 조용해졌다.

혼혈아 조가 중얼거렸다.

"이제 빚을 갚았어……. 나쁜 놈."

그는 시체의 옷을 뒤져 돈이 될 물건들을 챙겼다. 그런 다음 칼을 포터의 오른손에 쥐어 주고는 부서진 관 위에 걸터앉았다.

3분…… 4분…… 5분쯤 지나자 포터 영감이 신음하며 꿈틀거렸다. 영감은 제 손에 들린 칼을 보고 소스라치게 놀라 곧바로 칼을 떨궜다. 그러고는 자기 몸을 짓누르는 의사의 시체를 밀쳐 내고 일어나 앉았다. 그는 어리둥절한 표정으로 처음에는 시체를, 그다음에는 주위를 찬찬히 살펴보았다. 조가 보였다.

"세상에, 어떻게 된 거야, 조?"

"상황이 아주 심각해졌어. 어쩌자고 그런 짓을 했어?"

조가 앉아서 꼼짝도 하지 않은 채 대답했다.

"무슨 짓! 난 아무 짓도 안 했어!"

"이걸 봐! 그런 말로 얼버무린다고 해결되는 게 아니지."

포터는 하얗게 질려서 벌벌 떨었다.

"술이 다 깬 줄 알았는데. 오늘 저녁엔 술을 먹지 말걸. 아직도 머리가 아파. 아까 작업을 시작할 때만 해도 괜찮았는데. 뭐가 뭔지 하나도 모르겠어. 하나도 생각이 안 나. 이봐, 조…… 솔직히 말해 봐, 우린 친구잖아. 정말 내가 죽였어? 조, 죽였더라도 절대 고의가 아니야. 내 영혼과 명예를 걸고 말할 수 있어. 절대 고의가 아니었어, 조. 어떻게 된 건지 말해 봐, 조. 아, 끔찍해……. 앞길이 창창한 젊은이였는데."

"두 사람이 엉켜서 싸우다가 의사가 저 판자로 자네를 치니까 그대로 뻗었어. 그런데 갑자기 비틀비틀 일어나는 거야. 이렇게 말이야. 그러더니 저 칼을 잡았는데, 저 사람이 또 자네를 치려고 하니까 그 순간에 칼로 찔렀지. 그러고는 지금까지 자네는 이 자리에 죽은 듯이 누워 있더군."

"아, 내가 무슨 짓을 한 거지. 정말 내가 죽였다면 당장 죽고 싶어. 이게 다 그놈의 술 때문이야. 내가 흥분했었나 봐. 평생 이런 흉기를 써 본 적도 없는데, 조. 싸움질은 많이 했지만 한 번도 무기를 쓴 적은 없다고. 다른 사람들도 다 그렇게 말할 거야, 조. 아무한테도 말하지 말게! 말하지 않겠다고 약속해, 조! 자넨 내 친구잖아. 난 언제나 자네를 좋아했어, 조. 나도 자네 편을 많이 들어줬잖아. 생각 안 나? 아무한테도 말 안 할 거지?"

이 가엾은 인간은 냉혹한 살인자 앞에 무릎을 꿇고 빌었다.

"말 안 할게. 자네는 항상 나를 공평하게 대해 줬잖아, 머프 포터 영감. 난 배신하지 않아. 그게 사나이들의 의리 아니겠어."

"오, 조, 자넨 천사야. 평생, 죽을 때까지 이 은혜 안 잊을게."

포터는 감격한 나머지 눈물까지 보이며 흐느꼈다.

"자, 자, 지금 찔찔 짜고 있을 때가 아니야. 자네는 저쪽으로 가, 나는 이쪽으로 갈 테니. 빨리 가. 아무 흔적도 남겨선 안 돼."

포터가 총총걸음으로 걷다가 곧 달음박질쳤다. 혼혈아 조는 달아나는 그를 바라보면서 중얼거렸다.

"저렇게 얼이 빠지도록 맞고 술에 절어 있으니 한참 후에야 칼 생각이 떠오르겠군. 그래도 무서워서 자기 혼자 칼을 찾겠다고 이곳에 다시 오지는 못하겠지. 겁쟁이 영감!"

얼마간의 시간이 흐르고, 하늘 위의 달만이 살인자, 담요에 싸인 시체, 뚜껑 없는 관, 파헤쳐진 무덤을 내려다보고 있었다.

정적이 온 세상을 다시 뒤덮었다.

제10장

엄숙한 맹세 – 두려움 때문에 회개하다 – 정신적 회초리

톰과 허클베리는 공포에 질려 마을 쪽으로 냅다 내달렸다. 누가 쫓아오기라도 하듯 이따금 겁먹은 표정으로 힐끔 뒤돌아볼 뿐이었다. 숲길에 서 있는 나무들이 전부 사람이나 적군 같아서, 그걸 볼 때마다 두 아이는 기겁했다. 마을 경계에 있는 오두막집 앞에 이르자 개들이 잠에서 깨어 시끄럽게 짖어 댔다. 둘은 날개라도 달린 듯 더욱 빠른 걸음으로 달아났다.

"쓰러지기 전에 무두질 공장까지만 가면 좋겠는데! 그 이상은 못 갈 것 같아."

톰이 숨을 몰아쉬며 말했다.

허클베리는 대답도 못 하고 숨만 헐떡였다. 두 아이는 달리기

선수들처럼 목적지만 바라보며 내처 달렸다. 목표 지점까지의 거리가 조금씩 꾸준히 줄어서, 마침내 두 아이는 거의 나란히 공장의 열린 문을 쏜살같이 통과했다. 그제서야 둘은 안도의 한숨과 함께 땅바닥에 주저앉았다.

가쁜 숨이 조금 잦아들자 톰이 나지막이 말했다.

"허클베리, 이제 어쩌면 좋지?"

"로빈슨 의사가 죽었다면 교수형감이지."

"그렇게 생각해?"

"응, 내가 잘 알아, 톰."

톰이 잠시 생각한 후 물었다.

"누가 신고하지? 둘이 같이?"

"신고라니, 무슨 소리야? 만약 일이 잘못돼 인디언 조가 교수형을 안 당하면 어떻게 될 것 같아? 그놈은 우릴 반드시 죽일 거야. 뻔해."

"내 생각도 그래, 허크."

"누군가 신고한다면 머프 포터 영감이 하겠지. 멍청하니까. 허구한 날 술에 절어 있고."

톰은 다시 생각에 잠겼다가 작은 목소리로 말했다.

"허크, 머프 포터 영감은 몰라. 모르는데 어떻게 말하겠어?"

"그 사람이 왜 몰라?"

"인디언 조가 그 짓을 저지를 때 포터 영감은 맞고 쓰러져 있

162

었잖아. 그런 사람이 뭘 봤겠어? 뭘 알겠냐고?"

"참, 그렇구나, 톰."

"게다가…… 어쩌면 영감도 그 한 방에 죽었을지도 몰라!"

"아니야, 그런 것 같진 않았어, 톰. 그 영감은 술에 취해 있었어. 보면 알아. 그 영감은 항상 그러니까. 우리 아버지도 잔뜩 취하면 머리를 아무리 세게 후려쳐도 기절하지 않아. 아버지가 그렇게 말했어, 직접. 당연히 머프 포터도 그렇겠지. 아마 정신이 말짱했다면 한 방에 죽을 수도 있었겠지만 말이야."

톰은 또다시 말없이 골똘히 생각하더니, 입을 열었다.

"허크, 우리가 영원히 말하지 않을 수 있을까?"

"톰, 우린 입을 꽉 다물어야 해. 너도 알잖아. 우리가 사실을 불었는데도 인디언 조가 교수형을 안 당한다면 어떻게 될지. 그 악마 같은 인디언은 우리를 고양이같이 물에 빠뜨릴 거야. 톰, 우리 맹세하자. 해야 돼. 평생 입 다물고 있겠다고 맹세하자."

"알았어. 그게 제일 좋은 방법인 것 같다. 손을 잡고 맹세하는 거야. 우리는……."

"아니야, 이번 건 그 정도로 안 돼. 시시한 일이야 그걸로도 충분해. 특히 여자애들과 약속할 때는 말이야. 여자애들은 결국 배반하고 조금만 화가 나도 다 불어 버리니까. 하지만 이런 엄청난 일은 글로 써 놔야 돼. 그리고 피로 맹세해야 돼."

톰은 허크의 생각에 전적으로 동의했다. 매우 깊고, 침착하고,

훌륭한 생각이었다. 현재의 시간과 상황과 주변 환경이 모두 그런 맹세를 맺기에 딱 들어맞았다. 톰은 달빛에 눈에 띈 송판 하나를 가져와서 호주머니의 몽당 색연필을 꺼냈다. 그리고 내려 쓰는 획은 이 사이로 깨문 혀에 힘을 주고, 올려 쓰는 획은 힘을 빼 가면서 서약서를 정성껏 써 내려갔다.

「허크 핀과 톰 소여는 이 일에 대해 침묵하기로 맹세한다. 만 일 남에게 말하거나 헛소리를 하면 그 자리에서 죽어도 좋다.」

허클베리는 톰의 글쓰기 솜씨와 탁월한 문장력에 감탄했다. 그가 옷깃에서 핀을 빼서 살을 찌르려는데 톰이 말렸다.

"잠깐! 멈춰. 놋쇠 핀이잖아. 녹청이 묻어 있으면 어쩌려구."

"녹청이 뭐야?"

"독이야. 이런 게 바로 독이야. 조금이라도 먹었다 하면 그 자리에서 효과를 체험하게 돼."

톰은 가지고 있던 바늘 중 하나에서 실을 풀었다. 두 아이는 각자 엄지손가락을 찔러 핏방울을 짜냈다. 톰은 한참 동안 여러 번 피를 짜낸 끝에, 새끼손가락을 펜 삼아 간신히 T와 S를 썼다. 그런 다음 허클베리에게 H와 P의 철자를 가르쳐 주었다. 맹세 의 의식은 이렇게 끝났다. 두 아이는 주문을 곁들인 엄숙한 의식 을 마치고 송판을 벽 가까이 묻었다. 이제 그들의 입에는 단단히 자물쇠가 채워졌고, 그 열쇠는 멀리 버려진 셈이었다.

그때 폐허의 반대쪽 틈으로 뭔가 몰래 기어들어 왔으나 두 아이는 눈치채지 못했다. 허크가 낮은 목소리로 속삭였다.

"톰, 이제 우리가 죽을 때까지 입 다물 수 있을까, 영원히?"

"물론이지. 무슨 일이 있어도 우리는 입 다물고 있어야 돼. 그렇지 않으면 우린 당장 죽어. 모르겠어?"

"알아. 나도 그렇게 생각해."

그 순간 건물과 3미터도 채 떨어지지 않은 곳에서 개가 길게 짖었다. 두 아이는 공포에 질려 서로를 끌어안았다. 허클베리가 가쁜 숨을 몰아쉬며 말했다.

"저 개가 우리 둘 중 누구한테 짖는 거지?"

"몰라. 구멍으로 한번 봐, 빨리!"

"싫어 네가 봐, 톰!"

"난 못 해. 못 한다고, 허크!"

"제발, 톰. 또 짖잖아!"

톰이 속삭였다.

"오, 하나님, 감사합니다! 어느 집 개인지 알겠어. 불 하비슨이야." (만약 하비슨 씨 집에 불이라는 노예가 있었다면, 톰은 '하비슨네의 불'이라고 했을 것이다. 톰은 그 집의 아들과 개를 모두 불 하비슨이라고 불렀다.)

"아, 다행이다. 있잖아, 톰. 무서워서 죽을 뻔했어. 떠돌이 개인

줄 알았어."

개가 또 짖었다. 두 아이의 가슴이 또 철렁 내려앉았다.

허클베리가 속삭였다.

"아, 큰일 났다! 저건 불 하비슨이 아냐! 빨리 좀 봐봐, 톰!"

톰은 벌벌 떨면서 마지못해 틈새로 밖을 내다보고는, 들릴락 말락 한 소리로 말했다.

"오, 허크, 떠돌이 개야."

"빨리 톰, 빨리! 왜 짖는 거야?"

"허크, 우리한테 짖는 거 같아. 우린 지금 같이 있잖아."

"아, 톰 우린 이제 죽었다. 내가 죽으면 어디로 갈지 뻔해. 나쁜 짓을 너무 많이 저질렀잖아."

"제기랄. 이게 다 학교 빼먹고 사람들이 하지 말라는 짓만 해서 그래. 나도 노력했으면 시드처럼 착하게 살았을 텐데. 아니야, 그래도 착한 아이는 못 됐을 거야. 그래도 이번만 무사히 넘어가면 절대로 주일 학교를 빼먹지 않을 테야!"

톰은 훌쩍거렸다.

허클베리도 훌쩍이기 시작했다.

"네가 나쁜 아이라고? 야, 톰 소여, 나에 비하면 넌 천사야. 오, 하나님, 하나님, 하나님! 네 반만큼이라도 착하게 살걸."

그때 톰이 숨을 죽이며 속삭였다.

"허크, 저걸 좀 봐! 개가 뒤돌아 서서 짖는데!"

허클베리는 기쁜 마음으로 내다봤다.

"어, 정말이네. 이럴 수가! 아까부터 저러고 있었나?"

"응, 아까부터 그랬어. 바보같이 그 생각을 못했네. 휴, 다행이다. 근데 뭘 보고 짖는 거지?"

개 짖는 소리가 그쳤다. 톰은 귀를 쫑긋 세웠다.

"쉿! 저게 무슨 소리지?"

"글쎄…… 돼지가 꿀꿀거리는 소리 같은데. 아니……. 가만, 코 고는 소리야, 톰."

"맞아! 어디서 나는 거지, 허크?"

"저 끝 같은데. 우리 아버지도 저쪽에서 가끔 잠을 잤어, 돼지랑 같이. 우리 아버지가 코를 골면 주변 물건들이 들썩거릴 정도야. 하지만 아버지가 마을에 다시 왔을 리 없는데."

아이들 마음에는 또다시 모험심이 피어올랐다.

"허크, 내가 앞장설 테니 따라올래?"

"별로 내키지 않아. 톰, 인디언 조면 어떡해!"

그 말에 톰도 주눅이 들었다. 하지만 호기심이 무서움을 이겼다. 두 아이는 한번 가 보되 만일 코 고는 소리가 그치면 바로 달아나기로 약속했다. 둘은 한 줄로 서서 까치발로 살금살금 걸어갔다. 코 고는 사람과 딱 다섯 걸음 떨어진 곳까지 갔을 때, 톰이 그만 나뭇가지를 밟아서 뚝 부러지는 소리가 났다. 남자가 신음하며 몸을 살짝 뒤척였다. 그 순간 달빛이 그의 얼굴을 드러냈다. 머프 포터였다. 사내가 뒤척일 때만 해도 아이들은 심장이 멎고 희망도 산산조각 나는 것 같았으나, 이제는 두려움이 사라졌다. 아이들은 낡아서 거의 부서진 판자 사이로 살금살금 빠져나왔다. 그리고 얼마쯤 가다가 작별 인사를 나누려고 걸음을 멈췄다. 그때 다시 불길한 개 짖는 소리가 밤공기를 가르며 길게 울려 퍼졌다. 뒤돌아보니 포터가 누운 곳 옆에 그 낯선 개가 서 있었다. 개는 포터 앞에 떡 버티고 서서 코를 하늘로 쳐든 채 짖고 있었다.

"이런, 포터 영감이었어!"

두 아이가 동시에 외쳤다.

"야, 톰…… 2주쯤 전에도 어떤 개가 자정쯤 조니 밀러네 집 주변을 어슬렁거리며 짖고, 그날 저녁에 쏙독새 한 마리가 날아와서 난간에 앉아 울더래. 근데 아직까지 아무도 안 죽었잖아."

"나도 알아. 그치만, 죽은 사람은 없어도 바로 다음 토요일에 그레이시 밀러가 부엌 난로를 넘어뜨려서 심하게 데었잖아."

"물론 그렇지. 하지만 죽진 않았어. 더구나 지금은 거의 다 나았다고."

"그건 그래. 하지만 좀 두고 봐. 머프 포터도 그레이시 밀러도 죽은 목숨이나 마찬가지야. 검둥이들이 그렇게 얘기했거든. 걔네들은 이런 일에는 도사야, 허크."

두 아이는 깊이 생각에 잠긴 채 헤어졌다. 톰이 침실 창문을 통해 자기 방으로 기어들어 갔을 때는 밤이 거의 끝나 가는 시각이었다. 톰은 조심조심 옷을 벗고, 집을 나갔던 것을 아무에게도 들키지 않았다는 사실에 안도하며 금방 잠이 들었다. 톰은 지금 나직이 코를 골고 있는 시드가 사실은 1시간 전부터 깨어 있었다는 걸 눈치채지 못했다.

톰이 잠에서 깼을 때 시드의 침대는 이미 비어 있었다. 방 안이 꽤 환했고, 상당히 늦은 아침 시간 같았다. 톰은 깜짝 놀랐다. 왜 평소처럼 누군가 날 깨우거나 일어날 때까지 닦달하지 않았지? 불길한 예감이 스쳤다. 톰은 5분만에 옷을 챙겨 입고 아래층으로 내려갔다. 잠이 덜 깬 와중에도 불안한 마음이 엄습했다.

아직 다들 식탁에 앉아 있었지만 아침 식사는 이미 마친 상태였다. 누구도 야단치지 않았지만, 모두 톰과 시선을 마주치지 않았다. 침묵과 엄숙한 분위기가 흘렀고, 죄 많은 톰은 심장이 얼어붙는 것 같았다. 제자리에 앉아 일부러 명랑한 척해 봐도 소용이 없었다. 아무런 미소도 대답도 돌아오지 않았다. 마음이 무겁게 가라앉았지만 입 다물고 조용히 있는 수밖에 없었다.

아침 식사가 끝나자 이모가 톰을 따로 불렀다. 톰은 '매 맞을' 기대에 오히려 기분이 좋아졌다. 하지만 그게 아니었다. 이모는 흐느끼면서 어쩌면 늙은 이모의 가슴을 그렇게 아프게 할 수 있냐고 말했다. 이모는 더 이상 어찌해 볼 도리가 없다고, 그렇게 살다 신세를 망치든지 늙은 이모를 속상해 죽게 하든지 마음대

로 하라고 했다. 천 대의 매보다 훨씬 더 아픈 말이었다. 톰은 지금 몸보다 마음이 훨씬 괴로웠다. 톰은 울면서 용서를 빌었다. 한 번, 두 번, 계속 반성하겠다고 약속했다. 결국 간신히 그 자리를 빠져나왔지만, 이모에게 완전히 용서받지 못했고 이모가 여전히 자신을 믿지 않는다고 느껴서 마음이 안 좋았다.

톰은 풀이 죽어서 시드에 대한 복수심도 느끼지 못했다. 뒷문으로 재빨리 내뺀 시드는 괜한 헛수고만 한 셈이었다. 우울하고 슬픈 톰은 학교까지 힘없이 걸어갔다. 학교에서는 전날 수업을 빼먹은 벌로 조 하퍼와 함께 회초리를 맞았다. 하지만 톰의 머리는 더 큰 걱정거리로 가득차 있어서 그런 사소한 일쯤에 개의치 않았다. 톰은 제자리로 돌아가 턱을 괴고 앉았다. 극도의 고통에 시달린 멍한 눈길로 벽을 쳐다보았다.

그때 팔꿈치에 뭔가 딱딱한 게 닿았다. 한참 후에 톰은 천천히, 그리고 처량하게 몸을 돌리고는 한숨을 쉬며 그 물건을 받았다. 웬 물건이 종이에 싸여 있었다. 톰은 종이를 풀었다. 길고 큰 한숨 소리와 함께 톰은 가슴이 미어졌다. 며칠 전 베키에게 준 놋쇠 손잡이였다!

그것은 비틀거리는 톰을 결정적으로 무너뜨린 마지막 일격이었다.

제11장

머프 포터 영감이 제 발로 나타나다 - 양심의 가책

정오쯤 되었을 때 무시무시한 소식으로 온 마을이 발칵 뒤집혔다. 전보 같은 건 꿈도 꾸지 못한 시절이었지만, 이 이야기는 입에서 입으로, 무리에서 무리로, 집에서 집으로 거의 전보와 맞먹는 속도로 순식간에 퍼졌다. 당연히 학교 선생님은 오후 수업을 취소했다. 그렇지 않았다면 마을 사람들은 선생님을 이상한 사람 취급했을 것이다.

피살자 옆에서 피 묻은 칼이 발견되었다. 누군가 그 칼이 머프 포터의 것이라고 확인해 주었다. 이 소식도 사방으로 빠르게 퍼졌다. 한 노인은 새벽 1시에서 2시 사이에 '개천'에서 몸을 씻는 포터와 마주쳤는데 그가 슬그머니 도망갔다고 말했다. 포터처럼 씻기 싫어하는 사람이 목욕을 하고 있었다니, 충분히 의심스러운 상황이었다. 또 사람들이 이 '살인자'(군중은 증거를 골라내고 그것을 토대로 나름대로 재판하는 문제에 관한 한 절대 꾸물대지 않는다!)를 잡으러 마을을 샅샅이 뒤졌으나 찾지 못했다는 말도 돌았다. 말 탄 사람들이 모든 길목으로 파견되었고, 보안관은 어두워지기 전에 범인이 잡힐 것이라고 큰소리쳤다.

마을 사람들은 모두 공동묘지로 몰려갔다. 톰도 실연의 상처를 잊고 그 대열에 합류했다. 그곳에는 죽기보다 가기 싫었지만 불가사의한 힘에 이끌려 갈 수밖에 없었다. 문제의 장소에 도착하자 사람들 틈을 비집고 들어가 참혹한 광경을 봤다. 거기 있었던 어제가 몇 년 전 일 같았다.

누군가 톰의 팔을 꼬집었다. 뒤돌아선 톰은 허클베리 핀과 눈이 마주쳤다. 둘은 동시에 주위를 두리번거렸다. 자기들의 눈짓에서 남들이 이상한 낌새를 챌까 두려웠다. 하지만 다들 눈앞의 참혹한 광경에 정신이 팔려 있었다.

모두 한마디씩 거들었다.

"불쌍한 사람!"

"젊은 사람이 안됐어!"

"이제 도굴꾼들도 정신을 차릴 거야!"

"머프 포터를 붙잡으면 당장 목매달아야 돼!"

목사는 이렇게 말했다.

"이것은 하나님의 심판입니다. 하나님이 이곳에 계십니다."

그때 톰이 머리에서 발끝까지 몸을 떨었다. 인디언 조의 뻔뻔한 얼굴을 발견한 것이다.

갑자기 사람들이 서로 몸을 부딪치며 동요하기 시작했다. 누군가 외쳤다.

"그놈이야, 그놈! 그놈이 오고 있어!"

"누가? 누가 온다는 거야?"

스무 명 남짓한 목소리가 동시에 터져 나왔다.

"머프 포터 말이야!"

"쉿! 섰어. 봐, 뒤돌아서는데! 도망치게 놔두면 안 돼!"

나무에 올라가 있던 사람들은 머프가 도망치는 것 같지는 않으며, 단지 안절부절못하며 곤혹스러워하는 것 같다고 전했다.

한 구경꾼이 말했다.

"뻔뻔한 악마 같으니! 자기가 한 짓을 몰래 보고 싶었던 모양이지. 아무도 없을 줄 알았나 보군."

군중은 이제 양쪽으로 갈라섰고 보안관이 그 사이로 나아가 거드름을 피우며 포터 영감의 팔을 잡아끌고 데려왔다. 영감은 얼굴이 초췌했고, 눈은 두려움에 질려 있었다. 시체 앞에 서자 벌벌 떨면서 두 손으로 얼굴을 감싸며 울음을 터뜨렸다.

"내가 안 죽였어, 이 사람들아. 내 명예를 걸고 맹세해. 난 안 죽였어."

"누가 당신 짓이라고 했어?"

군중 속에서 누군가가 외쳤다.

그 말에 포터 영감은 제정신이 돌아온 모양이었다. 그가 얼굴을 들고 비참하리만치 절망적인 눈빛으로 주위를 둘러보았다. 그러다가 인디언 조와 눈이 마주치자 큰 소리로 외쳤다.

"오, 인디언 조, 나와 약속하지 않았나. 절대로……."

"이게 당신 칼인가?"

보안관이 포터 앞에 칼을 내밀었다. 그 순간, 사람들이 붙잡아 주지 않았더라면 포터는 아마 쓰러졌을 것이다.

"예감이 이상했어. 이걸 가지러 여기 다시 오는 게 아니……."

포터는 벌벌 떨었다. 그러고는 체념한 듯이 손을 힘없이 내저으며 말을 이었다.

"말하게, 조. 사람들한테 말해. 이젠 하는 수 없어."

허클베리와 톰은 멍하니 서서 인디언 조를 뚫어져라 쳐다보며, 이 냉혈한이 늘어놓는 거짓말을 들었다. 두 아이는 이제 하늘에서 그의 머리 위로 날벼락이 떨어질 거라고 생각했다. 하나님의 그 심판이 언제 내려올지 궁금했다. 그러나 조가 말을 다 끝내고도 여전히 살아 있자, 두 소년은 맹세를 깨고 배신당해 억울하게 누명을 쓴 저 가엾은 포터의 목숨을 구해 주려던 마음이 싹 가셨다. 저 악당은 악마에게 영혼을 팔았고, 악마의 힘을 가진 자와 얽히는 건 너무 위험하기 때문이었다.

군중 속 누군가가 물었다.

"도망치지 않고 왜 여기 다시 온 거야?"

포터가 울먹였다.

"어쩔 수가 없었어, 어쩔 수가……. 도망치려고 했지만 여기 와야만 할 것 같았어."

포터는 다시 흐느끼기 시작했다.

잠시 후, 인디언 조는 선서를 하고 정식 심문을 받는 자리에서 차분하게 아까와 똑같이 진술했다. 여전히 벼락이 떨어지지 않자, 두 아이는 조가 악마에게 영혼을 팔았다는 믿음을 더욱 굳혔다. 이제 인디언 조는 세상에서 가장 사악하면서도 흥미로운 존재였다. 그에게서 눈을 뗄 수가 없었다. 아이들은 속으로 기회가 닿는 대로 밤에 그자를 감시해야겠다고 다짐했다. 그의 주인인 무서운 악마를 볼 수 있으리라는 기대 때문이었다.

인디언 조는 피살자의 시체를 들어 손수레에 옮기는 일을 거들었다. 그때 벌벌 떨면서 이 장면을 지켜보던 군중 속에서 시체에서 피가 조금 흘러나왔다는 말이 들렸다. 아이들은 이 징조를 계기로 혐의가 진짜 범인에게 쏠리지 않을까 하고 기대했지만[*] 곧 실망했다. 두어 명이 이렇게 말했던 것이다.

"사건이 일어났을 때 머프 포터는 죽은 사람과 채 1미터도 떨

---

[*] 성경 속 카인과 아벨의 이야기에서 유래한 것으로, 당대 사람들은 살해당한 시체에서 또다시 피가 흐르면 살인자가 가까이 있다고 믿었다.

어지지 않은 곳에 있었대."

그날부터 톰은 두려운 비밀과 양심의 가책 때문에 잠을 이룰 수 없었다. 그래서 일주일이 지난 어느 날, 아침을 먹는 자리에서 시드가 말했다.

"형, 형이 밤에 자꾸 침대에서 뒤척이고 잠꼬대를 하니까 내가 잘 수가 없잖아."

톰은 얼굴이 하얗게 질려서 시선을 떨어뜨렸다.

폴리 이모가 심각하게 말했다.

"그건 나쁜 신호인데. 톰, 무슨 고민이라도 있니?"

"아뇨, 아무 일도 없어요."

하지만 톰의 손이 떨려서 식탁 위의 커피가 쏟아졌다.

시드가 말했다.

"자면서 이상한 얘기도 하더라. 어젯밤에는 '피야, 피. 이건 피야' 하고 잠꼬대를 했어. 여러 번이나 말이야. 조금 있다가는 '때리지 마세요. 다 말할게요'라고 하고. 그게 무슨 말이야? 도대체 뭘 말한다는 거야?"

눈앞에서 세상이 빙빙 도는 것 같았다. 이제 무슨 일이 일어날지 장담할 수 없게 되었다. 하지만 다행스럽게 폴리 이모의 표정에서 근심의 기운이 사라졌다. 이모는 본인도 모르게 톰을 위기에서 구해 주었다.

"휴! 이게 다 그 끔찍한 살인 사건 때문이야. 나도 사실 거의

매일 밤 그런 꿈을 꾼단다. 어떤 때는 내가 범인으로 나오는 꿈도 꿔."

그러자 메리도 이모처럼 그런 꿈에 시달리고 있다고 말했다. 시드는 메리와 폴리 이모의 말을 듣고 안심하는 것 같았다. 톰은 얼른 그 자리에서 빠져나왔다.

그날 이후 일주일 동안 톰은 밤만 되면 이가 아프다며 턱을 끈으로 묶고 잤다. 그러나 톰은 시드가 몰래 자신을 감시하고 있으며, 가끔 붕대를 풀어놓고 턱을 괸 채 침대에 엎드려 한참 동안 톰의 잠꼬대를 듣고 나서 붕대를 도로 묶어 놓는다는 것을 전혀 눈치채지 못했다.

심란했던 마음이 차츰 가라앉은 톰은 치통 평계도 그만뒀다. 시드가 두서없는 톰의 잠꼬대에서 뭘 알아냈는지는 모르겠지만, 어쨌든 시드는 아무 말도 하지 않았다.

지겹지도 않은지 학교 아이들은 죽은 고양이를 가지고 검시 놀이를 계속했다. 톰은 그 장면을 볼 때마다 괴로운 마음이 되살아났다. 시드는 그 모습을 의심스럽게 바라보았다. 마을에서 새로운 놀이가 시작되면 어김없이 앞장서던 톰이 이번에는 단 한 번도 검시관 역을 맡겠다고 나서지 않는 것이다. 게다가 목격자 역할도 마다했다. 정말 이상했다. 시드는 톰이 이 놀이에 대해 유난히 혐오감을 보이며 자꾸 이유를 붙여 피하려 한다는 사실을 눈여겨보았다. 시드는 신기하게 생각했지만 아무 말도 하지 않았다. 검시 게임의 유행도 마침내 사그라졌고, 톰이 양심의 가책 때문에 괴로워하는 일도 없어졌다.

톰은 이런 고통의 세월 속에서도 매일, 또는 격일로 작은 감옥을 찾아갔다. 그리고 창문을 통해 '살인자'에게 마음에 위안을 주는 소소한 물건들을 넣어 주었다. 감옥은 마을 변두리의 늪지대에 세워진 허름하고 작은 벽돌집으로, 죄수를 감시하는 간수도 없었다. 사실 감옥에 죄수가 갇혀 있는 경우도 드물었다. 죄수에게 물품을 몰래 넣어 주는 행위는 톰의 죄책감을 크게 덜어 주었다.

마을 사람들은 인디언 조를 시체 도굴 죄로 타르와 깃털을 몸에 발라* 마을에서 추방시키고 싶었지만 조의 성격이 워낙 포악하니까 아무도 나서려 하지 않았다. 그래서 그 일은 곧 흐지부지되었다. 조는 약빠르게도 두 차례의 심문에서 싸움하는 대목부터 진술을 시작했다. 그전에 저지른 무덤 도굴에 대해서는 절대 자백하지 않은 것이다. 따라서 사람들은 현재로서는 그 사건을 법정까지 끌고 가지 않는 게 상책이라고 생각했다.

---

* 당대에 죄인에게 모욕을 주기 위해서 사사로이 행했던 형벌.

제12장

톰의 관대한 마음씨 - 폴리 이모가 약해지다

톰이 남모를 고민에서 잠시나마 벗어나게 된 것은 새롭고 중대한 문제에 정신이 쏠렸기 때문이었다. 베키 대처가 학교에 나오지 않았던 것이다. 며칠 동안은 자존심 때문에 무관심한 척했지만, 소용이 없었다. 톰은 밤마다 비참한 기분으로 베키네 집 주위를 맴돌았다.

베키는 몸이 아팠다. 베키가 죽으면 어쩌지! 톰의 머릿속에 오만 가지 생각이 떠올랐다. 전쟁놀이도, 해적 놀이도 더 이상 재미가 없었다. 인생에서 재미는 모두 다 사라지고 오직 쓸쓸함만 남은 것 같았다. 굴렁쇠도 방망이도…… 톰은 전부 팽개쳤다.

폴리 이모는 걱정이 되어 톰에게 온갖 약을 먹이기 시작했다.

이모는 소위 건강에 좋다거나 병에 효험이 있다는 새로운 요법과 특허약이 등장하면 무조건 열광하는 사람이었다. 말하자면 그런 일에는 실험 정신이 충만한 '상습범'이었던 셈이다. 그 분야에서 뭔가 참신한 상품이 나오면 당장 실험해 보고 싶어 안달했다. 그러나 결코 자신을 실험 대상으로 삼지는 않았다. 좀처럼 병에 걸리지 않았기 때문이다. 그 대신 누구든 이모 근처에 있는 사람이 희생되곤 했다.

폴리 이모는 모든 '건강' 잡지와 엉터리 골상학적 물건의 애호가였다. 이모는 그것들에 담긴 지식, 그럴 듯하지만 쓸데없는 지식을 숨을 쉬듯 빨아들였다. 호흡법, 취침법, 기상법, 식생활법, 음료수 선택법, 운동 방법, 정신 수련법, 옷 선택법 등에 관련된 모든 '헛소리'들이 이모에게는 복음과 다름없었다. 건강 잡지들의 이달의 권장법들이 대개 지난달의 추천법들과 정반대라는 사실 따위는 전혀 알아채지 못했다. 이모는 단순하고 정직했기 때문에 더 쉽게 희생자가 되었다. 늘 엉터리 잡지와 엉터리 약을 긁어모아서, 죽음으로 무장하고 창백한 말에 올라탄 채 '뒤에 지옥을 거느리고' 돌아다녔다. 비유적으로 말하자면 말이다. 하지만 이모는 자기가 병마에 시달리는 이웃들에게 수호천사이자 '길르앗의 향유balm of Gilead *' 같은 존재임을 단 한 번도 의심하지

---

* 고대 이스라엘에서 약재와 의사들이 많았던 산지(길르앗)의 향유라는 뜻.

않았다.

얼마 전 물 치료법이 새롭게 등장했다. 톰의 저조한 몸 상태는 이모에게는 뜻밖의 횡재였다. 이모는 매일 아침 동이 트면 톰을 헛간으로 데려가 찬물에 푹 담갔다. 그리고 줄칼처럼 거친 때밀이 수건으로 톰의 몸을 빡빡 밀어 정신을 번쩍 들게 한 다음, 젖은 이불에 둘둘 말아서 두꺼운 담요 밑에 집어넣었다. 그리고 톰의 말에 따르자면, 영혼이 깨끗해지고 '땀구멍에서 누런 때가 나올 때까지' 땀을 내게 했다.

이 모든 노력에도 불구하고, 톰은 점점 더 우울해지고 창백해지고 풀이 죽어 갔다. 이모는 뜨거운 목욕 요법, 좌욕법, 샤워 요법, 전신욕 요법 등을 추가로 시험했다. 그러나 톰에게서 여전히 영구차처럼 음침한 분위기가 가시지 않았다. 이모는 물 요법에 오트밀 식이 요법과 고약 요법을 더했다. 마치 항아리 용량을 계산하듯이 톰의 능력을 따져, 그의 몸에 날마다 온갖 엉터리 만병통치약을 들이붓는 식이었다.

이제 톰은 이모의 어떤 박해에도 무관심해지는 경지에 이르렀다. 상태가 이 정도에 이르자 늙은 이모는 깜짝 놀랐다. 무관심이야말로 무슨 수를 써서라도 고쳐야 할 중병이기 때문이었다. 그때 이모는 처음으로 '진통제'에 관한 소문을 들었다. 당장 한 상자를 주문해서 먼저 맛을 본 이모는 기쁨으로 충만해졌다. 진통제는 한마디로 액체로 만든 불덩어리였다. 이모는 물 치료

법이고 뭐고 전부 때려치우고 오직 진통제만 신봉했다. 이모는 톰에게 진통제를 한 숟가락 먹이고, 두근거리는 마음으로 결과를 지켜보았다. 드디어 걱정은 사라지고 이모의 영혼은 평화를 되찾았다. 톰의 '무관심병'이 단번에 사라진 것이다. 설령 톰의 꽁무니에 불을 붙였다 해도 이보다 더 격렬하고 열렬한 반응을 보이지는 않았을 것이다.

톰은 이제 그만 정신을 차려야겠다고 생각했다. 이런 생활이 절망적인 자기 처지에서는 꽤나 낭만적인 구석도 있었지만, 점점 너무 무의미하고 귀찮은 잡일들이 따라왔기 때문이다. 톰은 편안해질 방법을 여러모로 궁리한 끝에, 진통제를 아주 좋아하는 척하기로 마음먹었다. 톰이 너무 자주 진통제를 요구해서 이모가 "귀찮게 하지 말고 직접 꺼내 먹어라" 하고 말할 정도가 되었다. 시드였다면 얼마든지 마음을 놓았겠지만, 그래도 상대는 톰이었다. 그래서 폴리 이모는 몰래 약병을 살펴보았다. 약은 확실히 줄고 있었다. 톰이 그 약으로 거실 마룻바닥의 건강을 돌보고 있을 거라는 생각은 꿈에도 하지 못했다.

톰이 마루 틈새에 약을 열심히 먹이고 있던 어느 날이었다. 이모가 키우는 노란 고양이가 들어오더니 탐난다는 듯이 톰의 숟가락을 쳐다보았다. 그리고 맛 좀 보게 해 달라고 애원하는 표정을 지었다. 톰이 말했다.

"꼭 필요하지 않으면 안 먹는 게 좋아, 피터."

하지만 피터는 정말로 먹고 싶어 하는 것 같았다.

"다시 한 번 생각해 보는 게 좋을 텐데."

피터의 생각은 확고해 보였다.

"네가 정 달라고 하니 줄게. 나도 그렇게 인색한 사람은 아니
니까. 하지만 맛이 없어도 나를 원망하면 안 돼."

피터는 알겠다는 듯한 표정이었다.

톰이 피터의 입을 벌리고 진통제를 부었다.

피터가 즉시 공중으로 2미터쯤 뛰어올랐다. 그러고는 전쟁터
에서나 지르는 괴성을 지르면서 방 안을 뱅글뱅글 돌았다. 그 와
중에 가구에 머리를 부딪치고 화분들을 뒤엎는 등 한바탕 난리
를 피웠다. 그런 다음 뒷발로 일어서서, 환희에 도취된 듯 머리
를 어깨 위로 움츠리고 기쁨에 겨운 신음 소리를 내며 껑충껑충
뛰어다녔다. 피터는 온 집 안을 마구 뛰어다니며 가는 곳마다 혼
란과 파괴의 흔적을 남겼다.

때마침 폴리 이모가 방 안으로 들어오다가 고양이가 두세 번
공중제비를 돌고 나서 마지막으로 괴성을 지르며 남은 화분을
죄다 쓰러뜨린 다음 열린 창으로 뛰쳐나가는 장면을 목격했다.
폴리 이모는 안경 너머로 이 충격적인 광경을 바라보며 망연자
실해 서 있었다. 톰은 마룻바닥을 데굴데굴 구르며 웃었다.

"톰, 도대체 고양이가 왜 저러냐?"

"저도 모르겠어요, 이모."

톰이 숨을 헐떡이며 대답했다.

"세상에, 저런 꼴은 처음 보는구나. 쟤가 왜 저럴까?"

"정말로 몰라요, 폴리 이모. 고양이들은 기분이 좋으면 항상 저러는 모양이죠?"

"그래? 정말?"

이모의 의심 섞인 말투에 톰은 긴장했다.

"네, 이모, 그럼요. 그런 것 같아요."

"정말?"

"네."

폴리 이모가 허리를 굽혔다. 톰은 조마조마했다. 이모가 '육감'으로 뭔가를 찾아내겠구나 예상했을 때는 이미 늦었다. 침대보 아래로 삐죽이 나와 있는 숟가락 손잡이가 사건의 전모를 말해 주고 있었다. 이모가 숟가락을 집어 들었다. 톰은 얼굴을 찡그리며 시선을 돌렸다. 폴리 이모는 늘 하던 대로 톰의 귀를 손잡이처럼 잡고 머리를 들어 올렸고, 골무로 딱 소리가 나도록 세게 때렸다.

"이 녀석아, 도대체 왜 말 못 하는 불쌍한 동물을 못살게 구는 거야?"

"피터가 불쌍해서 그랬어요. 피터는 이모가 없잖아요."

"이모가 없어? 이 못된 녀석. 그게 도대체 무슨 상관이야?"

"많아요! 피터도 이모가 있었다면, 그 이모 손에 배가 아팠을 거 아녜요. 사람 이모가 챙겨주듯, 고양이 이모도 피터의 배 속이 불타서 죽도록 챙겨줬을 테니까요!"

폴리 이모는 돌연 죄책감을 느꼈다. 진통제가 고양이에게 저토록 잔인한 약이었다면 어린아이한테도 마찬가지였을 것이다. 폴리 이모는 마음이 누그러지며 톰에게 미안해졌다. 이모의 눈가에 눈물이 맺혔다.

"톰, 난 너를 위해서 그랬던 거야. 그래도 효과는 있었잖니."

이모는 톰의 머리를 쓰다듬으며 다정하게 말했다. 톰은 진지한 표정으로 눈을 깜빡이며 이모의 얼굴을 올려다보았다.

"이모가 저를 위해서 그랬다는 건 알아요. 그래서 저도 피터에게 그렇게 해 준 거예요. 피터에게도 효과가 있었어요. 그 녀석이 그렇게 기분 좋아서 날뛰는 건 처음……."

"톰, 또다시 내 속이 뒤집어지기 전에 어서 나가거라. 그리고 제발 한 번만이라도 착한 아이가 되려고 노력해 보렴. 그럼 더이상 약 따위는 먹을 필요가 없을 테니."

톰은 수업 시간보다 일찍 학교에 도착했다. 이런 이상한 일이 요즘 매일 일어났다. 지각대장 톰이 친구들과 놀러 다니지 않고 학교 교문 앞에서 서성거렸다. 자기 말로는 몸이 아프다는데, 정말 아파 보이기는 했다. 소년은 팬시리 여기저기를 바라보는 것처럼 보이려고 애썼지만, 사실 그의 시선은 오직 저 아래 길 쪽에 쏠려 있었다.

잠시 후 제프 대처의 모습이 눈에 띄자, 톰의 얼굴이 환하게 빛났다. 하지만 금세 다시 어두워졌다. 제프 대처가 다가오자 톰도 가까이 갔다. 그리고 어떻게든 기회를 봐서 베키에 대한 말을 꺼내려고 했다. 하지만 이 미련한 친구는 톰이 던진 미끼를 알아채지 못했다. 톰은 펄럭이는 여학생의 치마가 보일 때마다 희망을 품고 열심히 바라보았다. 그러고는 그 옷의 주인이 기다리던 사람이 아니면 눈 앞의 상대를 미워했다. 마침내 여학생의 모습은 더 이상 나타나지 않았다. 톰은 축 처져 교실 안으로 들어가 괴로운 마음으로 자리에 앉았다.

바로 그때 누군가 치맛자락을 펄럭이며 교문을 지났다. 톰의 심장이 마구 쿵쾅거렸다. 눈 깜짝할 사이에 톰은 벌떡 일어나서 인디언처럼 '날뛰기' 시작했다. 고함을 치다가 껄껄 웃고, 다른 남자아이들을 잡으러 다니는가 하면 부상이나 생명의 위험을 무릅쓰고 울타리를 넘거나 재주넘기를 하고 물구나무를 섰다. 머릿속에 떠오르는 영웅적인 행동은 모두 선보였다. 그러면서 줄곧 베키 대처가 자기를 쳐다보는지 곁눈질로 확인했다. 하지만 베키는 톰의 행동을 전혀 의식하지 못하는 것 같았고, 눈길 한 번 주지 않았다.

'혹시 내가 여기 있는 걸 모르나?'

톰은 묘기를 부리면서 베키 옆으로 슬금슬금 다가갔다. 그리고 인디언처럼 함성을 지르며 날뛰다가 한 남자아이의 모자를 빼앗아 교실 천장으로 높이 던졌다. 그러고는 아이들 틈을 파고들기도 하고 이리저리 밀치다가 나중에는 베키의 코앞에서 벌렁 드러누웠다. 그 바람에 베키가 넘어질 뻔했다.

"피! 누구는 자기가 꽤 똑똑한 줄 아나 봐. 허구한 날 잘난 척만 하니!"

베키는 코웃음을 치며 고개를 돌리더니 이렇게 중얼거렸다.

톰의 얼굴이 벌겋게 달아올랐다. 톰은 간신히 일어나서 참담한 기분으로 힘없이 그 자리를 빠져나왔다.

제13장

어린 해적들 – 작당 모의 – 모닥불 옆에서의 대화

톰은 이제 마음을 굳혔다. 너무 우울하고 비참할 뿐이었다. 사람들한테 버림받았고, 친구도 없다. 톰은 중얼거렸다.

'아무도 나를 좋아하지 않아. 자기들 때문에 내가 지금 어떤 심정인지 알면 내게 미안해 하겠지. 나는 착하게 살고 싶었고 잘 지내고 싶었는데, 자기들이 기회를 안 줬잖아. 날 쫓아내야만 하겠다면 그렇게 하라지 뭐. 모든 걸 내 탓으로 돌리고 싶다면 그렇게 하라고. 친구 하나 없는 사람이 불평할 권리나 있나? 맞아, 그들이 나를 내몬 거야. 범죄자의 삶을 살 수밖에 없도록. 다른 도리가 없어.'

톰은 그렇게 중얼거리며 들길을 한참 걸었다. 멀리서 수업 시간을 알리는 학교 종소리가 희미하게 들렸다. 저 친근한 소리를 다시는 듣지 못하리라고 생각하니 울음이 터졌다. 가슴 아픈 일이지만 어쩔 수 없다. 냉혹한 세상으로 쫓겨났으니 그 운명에 복종하는 수밖에. 하지만 톰은 사람들을 용서했다. 그러자 눈물이 더 굵어지고 흐느낌도 더해졌다.

바로 그때, 영혼의 맹세를 나눈 동지인 조 하퍼를 만났다. 조의 눈은 결의에 차 있었고, 가슴은 웅장하고 진지한 뜻을 품은 듯 장엄해 보였다. 쉽게 말해, '같은 생각을 하는 두 영혼'이 여기 있는 셈이었다. 톰은 소매로 눈물을 훔치면서, 학대를 일삼고 동정심 없는 집에서 원대한 세상으로 도망쳐 다시는 돌아가지 않겠다는 결심을 장황하게 늘어놓았다. 그리고 조가 자기를 잊지

말았으면 좋겠다는 말로 연설을 끝냈다.

그런데 이것이 바로 조가 톰에게 하려던 말이었고, 조 역시 같은 목적으로 톰을 애타게 찾아다녔다는 것이다. 조는 먹기커 녕 집에 있는지도 몰랐던 크림을 훔쳐 먹었다는 이유로 엄마한 테 회초리를 맞았다고 했다. 이것은 조의 엄마가 조를 지긋지긋 해 해서 그가 집에서 나가 주기를 바라고 있다는 뜻이 아니겠 는가. 엄마 뜻이 그렇다면 그대로 따를 수밖에……. 조는 엄마 가 행복하기를 기원했고, 불쌍한 자기 자식을 고생하다가 죽을 지도 모르는 무자비한 세상에 쫓아낸 것에 죄책감을 갖지 않기 를 바랐다.

두 아이는 우울한 마음으로 같이 걸으면서, 앞으로 죽음이 그 들에게서 인생의 고뇌를 벗겨 줄 때까지 형제처럼 항상 곁에서 지켜 주기로 맹세했다. 그런 뒤 그들은 계획을 세웠다. 조는 은 둔자가 되어, 외진 동굴 같은 데에서 빵 껍데기나 먹으며 살다가 추위와 굶주림과 고뇌에 파묻혀 죽겠다고 했다. 하지만 해적이 되겠다는 톰의 계획을 듣자, 단박에 무법자의 삶에 매혹되었다. 그래서 조도 해적이 되기로 약속했다.

세인트피터즈버그에서 아래로 5킬로미터쯤 내려가면 미시시 피 강폭이 5킬로미터 정도까지 좁아지는 지점이 있고, 거기에 수풀이 울창하고 좁고 길쭉하게 생긴 잭슨 섬이 있다. 섬 입구에 얕은 모래톱이 있는데, 약속 장소로 삼기에 아주 좋았다. 이 섬은 무인도였다. 먼 강변까지 나무만 빽빽이 들어서 있기에 사람의 왕래가 거의 없었다. 그래서 아이들은 잭슨 섬을 골랐다. 누구를 상대로 해적질을 할 것인가 하는 문제는 미처 신경 쓰지 못했다.

두 아이는 허클베리 핀을 찾아갔다. 허크는 당장 두 아이의 모험에 동참했다. 허크에게는 모든 직업이 똑같았기 때문에 어떤 것이든 상관이 없었다. 아이들은 자기들이 제일 좋아하는 시간대, 즉 자정 무렵에 마을에서 3킬로미터쯤 떨어진 강둑 위의 한적한 장소에서 만나기로 약속하고 헤어졌다. 거기에 있는 조그만 뗏목을 훔칠 생각이었다. 아이들은 무법자답게 각자 아주 은밀하고 절묘한 방법으로 낚싯바늘과 낚싯줄, 식량 등을 훔쳐 오기로 했다. 그리고 어둠이 내리기 전에 '곧 마을에 엄청난 소식이 있을 것'이라는 소문을 퍼뜨리는 달콤한 영광을 즐겼다. 이런 알쏭달쏭한 암시를 들은 사람들에게는 모두 '입 다물고 두고 보라'는 주의가 곁들여졌다.

자정 무렵에 톰은 삶은 햄과 몇 가지의 자질구레한 물건을 갖고 약속 장소가 내려다보이는 작은 절벽 위 덤불숲에 도착했다. 별이 반짝였고 사방은 고요했다. 눈앞에 거대한 강이 바다처럼 고요하게 흐르고 있었다. 톰은 잠시 귀를 기울였다. 정적을 깨뜨리는 어떤 소리도 들리지 않았다. 톰은 나지막하지만 또렷한 소리로 휘파람을 불었다. 절벽 밑에서 누군가가 응답했다. 톰은 휘파람을 두 번 더 불었다. 이번에도 똑같은 응답이 돌아왔다.

"거기 누구냐?"

드디어 경계하는 목소리가 들렸다.

"'카리브 해의 검은 복수자' 톰 소여다. 네 이름을 대라."

"'붉은 손' 허크 핀과 '바다의 공포' 조 하퍼다."

모두 톰이 가장 좋아하는 책에서 뽑아 준 별명들이었다.

"좋다. 암호를 대라."

두 아이가 쉰 목소리로 동시에 무시무시한 단어를 중얼거렸고, 그 소리는 고요한 밤하늘에 울려 퍼졌다.

"피!"

톰은 절벽 밑으로 햄을 굴려 떨어뜨리더니 뒤쫓아 내려갔다. 살갗이 긁히고 옷이 찢어졌다. 물론 절벽 아래쪽에 강변을 따라 편안하고 안전한 길이 나 있었지만, 거기엔 해적에게 가장 중요한 '모험'과 '위험'이 없었다.

'바다의 공포' 조는 베이컨 한 덩어리를 가져오느라 기진맥진해 있었다. '붉은 손' 허크는 작은 냄비와 반쯤 말린 담뱃잎을 훔쳐 왔고, 담뱃대로 쓸 옥수숫대도 조금 가져왔다. 해적 중에서 허크 말고 담배를 피우거나 씹는 사람은 없었지만,* '카리브 해의 검은 복수자'는 절대로 불 없이 출발해서는 안 된다고 말했

---

* 흡연이 건강에 끼치는 해악에 대해 모르던 시대였다. 그래서 당대에는 연령에 관계없이 비교적 자유롭게 흡연을 즐겼음을 고려하고 읽기를 권한다.

다. 현명한 생각이다. 당시에는 성냥이 귀했으니까.

그들은 90여 미터쯤 위쪽에 있는 큰 뗏목에서 연기 나는 모닥불을 발견하고 몰래 다가가서 불붙은 장작 하나를 훔쳤다. 세 아이는 대단한 모험의 시작에 크게 들떴다. 시도 때도 없이 걸음을 멈추고 입술에 손가락을 대며 '쉿' 했고, 상상 속의 단검 자루에 손을 갖다 대거나 낮은 목소리로 "만약 적이 조금이라도 움직이면 단칼에 베라, 죽은 자는 말이 없으니"라고 서로 명령했다. 지금쯤 뗏목꾼들은 전부 마을로 내려가 창고 안에 쓰러져 있거나 술집에서 흥청망청 술을 마시고 있다는 걸 셋 다 잘 알았다. 그렇다고 해도 매사를 해적다운 방식으로 해결해야 하니까.

해적들이 뗏목을 강에 띄웠다. 톰이 지휘했다. 허크는 뒤쪽 노를, 조는 앞쪽 노를 맡았다. 톰은 배 한가운데에서 엄숙한 표정을 짓고 팔짱을 낀 채 서서는, 단호한 목소리로 명령을 내렸다.

"뱃머리를 바람 부는 방향으로 돌려라."

"네, 선장님!"

"천천히, 천천히."

"네, 천천히!"

"1포인트* 옆으로!"

"네, 옆으로!"

---

* 나침반에 방위를 32등분 해서 표시한 점을 말한다.

아이들은 처음부터 오로지 강 한복판을 향해 배를 몰았다. 이런 명령이 오로지 '폼'을 잡기 위한 것일 뿐, 특별한 의미는 없다는 걸 서로 잘 알고 있었다.

"우리 배에 어떤 돛들이 실려 있나?"

"큰 가로돛, 중간 돛, 삼각돛이 있습니다, 선장님!"

"큰 돛을 올려라! 거기 대여섯 명은 앞 돛의 중간 돛을 펼쳐라! 서둘러, 어서!"

"네, 선장님!"

"큰 돛의 중간 돛을 펼쳐라! 돛을 펴고 팽팽히 당겨, 나의 부하들이여!"

"네, 선장님!"

"좌현으로 키를 단단히 잡아라. 배 맞이할 준비! 좌현, 좌현으로. 자, 힘을 내! 천천히."

"네, 천천히!"

뗏목은 강 한복판으로 들어섰다. 소년들은 뱃머리를 똑바로 해 놓고 노를 놓았다. 수심은 그다지 깊지 않았고, 유속도 시속 3~5킬로미터를 넘지 않았다. 그 후 40~50분 동안은 아무도 말이 없었다. 이제 뗏목은 멀리 보이는 마을 앞을 지나고 있었다. 깜빡거리는 두어 개의 불빛이 마을의 위치를 알려 주었다. 마을은 지금 얼마나 놀라운 사건이 벌어지는지도 모르고 별빛이 비치는 드넓은 수면 뒤에서 평화롭게 잠들어 있었다. 카리브 해의

검은 복수자는 여전히 팔짱을 낀 채, 한때는 기쁨이었으나 나중에는 고통이 된 그곳을 '마지막'으로 바라보았다. 그리고 입가에 단호한 미소를 띤 채 위험과 죽음에 용감하게 맞서 주어진 운명의 길을 향해 이 거친 바다로 나선 자신의 모습을 '그녀'가 볼수 있기를 바랐다. 상상 속에서 잭슨 섬을 마을에서 볼 수 없는 먼 곳으로 옮기는 일쯤은 식은 죽 먹기였다. 그러므로 톰은 비통하면서도 만족스러운 마음으로 '과거의 마을'을 바라보았다. 다른 해적들도 마찬가지였다. 모두들 너무 오랫동안 마을을 바라보느라고 하마터면 강물에 실려 목적지 섬을 지나칠 뻔했다. 다행히 때마침 위험을 감지해서 재빨리 방향을 바로잡았다. 새벽 2시경, 뗏목은 섬 어귀에서 182미터쯤 들어가 있는 모래톱에 닿았다. 아이들은 왔다 갔다 하면서 짐을 내렸다. 작은 뗏목에 실려 있던 짐 속에 낡은 돛이 하나 있었다. 아이들은 이 돛을 숲속에 펴 식량을 보관하는 천막으로 삼았다. 무법자답게 잠이야 날씨 좋은 날에는 야외에서 잘 생각이었다.

아이들은 컴컴하고 깊은 숲속으로 20~30걸음 들어간 곳의 커다란 나무 옆에 불을 피웠다. 그리고 프라이팬에 베이컨을 굽고 옥수수빵을 절반이나 사용해 저녁을 지었다. 아무도 오지 않고 살지도 않는 무인도의 원시림 속에서 자유롭고 편안하게 축제를 즐긴다는 것은 그야말로 찬란한 경험이었다. 세 소년은 이제 절대로 문명사회로 돌아가지 않겠다고 맹세했다. 활활 타오르는 불빛은 소년들의 얼굴을 환하게 비췄고, 숲의 신전에 기둥처럼 서 있는 굵은 나무의 몸통과 윤기 나는 잎사귀, 그리고 뒤엉킨 덩굴들에 붉은 광채를 던졌다.

마지막 베이컨 한 조각까지 먹어 치우고 옥수수빵의 마지막 한입까지 삼킨 소년들은 포만감에 그대로 풀밭에 드러누웠다. 좀 더 시원한 장소를 찾을 수도 있었지만 취사용 모닥불 같은 낭만적인 정취를 포기하고 싶진 않았다.

조가 말했다.

"신나지 않아?"

톰이 맞장구를 쳤다.

"정말 최고다! 다른 애들이 우리를 보면 뭐라고 할까?"

"뭐라고 하긴? 자기들도 오고 싶어 죽으려고 할걸. 그렇지, 허크?"

허클베리가 말했다.

"내 생각에도 그럴 것 같아. 어쨌든 나는 여기가 체질에 맞아. 더 이상 바랄 게 없어. 지금까지 이렇게 마음껏 먹어 본 적도 없어. 게다가 여기까지 와서 날 발로 차고 구박할 사람도 없으니까 말이야."

톰이 동의했다.

"나도 이런 생활이 맞아. 아침에 일찍 일어날 필요도 없고, 학교에 간다, 세수를 한다, 뭐 그런 쓸데없는 짓을 안 해도 되고. 해적은 육지에 있을 때에는 아무 일도 할 필요가 없어, 조. 하지만 은둔자는 기도를 많이 해야 하고, 재미있는 일은 하나도 할 수 없어. 게다가 항상 혼자서 놀잖아."

조가 말했다.

"아, 정말 그렇겠다. 난 그런 것까지 깊이 생각하지 못했어. 한 번 해 보니까, 해적이 되길 정말 잘했어."

다시 톰이 말했다.

"이봐, 요즘에는 옛날만큼 은둔자가 되려는 사람이 많지 않아. 하지만 해적은 항상 존경을 받지. 은둔자는 가장 딱딱한 곳에서 자고, 늘 거친 삼베옷을 입고, 머리에는 재를 뿌리고, 밖에서 비를 고스란히 맞고, 또……."

"왜 삼베옷을 입고 머리에 재를 뿌려?"

허크가 물었다.

"나도 몰라. 하지만 그렇게 해야 돼. 은둔자들은 항상 그렇게 살아. 허크, 너도 은둔자가 되면 그렇게 살아야 돼."

"내가 은둔자가 된다니, 정말 말도 안 되는 소리지."

"그럼 넌 뭐가 될 건데?"

"몰라, 하지만 그건 아니야."

"허크, 꼭 은둔자가 되어야 한다면 어떻게 할래?"

"글쎄, 못 참을 것 같아. 아마 도망치겠지."

"도망친다고! 이런, 넌 완전히 엉터리 은둔자가 되겠구나. 그건 은둔자 얼굴에 먹칠을 하는 거야."

붉은 손 허크는 다른 일에 정신이 팔려 더 이상 대꾸하지 않았다. 허크는 옥수숫대의 속을 파내더니 갈대 줄기를 안에 끼워 넣고 담뱃잎을 채웠다. 그리고 불을 붙인 다음, 향기로운 연기를 내뿜었다. 허크는 격조 높은 만족감에 푹 빠진 표정을 지었다. 다른 해적들은 이 엄청난 범죄 행위를 부러운 듯 바라보았다. 그리고 자기들도 조만간 꼭 해 보겠다고 속으로 결심했다.

그때 허크가 물었다.

"해적들은 뭘 해야 하나?"

톰이 대답했다.

"그냥 재미있게 살지. 배를 빼앗아서 불태우고 돈을 훔쳐서 자기들 섬의 멋진 장소에 묻는 거야. 유령이나 뭐 그런 것들이 감시해 주는 장소에. 그리고 배에 탄 사람들을 다 죽여. 널빤지 위를 걷게 해서 바다에 빠뜨리는 거야."

조가 끼어들었다.

"여자들은 섬으로 데려와야 돼. 여자는 죽이지 않아."

톰이 맞장구를 쳤다.

"맞아, 해적은 여자를 안 죽여. 여자들은 고상하잖아. 게다가 항상 예쁘거든."

조가 흥분하여 말했다.

"또 해적은 아주 멋있는 옷을 입는다구! 금, 은, 다이아몬드로 치장한 옷 말이야!"

허크가 물었다.

"누가?"

"누구긴, 해적들 말이야."

허크는 절망적인 표정으로 자기 옷을 내려다보았다.

"내 옷은 해적에 어울리지 않아……. 그치만 난 옷이라곤 이거 하나밖에 없는걸."

허크의 목소리에 실망이 가득했다. 두 소년은 모험을 본격적으로 시작하면 금방 좋은 옷이 생길 거라고, 잘사는 해적이야 옷을 제대로 갖춰입고 일을 시작하겠지만 너처럼 누더기 옷으로 시작하는 경우도 있다고, 열심히 허크를 위로했다.

차츰 말수가 줄어들었다. 꼬마 방랑자들의 눈꺼풀에 졸음이 내려앉기 시작했다. 붉은 손의 손가락에서 파이프가 떨어졌지만, 그는 전혀 근심이나 양심의 가책 없이 잠 속으로 빠져들었다. 바다의 공포와 카리브 해의 검은 복수자는 쉽사리 잠들지 못하고 뒤척였다. 그들은 누운 채 속으로 기도했다. 그들에게 억지로 무릎을 꿇게 하고 큰 소리로 기도문을 외우게 하는 사람이 없었으니까. 사실 기도를 완전히 빼먹고 싶은 마음도 있었지만, 그렇게까지 타락했다가는 하늘에서 날벼락이 내릴지도 모른다는 생각에 두려웠다.

두 소년이 잠이 들락 말락 하고 있을 때 훼방꾼이 나타나 좀처럼 '사라지지 않고' 방해했다. '양심'이라는 훼방꾼이었다. 집에서 도망치는 나쁜 짓을 했다는 사실에 막연하나마 두려움을 느끼기 시작했다. 그다음으로는 고기를 훔쳤다는 생각이 이어졌다. 그러자 진짜 양심에 찔렸다. 이미 수도 없이 과자나 사과를 훔쳐 먹었다는 사실을 떠올려 죄책감을 쫓아 버리려 했지만, 그런 얄팍한 구실로 양심의 가책이 누그러지진 않았다. 과자를 훔친 건 '장난'이지만, 베이컨이나 햄같이 귀중한 물건을 훔친 건 명백한 '절도'라는 사실을 회피할 수가 없었기 때문이다. 성경에도 남의 물건을 훔치지 말라고 분명히 나와 있지 않은가. 결국 그들은 해적 노릇을 하는 동안에도 두 번 다시 도둑질 같은 범죄로 해적의 명예를 더럽히는 일은 않겠다고 속으로 결심했다. 그러자 비로소 양심의 가책이 사라졌다.

말도 안 되게 앞뒤가 안 맞긴 했지만 아무튼 이 해적들은 그렇게 마음에 위안을 얻고는 평화롭게 잠이 들었다.

제14장

눈을 뜬 톰은 자기가 지금 어디에 있는가 싶어 어리둥절했다. 일어나 앉아 눈을 비비고는 사방을 둘러보았다. 그제야 겨우 사태가 파악됐다. 어슴푸레 여명이 비치는 서늘한 새벽 숲속, 고요한 안식과 달콤한 평화의 기운이 감돌았다. 나뭇잎 하나 흔들리지 않았다. 대자연의 명상을 방해하는 작은 소리조차 없었다. 나뭇잎과 풀잎에 구슬 같은 이슬방울들이 맺혔다. 모닥불은 흰색 재가 한 겹 덮여 있고, 푸른 연기 한 줄기가 아직도 희미하게 하늘로 피어 오르고 있었다. 조와 허크는 여전히 잠들어 있었다.

그때 숲속에서 새 한 마리가 친구를 부르는 듯 지저귀자 다른 새가 응답했다. 곧이어 딱따구리가 나무 쪼는 소리가 들렸다. 서늘한 새벽이 차츰 밝아지면서 더 많은 새소리가 울려 퍼졌고 숲 속의 생명들이 활기차게 활동을 시작했다. 신비로운 대자연이 막 잠을 털고 일어나 생각에 잠겨 있는 톰 앞에서 날개를 펴고 본모습을 보여 주려 하고 있었다.

이슬에 젖은 나무 잎사귀 위에서 작고 푸른 벌레 한 마리가 기어갔다. 녀석은 가끔 제 몸의 3분의 2 가량을 곧추세워 주위의 동정을 살피고는 다시 전진했다. 톰은 벌레가 주변을 정찰하는 중이라고 생각했다. 벌레가 톰 쪽으로 다가오자, 톰은 돌처럼 꼼짝 않고 앉아 있었다. 벌레가 제 쪽으로 기어 오다가 다른 쪽으로 방향을 틀 때마다 톰의 마음속에 희망과 불안이 교차했다. 마침내 벌레가 굽은 몸을 공중으로 쳐들었다. 조마조마한 순간이었다. 벌레는 결정을 내렸다는 듯이 톰의 다리로 내려왔다. 그러고는 톰의 몸을 탐험하기 시작했다. 톰은 뛸 듯이 기뻤다. 왜냐하면 벌레가 몸에 기어 오르는 것은 새 옷이 생길 징조니까. 틀림없이 화려한 해적 옷이리라.

이번에는 어디선가 한 떼의 개미가 줄지어 나타나 열심히 일을 했다. 한 마리가 제 몸의 다섯 배나 되는 거미 사체를 다리로 끌어안고 나무 기둥 위로 올리려고 안간힘을 썼다. 풀잎 한 끝에서는 갈색 점박이 무당벌레 한 마리가 기어 오르고 있었다. 톰은 허리를 굽혀 무당벌레 곁에 입을 갖다 대고 속삭였다.

"무당벌레야, 무당벌레야, 어서 집에 가 보렴. 너희 집에 불이 났단다. 아이들만 홀로 남아 있단다."

무당벌레는 집이 어떻게 되었나 알아보려는 듯이 날개를 펴고 날아갔다. 톰은 놀라지 않았다. 이 벌레는 머리가 단순해서 남의 말을 잘 믿는다는 걸 옛날부터 알고 있었고, 녀석의 순진한 마음을 이미 여러 번 실험해 봤기 때문이다. 이번에는 말똥구리 한 마리가 열심히 똥 덩어리 같은 공을 굴리며 지나갔다. 톰이 손을 갖다 대자 녀석은 재빨리 발을 오므리더니 죽은 척했다.

새들의 지저귐이 더욱 요란해졌다. 북부에서 앵무새라고 부르는 지빠귀 한 마리가 톰의 머리 위 나뭇가지에 앉아 즐거운 목소리로 다른 새들의 울음소리를 흉내 냈다. 곧 날카롭게 우는 어치 한 마리가 어디선가 불똥처럼 날쌔게 날아와 톰의 손이 닿을 만한 곳의 나뭇가지에 앉아서 궁금하다는 듯 고개를 갸우뚱거리며 낯선 세 소년을 내려다보았다. 작은 회색 다람쥐가 여우와 닮은 다람쥐를 데리고 종종거리며 지나다가 가끔씩 멈춰 서서 소년들의 거동을 살피고 자기들끼리 뭐라고 재잘댔다. 야생동물들은 사람이라는 것을 생전 처음 봐서 무서워해야 할지 말아야 할지 고민하는 눈치였다.

이제 대자연은 잠에서 완전히 깨어났다. 빽빽이 들어찬 나무들의 잎 사이로 햇살이 길게 비쳤고, 서너 마리의 나비들이 춤을 추며 그 위를 날아다녔다.

톰은 다른 해적들을 흔들어 깨웠다. 그들은 환호성을 지르며 달려갔다. 1~2분만에 세 벌거숭이가 흰 모래톱의 얕은 여울에서 서로 쫓아다니고 엎치락뒤치락하며 한 덩어리로 뒹굴었다. 광대한 수면 너머로 조는 듯 조용히 있는 마을이 보였지만 하나도 그립지 않았다. 변덕스러운 물의 흐름 탓인지 강물이 불어서인지, 뗏목은 어디론가 사라지고 없었다. 아이들은 오히려 잘됐다고 생각했다. 뗏목이 사라졌다는 것은 아이들과 문명사회를 연결시켜 주는 다리가 불타서 없어졌다는 의미였기 때문이다.

아이들은 기쁘고 상쾌한 기분으로 캠프로 돌아왔다. 허기가 밀려와서 다시 모닥불을 피웠다. 허크가 모닥불 바로 옆에서 맑고도 차가운 샘물을 발견했다. 아이들은 넓은 떡갈나무나 호두나무 잎사귀로 컵을 만들었다. 원시림의 영기가 스며서 단맛이 도는 이 물이 커피의 좋은 대용품이 될 것 같았다. 조가 아침 식사에 쓸 베이컨을 얇게 써는데, 톰과 허크가 잠깐만 기다리라고 하더니 강둑 구석자리로 가서 낚싯줄을 던졌다. 낚싯줄을 내리자마자 노력의 보답이 돌아왔다. 조가 조바심할 겨를도 없이 두 소년은 먹기 좋은 농어 몇 마리와 작은 메기 한 마리를 잡아서 돌아왔다. 웬만한 가족 전체가 배불리 먹을 양이었다. 아이들은 물고기들을 베이컨과 함께 요리해 먹고, 이렇게 맛있는 생선 요리는 생전 처음이라고 입을 모았다. 민물 생선은 잡아서 빨리 요리할수록 맛이 좋다는 것을 몰랐던 것이다. 게다가 야외 취침, 야외 운동, 수영, 그리고 시장(배고픔)이야말로 '최고의 반찬'이니 당연했다.

아침 식사를 마치고 두 소년이 나무 그늘 아래 누워 쉬는 동안 허크는 담배를 한 모금 피웠다. 그런 다음 셋은 숲속으로 탐험을 떠났다. 썩은 나무통을 뛰어넘고, 뒤엉킨 덤불을 헤치며 유쾌하게 이리저리 쏘다녔다. 거목들은 제왕처럼 우뚝 솟아 있고, 그 왕관으로부터 포도 넝쿨의 휘장이 땅으로 드리워져 있었다. 풀이 양탄자처럼 퍼져 있고, 꽃이 보석처럼 이리저리 피어 있는 편안한 아지트 같은 곳도 군데군데 있었다.

재미있는 일만 잔뜩 있고 무서운 것은 없었다. 아이들은 탐험의 결과로, 잭슨 섬이 길이가 약 5킬로미터에 폭이 400미터쯤이고, 가장 가까운 강변과의 사이에 폭이 180미터 정도밖에 안 되는 좁은 지점이 있는 것을 알아냈다. 거의 1시간 간격으로 강에 들어가 헤엄을 쳤더니, 오후가 반쯤 지나 캠프로 돌아왔을 때 아이들은 너무 배가 고파서 물고기를 잡으러 갈 힘도 없었다. 다행히 차가운 햄이 있어서 호사스럽게 점심을 먹고 그늘에 앉아 다시 잡담을 시작했다.

그런데 이야기가 축축 늘어지다가 어느새 뚝 끊어졌다. 적막한 숲에 깃든 엄숙함, 외로움이 마음에 스몄다. 아이들은 각자 생각 속으로 빠져들었다. 막연한 동경과도 같은 것이 싹트더니 희미하나마 모습을 드러내기 시작했다. 향수병의 시초였다. 붉은 손 허크마저 남의 집 문간과 헛간 통들이 그리워졌다. 그러나

세 소년 모두 자신의 나약한 마음을 부끄럽게 여겼기 때문에 감히 말할 수 없었다.

아까부터 멀리서 이상한 소리가 희미하게 들려왔지만, 시계가 째깍거리는 소리를 흘려듣듯 세 소년은 별로 주의를 기울이지 않았다. 그러나 곧 관심을 갖지 않을 수 없을 정도로 이상한 소리가 커졌다. 아이들은 서로 얼굴을 쳐다보았다. 깊은 정적이 흐르다가 멀리서 굵고 낮은 소리가 났다.

쾅!

조가 숨 죽여 외쳤다.

"저게 무슨 소리지?"

톰이 속삭였다.

"글쎄."

허클베리가 두려운 목소리로 대꾸했다.

"천둥소리는 아니야. 왜냐하면 천둥은……."

"허크! 조용히 들어 봐."

톰이 외쳤다. 아이들은 잠깐 기다렸다. 그 짧은 시간이 몇 년쯤 되는 것 같았다. 그때 정적을 깨고 다시 아까의 엄숙하고 둔탁한 소리가 들려왔다.

"가 보자."

아이들은 즉각 일어나 마을 쪽으로 향해 있는 둑길로 달렸다. 강둑에서 덤불을 헤치고 강을 내다보니 마을에서 한 1~2킬로미터쯤 하류 쪽에 작은 증기 연락선 한 척이 떠 있었다. 넓은 갑판 위에는 사람들이 잔뜩 모여 있는 듯했다. 그 주위에 보트 여러 척도 함께 노를 저으며 떠 있었다. 대체 뭘 하고 있는 건지 전혀 짐작이 가지 않았다. 그때 증기선 옆구리에서 흰 연기가 뿜어져 나오더니 서서히 움직이는 구름처럼 짧게 퍼지면서 위로 올라갔고 아까같이 둔탁한 소리가 났다.

쾅!

톰이 외쳤다.

"알겠다! 누가 물에 빠져 죽었나 봐!"

허크가 맞장구를 쳤다.

"맞아! 작년 여름에 빌 터너가 익사했을 때 사람들이 저렇게 했어. 강을 향해 대포를 쐈지. 그러면 시체가 물 위로 떠오른대. 맞아, 또 빵 덩어리에 수은을 가득 집어넣고 강물에 띄워 보내면 빵이 사람이 빠져 죽은 곳에 흘러가서 딱 멈춘대."

조가 끼어들었다.

"나도 그 얘기 들었어. 그런데 빵이 어떻게 그런 효능을 가졌는지 모르겠네."

톰이 아는 척을 했다.

"아, 그건 빵 때문이 아니야. 빵을 던지기 전에 사람들이 하는 말 때문일 거야."

허크가 반박했다.

"그렇지만 빵에다 아무 말도 하지 않던걸. 나도 한 번 봤는데 사람들이 아부 말도 안 했어."

톰이 말했다.

"그거 참 이상하네. 아마 속으로 말했겠지. 틀림없어. 이건 누구나 다 아는 사실이거든."

두 아이는 톰의 말에 일리가 있다고 인정했다. 사람들이 주문으로 지시하지도 않았는데 빵 덩어리 따위가 그런 중대한 임무를 맡고 강물에 들어가 그렇게 똑똑하게 일을 해낸다는 것은 말도 안 되기 때문이었다.

조가 말했다.

"아, 저기 가 봤으면 좋겠다. 지금."

허크가 맞장구를 쳤다.

"나도 누가 빠졌는지 궁금해 죽겠네."

아이들은 계속 귀를 기울인 채 지켜보았다. 그때 번뜩 톰의 머리를 스치는 생각이 있었다. 톰이 흥분해서 외쳤다.

"이런, 누굴 찾고 있는지 알았어. 바로 우리야, 우리!"

아이들은 갑자기 영웅이 된 것 같았다. 너무나 근사한 승리의 순간이었다! 자신들이 행방불명된 것이다. 온 동네 사람들이 슬퍼하고 상심하고 눈물을 흘리고 있는 것이다. 실종된 소년들에게 너무 심하게 굴었다고 자책하고. 또 이제는 어쩔 수 없다는 후회와 회한에 빠져서 말이다. 무엇보다도 자신들이 장안의 화

젯거리가 되었고, 이 굉장한 명성을 모든 소년들이 부러워할 것이다. 정말 멋진 일이다. 결국 해적이 된 보람이 있었다.

황혼이 깔리자 증기선은 본연의 업무로 돌아갔고 보트들도 사라졌다. 해적들도 캠프로 돌아왔다. 소년들은 자기 힘으로 만들어 낸 새로운 명성과 굉장한 사건에 가슴이 벅차올랐고 한없이 즐거웠다. 물고기를 잡아 저녁을 해 먹고서 마을 사람들이 자기들에 대해 무슨 얘기를 할지 열심히 추측했다. 자기들 때문에 온 동네가 괴로워하고 있을 거라는 상상은 달콤했다.

그러나 땅거미가 짙어 가면서 이야기가 점차 줄어들었다. 나중에는 모두 하릴없이 불만 내려다보았다. 분명히 아이들의 생각은 다른 데에 가 있었다. 흥분이 가라앉자 톰과 조는 적어도 식구들은 이 굉장한 사건에 대해 자기들처럼 기뻐하지 않으리라는 생각을 떨쳐 버릴 수가 없었다. 불안했다. 괴롭고 슬프기도 했다. 자기도 모르게 한두 번 한숨이 새어 나왔다.

조가 머뭇거리면서 '지금 당장은 아니더라도, 다시 문명사회로 돌아가는 것에 대해 어떻게 생각하느냐'고 용기를 내어 물었는데…… 톰이 코웃음으로 조의 기를 꺾어 버렸다! 허크는 둘 사이에서 망설이다 톰의 편을 들었다. 그러자 변절자는 당장 변명을 늘어놓아 향수병에 걸린 자신의 나약함을 가능한 한 최소화함으로써 간신히 궁지에서 벗어났다. 첫 번째 반란은 이렇게 성공적으로 진압되었다. 물론 한시적으로 말이다.

밤이 깊어지자 허크가 꾸벅꾸벅 졸더니 이내 코를 골았다. 조가 그 뒤를 따라 잠들었다. 톰은 팔베개를 하고 누운 채 두 친구의 자는 모습을 한참 지켜보았다. 그러다가 조심스럽게 일어나 어른거리는 모닥불 사이를 무릎걸음으로 다니며 풀밭에서 뭔가를 찾았다. 마침내 넓은 반원통형의 얇고 흰 플라타너스 나무껍질을 몇 장 주워 살펴보고 마음에 드는 것으로 두 장을 골랐다. 그러고는 모닥불 옆에 무릎을 꿇고 앉아 '붉은 철광석' 조각으로 거기에 무언가를 힘들게 적은 다음, 한 장을 둘둘 말아서 자기 윗옷 안주머니에 넣었다. 또 한 장은 조의 모자 속에 집어넣어 그것을 조에게서 조금 떨어진 곳에 놓고는, 모자 속에 사내아이들에게는 어마어마한 가치를 지닌 귀중품들을 넣었다. 분필 한 덩어리, 인도산 고무공, 낚싯바늘 세 개, '진짜 수정'으로 만든 공깃돌 같은 것들이었다.

톰은 까치발을 하고 조심스럽게 나무들 사이를 빠져나왔고, 들킬 염려가 없다고 생각되는 지점에 이르자 모래톱을 향해 곧장 달음박질쳤다.

제15장

톰은 모래톱의 얕은 강물로 들어가 일리노이 강변을 향해 걸었다. 강 한가운데쯤 오자 물은 허리까지 차올랐고 거센 물살 때문에 더 이상 걸을 수가 없었다. 톰은 절반쯤 남은 나머지 90여 미터는 헤엄쳐 건널 생각으로 자신 있게 물에 뛰어들었고, 상류를 향해 비스듬히 헤엄쳤다. 그런데 예상보다 빠른 유속에 하류 쪽으로 밀려 내려가다가 간신히 반대편 기슭에 닿았다. 톰은 물에서 나오자마자 윗옷 주머니를 손으로 두드려 나무껍질이 무사한지 확인한 다음, 둑을 따라 서 있는 나무들 사이를 걸었다. 젖은 옷에서 물이 뚝뚝 떨어졌다.

10시가 조금 못 되어 마을 반대쪽의 공터에 이르렀다. 높은 강둑과 나무들의 그늘 아래에 낮에 봤던 연락선이 매여 있는 것이 보였다. 별이 반짝이는 밤하늘 아래 세상은 고요히 잠들어 있었다. 톰은 엉금엉금 기어서 둑을 내려와 주변을 살피며 물속으로 미끄러져 들어갔다. 서너 번 헤엄친 끝에 연락선의 고물에 '새끼배'로 매달려 있는 보트 위로 기어 올라가서는, 보트의 옆 가름대* 밑에 누워 숨을 헐떡거리며 잠시 기다렸다.

깨진 종이 울리면서 '출항'을 명령하는 사람 소리가 들렸다. 1~2분쯤 지나자 보트는 연락선인 증기선이 일으키는 큰 파도를 타 넘으면서 앞으로 나아갔다. 톰은 계획대로 오늘 밤 마지막으로 출항하는 배를 놓치지 않고 잡아탄 것이 기뻤다. 10여 분쯤 지나자 배의 타륜이 회전을 멈추며 배가 멈췄다. 톰은 보트에서 살짝 물속으로 미끄러져 들어가, 어둠 속에서 강변을 향해 45미터쯤 헤엄쳐서 하류의 강둑 위로 기어올랐다. 그렇게 해서 혹시 있을지도 모를 부랑자들의 위험에서 벗어났다.

톰은 인적이 드문 길을 따라 힘껏 달렸다. 잠시 후 이모네 집 뒤편의 울타리에 이르렀다. 톰은 울타리를 뛰어넘어 '뱀장어처럼' 안채와 직각으로 서 있는 건물로 접근해서 거실의 창문을 통해 집 안을 들여다보았다. 거실에 불이 환히 켜져 있었던 것이다. 폴리 이모, 시드, 메리, 조 하퍼의 엄마가 침대 옆에 모여 앉

* 보트의 노 젓는 사람이 앉는 가로장을 말한다.

아 있었다. 침대는 그들과 방문 사이에 놓여 있었다.

톰은 방문 쪽으로 접근해서 살며시 걸쇠를 벗겼다. 문을 슬그머니 밀자 작은 틈이 생겼다. 문을 조금씩 조심스럽게 계속 밀었다. 밀 때마다 삐걱거리는 소리가 났다. 무릎을 꿇고 몸이 겨우 들어갈 틈이 생길 때까지 계속 문을 밀었다. 우선 얼굴부터 디밀고 조심스럽게 몸을 빼냈다.

그때 폴리 이모가 말했다.

"왜 촛불이 깜박거릴까?"

톰은 서둘렀다.

"아, 방문이 열려 있나 보군. 맞아, 그럼 그렇지. 요새는 희한한 일들만 계속 생기는구나. 시드야, 가서 문 닫고 오너라."

톰은 잽싸게 침대 밑으로 숨었다. 거기 잠시 누워서 숨을 돌린 후 손이 거의 이모의 발에 닿을 정도로 가깝게 기어갔다.

"아까도 말했지만……."

폴리 이모가 말을 이었다.

"그 앤 나쁜 애가 아니에요. 그게…… 장난이 좀 심해서 그렇지. 침착하지 못하고 덤벙대고…… 망아지 새끼처럼 철이 안 들었을 뿐이에요. 절대로 악의는 없는 애라고요. 세상에서 제일 착한 애였는데……."

이모는 결국 울기 시작했다.

"우리 조도 그래요. 밤낮 괴상한 장난을 하고 못된 짓은 했지

237

만 그래도 아주 동정심이 많고 착했는데…… 하나님 맙소사, 그런데도 내가 어떻게 됐는지 크림 좀 훔쳐 먹었다고 때렸지 뭐예요. 그것도 상해서 내 손으로 버렸던 크림을 가지고 말이죠. 다신 그 애를 못 보게 됐어요. 영원히, 영원히 말이에요. 야단만 맞고 산 불쌍한 아이!"

하퍼 부인은 가슴이 찢어지는 듯 흐느끼기 시작했다.

시드가 끼어들었다.

"톰이 저세상에서 더 행복하게 살았으면 좋겠어요. 그렇지만 살아 있을 때 조금만 더 착했더라면……."

"시드!"

톰은 직접 보지는 못했지만 이모의 눈길이 번쩍 빛났다는 것을 마음으로 느낄 수 있었다.

"우리 톰에 대해 나쁜 말은 한마디도 하지 마라. 그 애는 이제 죽었잖니! 하나님이 돌봐 주실 게다. 너 그러면 혼날 줄 알아! 오, 하퍼 부인, 도저히 톰을 잊을 수 없어요. 어떻게 잊겠어요! 그 애 때문에 허구한 날 속상하긴 했지만, 톰은 나에게 큰 위안이었는걸요."

"하나님은 주시기도 하고 또 빼앗아 가시기도 합니다. 하나님의 이름으로 축복하소서! 하지만 너무 힘들네요. 아, 너무 견디기가 힘들어요! 지난 토요일만 해도 내 코앞에서 그 녀석이 화약을 터뜨리기에 엄청나게 혼냈거든요. 그 애가 이렇게 빨리 가

버릴 줄 정말 몰랐어요. 오, 만약 다시 그런 일이 일어난다면 그 아일 껴안아 주고 다독여 줄 텐데."

"맞아요. 네, 맞아요. 하퍼 부인, 저도 그 심정 알아요. 어떤 심정이신지 충분히 공감해요. 오래전도 아니고 바로 어제 점심 때랍니다. 톰이 고양이에게 진통제를 잔뜩 먹였지 뭐예요. 온 집 안이 발칵 뒤집히는 큰 소동이 있었어요. 하나님 맙소사, 어찌나 화가 나던지 골무로 그 가엾은 애의 머리를 때렸어요. 이제는 가 버린 가엾은 녀석. 하지만 이제 그 애는 모든 고통에서 벗어났잖아요. 그 애가 내게 한 마지막 말이 날 향한 원망이라니……."

그 기억은 이모가 감당하기에는 너무 가혹했다. 이모는 완전히 무너졌다. 톰도 훌쩍거렸다. 누구보다 자신이 불쌍해서 견딜 수가 없었다. 메리의 울음소리도 들렸다. 메리 누나는 가끔 톰에 대한 따뜻한 말을 몇 마디씩 했다. 톰은 어느 때보다도 자신이 소중하게 여겨졌다. 이모의 슬퍼하는 마음에 감격하여 지금이라도 튀어 나가 이모를 기쁘게 해 줄까 하는 생각도 했다. 톰은 극적으로 출현하고픈 유혹이 강렬했지만 간신히 꾹 참고 침대 밑에 그대로 누워 있었다.

톰은 이야기를 계속 들으면서 여러 가지 사실을 알아냈다. 마을 사람들은 처음에 세 소년이 수영을 하다 익사했다고 생각했다. 그러다 조그마한 뗏목이 없어진 걸 발견했고, 또 동네 아이들한테서 실종된 아이들이 '마을에 곧 굉장한 소식이 들려올 것'

이라고 얘기했다는 말을 들었다. 그러자 머리 좋은 몇몇 마을 사람들은 전후 사정을 따져 본 끝에 세 소년이 뗏목을 타고 강을 따라 내려갔으며, 곧 하류의 한 마을에서 나타나려니 추측했다. 그러나 정오경 뗏목이 마을에서 거의 10킬로미터나 떠내려간 미주리 쪽 강기슭에서 발견되자 그 희망이 깨끗이 사라졌다. 역시 익사한 것이 틀림없었다. 그렇지 않으면 배가 고파서라도 저녁때까지는 돌아왔을 테니까. 다들 시체 수색 작업은 헛수고였다고 생각했다. 왜냐하면 셋 다 수영에는 선수들이었으니까, 강한가운데에서 익사하지 않았다면야 당연히 둑으로 피신했을 터였다. 그게 수요일인 오늘 일이었다. 마을 사람들은 일요일까지 시체를 찾지 못하면, 모든 걸 포기하고 일요일 아침에 장례식을 치르기로 했다. 톰은 그 말에 몸서리를 쳤다.

하퍼 부인은 흐느끼며 인사하고 돌아섰다. 그러나 아이를 잃은 두 부인은 참을 수 없는 슬픔에 복받쳐 다시 껴안고 한참 동안 울면서 서로 위로한 뒤 헤어졌다. 폴리 이모는 평소보다 훨씬 상냥한 목소리로 시드와 메리에게 잘 자라고 인사했다. 시드도 목이 좀 멘 듯했고, 메리는 아예 목 놓아 울면서 제 방으로 갔다.

폴리 이모는 무릎을 꿇고 톰을 위하여 기도를 올렸다. 이 기도는 너무 감동적이었고, 말에 담긴 끝없는 애정과 떨리는 목소리 때문에 기도가 끝나기 훨씬 전부터 톰은 또다시 눈물에 흠뻑 젖어 있었다.

이모가 잠자리에 들었지만 가끔 탄식하며 불안하게 몸을 뒤척였기 때문에 톰은 한참을 꼼짝 못하고 기다려야 했다. 마침내 이모가 깊이 잠들고 가끔 끙끙 앓는 소리를 낼 뿐이었다. 톰은 가만히 빠져나와 천천히 몸을 일으켰다. 그리고 손으로 촛불을 가리고 이모의 얼굴을 내려다보았다. 미안한 마음에 가슴이 미어졌다. 톰은 나무껍질 두루마리를 주머니에서 꺼내 촛불 옆에 놓았다. 그런데 무슨 생각인지 잠시 망설이다가, 얼굴 표정이 환해지며 나무껍질 두루마리를 재빨리 호주머니에 도로 집어넣었다. 톰은 허리를 굽혀 이모의 핏기 없는 입술에 입을 맞추었다. 그런 다음 발소리를 죽여 곧바로 방을 나와 문을 닫았다.

톰은 갔던 길 그대로 나루터로 되돌아와, 근처에 아무도 없는지 확인하고 증기선에 올라가 여기저기 돌아다녔다. 빈 배나 마찬가지였다. 감시인이 밤마다 안으로 들어가 동상처럼 잠에 곯아떨어진다는 걸 톰은 잘 알고 있었다. 톰은 고물에 묶인 밧줄을 풀어 작은 보트를 물에 내리고 옮겨 탔다. 그리고 상류를 향해 조용히 노를 저었다. 1.6킬로미터 남짓 나아간 다음, 톰은 보트의 방향을 물살을 거슬러 비스듬히 향하게 하고는 반대편 강둑을 향해 열심히 노를 저었다. 보트는 가뿐하게 반대편 뭍에 닿았다. 톰은 이런 일에 매우 익숙했다. 톰은 보트를 약탈할까도 생각했다. 보트도 일종의 배니까 해적다운 노획물 같았다. 그러나 사람들이 그 보트를 찾으러 나서면 모든 것이 발각될지도 모르다는 데 생각이 미치자, 그대로 숲으로 걸어갔다.

톰은 숲속에 주저앉아 몰려오는 잠을 쫓으며 한참 동안 숨을 돌렸다. 그런 다음 본거지를 향해 조심스럽게 발길을 돌렸다. 밤이 거의 끝나 가고 있었다. 섬의 모래톱과 마주 보고 섰을 때는 날이 훤히 밝았다. 톰은 거기서 쉬다가, 해가 완전히 솟아올라 수면 위로 찬란한 햇빛이 비치기 시작하자 물속으로 풍덩 뛰어들었다. 잠시 후, 톰은 물을 뚝뚝 떨어뜨리며 캠프 입구에 서 있었다.

조의 말소리가 들려왔다.

"아니야, 톰은 정직해, 허크. 분명히 다시 올 거야. 도망칠 애가

아니라고. 그게 해적에게 얼마나 불명예스러운 일인지 자기도 잘 알고 있거든. 톰은 그런 짓을 할 만큼 비겁하지 않아. 무슨 일이 있었겠지. 다만, 그게 뭔지 궁금해."

"어쨌든 이것들이 다 우리 거란 말이지?"

"그럴지도 몰라. 하지만 아직은 아니야, 허크. '아침밥 먹을 때까지 안 돌아오면'이라고 쓰여 있으니까."

"그가 여기 왔다!"

이때 톰이 맞장구를 치며 극적인 효과를 연출하면서 캠프 안으로 발을 들여놓았다.

곧이어 베이컨과 생선으로 호사스러운 아침상이 차려졌고, 톰은 밥을 먹으면서 어젯밤의 모험을 상세히(좀 보태서) 들려줬다. 보고가 끝날 때쯤 세 아이는 우쭐대고 의기양양한 영웅이 되어 있었다. 그런 다음 톰은 구석진 곳에 가서 정오까지 낮잠을 잤고, 나머지 해적들은 낚시질과 탐험을 떠날 채비를 챙겼다.

제16장

즐거운 하루 일과 – 톰이 비밀을 털어놓다 – 교훈을 얻은 해적들
– 한밤의 공포 – 인디언 전쟁놀이

저녁 식사 후 소년들은 모래톱으로 나가서 거북 알을 뒤졌다. 돌아다니면서 막대기로 모래를 이리저리 쑤시다가, 좀 말랑말랑한 곳이 나오면 무릎을 꿇고 앉아 손으로 모래를 팠다. 한 구멍에 쉰 개에서 예순 개나 들어 있기도 했다. 거북 알은 완전히 동그랗고 하얬고, 영국산 호두 알보다 좀 작은 크기였다. 아이들은 저녁에 거북 알을 부쳐서 잘 차려 먹었고, 금요일 아침에도 알 요리로 배를 채웠다.

아침 식사 후 아이들은 모래톱에서 길길이 날뛰고 고래고래 고함을 치고 서로 뱅글뱅글 쫓아다니며 놀았다. 그러다가 옷을 하나씩 벗어 벌거숭이가 되고는 얕은 물에서 물살이 센 훨씬 위

쪽까지 올라가 계속 까불며 놀았다. 가끔씩 빠른 물살에 휘청하며 넘어질 뻔했는데 그래서 더 재미있었다. 때로는 허리를 숙이고 서로 고개를 돌린 채 상대방의 얼굴에 물을 끼얹는 장난질을 했다. 그러다 엉겨 붙어 싸웠고, 제일 힘센 녀석이 다른 녀석을 물속에 처박았다. 그러면 어느새 모두들 팔과 다리가 한데 엉켜 흰 발과 손을 드러낸 채 물속으로 곤두박질쳐 가라앉았고, 곧 다시 떠올라 물을 토해 냈다. 그러면서 깔깔거렸고, 웃다가 숨이 차 헐떡였다.

이런 장난에 지치면 뜨겁게 달궈진 모래톱에 누워 모래찜질을 했고, 다시 물에 뛰어들어 좀 전의 장난을 되풀이했다. 아이들은 문득 자기들 피부색이 광대들이 입는 살구색 타이츠와 똑같아진 것을 발견했다. 당장 모래 위에 원을 그리고 서커스 놀이를 시작했는데, 원 안에 어릿광대만 셋이었다. 아무도 이 영광스러운 자리를 친구에게 양보하려 하지 않았기 때문이다.

그다음에는 공깃돌을 가지고 '튕기기knucks'니 '돌려맞히기ringtaw'니 '따먹기keeps'니 하는 놀이를 싫증이 날 때까지 했다. 그러고는 조와 허크는 다시 헤엄치러 나갔는데, 톰은 바지를 발로 획 벗어던질 때 발목에 감아 뒀던 방울뱀의 '방울'까지 차 버린 것을 알아차리고 감히 물속에 들어갈 자신이 없어졌다. 이 신비한 부적의 보호 없이 어떻게 여태까지 쥐가 나지 않았는지 신기했다. 톰은 그것을 되찾고서야 헤엄칠 용기가 생겼는데, 그때는 이미 다른 두 소년이 헤엄치기에 지쳐 쉬려던 참이었다.

세 소년은 서로 멀찌감치 떨어져 힘없이 걸었다. 그리고 넓은 강 건너편에서 강렬한 햇빛을 받으며 조는 듯 가물거리는 고향 마을을 그리운 눈으로 바라보았다. 톰은 자기도 모르게 모래 위에 엄지발가락으로 '베키'라고 쓰고 있는 것을 깨닫고 얼른 지웠다. 톰은 자신의 나약함에 화가 났다. 그러면서도 다시 그 글자를 모래에 새겼다. 어쩔 수가 없었다. 그리고 다시 지웠다. 얼른 다른 두 친구들과 장난치면서 이 기분에서 벗어나고 싶었다.

그러나 조의 기분은 너무 가라앉아서 도무지 되살아날 기미가 없었다. 향수병이 너무 심해져서 그 고통을 참기 힘든 듯했다. 눈물이 그렁그렁 맺혀 있었다. 허크도 우울했다. 톰도 기운이 나지 않았지만 내색하지 않으려고 안간힘을 썼다. 톰에게는 기막힌 묘안이 있었지만 아직 고백할 단계는 아니었다. 하지만 집단 우울증이 해소되지 않으면 최후의 방법으로 그 이야기를 꺼내 놓아야 할 듯했다. 톰이 아주 유쾌하다는 듯이 말했다.

"얘들아, 이 섬엔 옛날에 해적들이 살았을 거야. 다시 한 번 탐험해 보자. 해적들이 어딘가에 보물을 숨겨 놨을 테니까. 와, 금은보화가 가득 찬 낡은 보석 상자를 촛불로 비춰 보면 기분이 어떨까?"

두 소년은 이 말에 잠시 생기가 돌았지만 곧 다시 시무룩해졌다. 아무 대꾸가 없었다. 톰은 한두 가지 솔깃한 이야기를 더 꺼냈지만 다 실패했다. 톰도 기운이 빠졌다. 조는 땅바닥에 앉아 막대기로 연신 모래를 쑤셔 대고 있었다. 표정이 매우 우울했다. 드디어 조가 입을 열었다.

"우리, 이제 그만하자. 집에 가고 싶어. 여긴 너무 심심해."

"안 돼, 조. 조금씩 기분이 좋아질 거야. 재미있는 낚시를 생각해 봐. 바로 여기서 했잖아." 톰이 반대했다.

"난 별로 낚시하고 싶지 않아. 집에 가고 싶어."

"나 참, 조. 여기보다 헤엄치기 좋은 데는 없어."

"헤엄도 재미없어. 헤엄치러 가지 말라는 사람이 없으니까 이상하게 하고 싶지도 않아. 난 집에 갈래."

"에이, 아기처럼 굴긴! 엄마가 보고 싶은 모양이네. 그렇지?"

"그래, 엄마가 보고 싶어. 너도 엄마가 있으면 보고 싶을걸. 내가 아기면 너도 아기다, 뭐." 조가 조금씩 훌쩍거렸다.

"그럼, 저 울보 아기는 엄마한테 가라고 하자, 허크. 아이고, 가여운 것. 아기가 엄마가 보고 싶대. 그럼 그렇게 해야지. 허크, 넌 여기가 좋지, 그렇지? 나와 같이 여기 있을 거지, 그렇지?"

"으으응." 허크가 대답했지만 어딘지 맥 빠진 목소리였다.

조가 벌떡 일어섰다.

"죽을 때까지 니들하고 얘기 안 할 거야. 난 간다!"

조가 뚱한 얼굴로 주섬주섬 옷을 입었다.

"누가 상관한대! 너 같은 애랑 누가 얘기하고 싶은 줄 알아. 어

서 집에 돌아가 놀림이나 당해라. 흥, 저러고도 멋진 해적이라고? 허크와 난 아기가 아니야. 우린 여기 남을 거지, 허크? 가고 싶은 녀석은 가라고 해. 조, 너 없이도 우린 여기서 잘 살 거야."

말은 그렇게 했지만 톰은 불안했다. 조가 뚱해서 옷 입는 모습을 지켜보면서 바싹 긴장했다. 더욱 불안했던 것은 허크가 떠날 채비를 하는 조를 부러운 듯 지켜보며 불길한 침묵을 지키고 있다는 점이었다. 얼마 후 조는 작별 인사도 없이 일리노이 쪽 강변으로 걸어갔다. 톰은 울적해졌다. 슬쩍 옆을 보니, 허크가 톰의 시선을 피해 눈을 내리깔았다. 그러더니 이렇게 말했다.

"나도 돌아가고 싶어, 톰. 왠지 여기가 점점 쓸쓸해져. 앞으로 더 그럴 것 같아. 우리도 가자, 톰."

"난 싫어! 너도 가고 싶으면 가. 난 여기 있을 거야."

"톰, 나도 가는 게 좋겠어."

"좋아, 어서 가. 누가 말린대."

허크가 여기저기 흩어져 있는 자기 옷들을 줍기 시작했다. 그러더니 다시 톰에게 말을 붙였다.

"톰, 같이 가자. 너도 이제 다 끝났다고 느끼잖아. 우리 둘이 저쪽 강변에서 기다릴게."

"아무리 기다려도 소용없을걸."

허크가 처량한 모습으로 떠나갔다. 허크의 뒷모습을 바라보며 톰은 자기도 자존심을 버리고 그들과 함께 가고 싶은 마음이 간절했다. 톰은 두 친구가 멈춰서 되돌아오기를 바랐다. 하지만 두 아이는 천천히 계속 물로 걸어 들어갔다. 갑자기 톰의 마음에 외로움과 두려움이 엄습했다. 톰은 마지막까지 자존심과 씨름을 하다가, 결국 두 아이를 뒤쫓아 가며 소리쳤다.

"기다려, 기다려! 너희한테 할 말이 있어!"

두 친구가 걸음을 멈추고 뒤를 돌아보았다. 톰은 그들이 서 있는 곳까지 다가가 비밀을 털어놓았다. 시큰둥하던 두 아이가 '요점'을 알아듣고는 기쁨의 탄성을 질렀다. "와, 멋진데!" 그러고는 진작 그 얘기를 해 주었으면 가려고 하지 않았을 텐데, 라고 덧붙였다. 톰은 그럴 듯하게 둘러댔는데, 사실 진짜 이유는 이 묘수도 친구들을 오랫동안 붙잡아 놓지는 못할 것을 알았기에 진짜 최후의 수단으로 보류해 두었던 것이다.

소년들은 명랑한 기분으로 제자리로 돌아와 아까의 장난들을 반복했다. 그러면서 틈틈이 톰의 멋있는 착상에 대해 계속 재잘댔고, 기발한 생각이라며 감탄했다. 거북 알과 생선으로 차린 저녁을 먹은 후, 톰은 당장 담배 피우는 법을 배우고 싶다고 말했다. 조도 얘기 나온 김에 끼어들었다. 허크가 금세 파이프를 만들어서 속을 채웠다. 이 애송이들은 포도 덩굴로 만든 것 말고는 담배 비슷한 것은 피워 본 적이 없었다. 그때도 꾹 참고 간신히 피웠는데, 그건 어쨌든 별로 남자답지 않은 것 같았다.

아이들은 팔꿈치를 땅에 대고 엎드려서 조심스럽게 연기를 내뿜어 보았다. 담배 맛은 별로였다. 약간 숨이 막혔다.

"뭐야, 별거 아니잖아! 이 정도인 줄 알았다면 옛날에 피워 봤을 텐데." 톰이 말했다.

"나도. 아무것도 아니네." 조도 한마디 거들었다.

"그게, 담배를 피우고 있는 사람들을 많이 봤는데, 그땐 나도 피워 봤으면 좋겠다고 생각만 했지 이렇게 피울 수 있으리란 생각은 못 했지."

"나도. 그렇지, 허크? 전에 내가 그렇게 말했던 거 알지?"

"맞아, 아주 여러 번 말했어." 허크가 동의했다.

그러자 톰이 끼어들었다.

"야, 나도 말했어. 수백 번도 더 했을걸. 저기 도살장 근처에서도 말했어. 허크, 생각나? 내가 그렇게 말했을 때 거기 밥 태너도 있었고, 조니 밀러, 제프 대처도 있었잖아. 내가 그렇게 말한 거 생각나지, 허크?"

"그래, 네 말이 맞아. 내가 흰 공깃돌을 잃어버린 다음 날이었을 거야. 아니다, 그 전날이었구나."

"그것 봐…… 내가 분명히 그렇게 말했지. 허크가 정확하게 기억하고 있어." 톰이 의기양양하게 말했다.

"나는 하루 종일이라도 파이프 담배를 피울 수 있을 것 같아. 아무렇지도 않은걸." 조가 말했다.

"나도 그래. 온종일 피울 수도 있겠어. 하지만 제프 대처는 못

할걸." 톰이 대꾸했다.

"제프 대처? 그 녀석은 두 모금만 빨아도 숨이 넘어갈 거야. 한 번 피워 보라고 그러자. 혼 좀 날걸!"

"틀림없어. 조니 밀러도……. 조니 밀러가 피우는 꼴을 한 번 보고 싶어."

"그건 안 돼. 조니 밀러 같은 녀석이 할 수 있을 것 같아? 걔는 아무것도 못 해. 아마 한 모금만 마셔도 쓰러질걸."

"그렇고말고, 조. 그런데 다른 애들이 모두 우리 모습을 봤으면 좋겠다."

"나도."

"자, 얘들아, 담배 얘기는 절대 하지 말자. 다음에 언젠가, 애들이 다 모였을 때 내가 너한테 다가가서 '조, 너 파이프 있냐? 한 대 피우고 싶은데'라고 말할게. 그러면 네가 별일 아니라는 듯 '응, 늘 쓰던 게 있어. 새것도 하나 있는데 이건 담배 맛이 잘 안 나거든' 하고 하는 거야. 그러면 내가 다시 '그래도 괜찮아, 독하기만 하면 아무거라도 상관없어'라고 대꾸하고, 네가 파이프를 꺼내면 우리가 불을 붙인단 말이지. 그때 녀석들이 어떤 표정을 지을지 진짜 궁금하다!"

"우와, 그거 근사한데, 톰! 지금 당장 그랬으면 좋겠다!"

"나도 그래! 게다가 담배 피우는 법을 해적 생활할 때 배웠다고 하면 애들은 우리와 같이 못 온 걸 한탄할 것 같지 않냐?"

"같은 게 아니라 확실하지!"

그렇게 이야기가 이어졌다. 그러나 점점 열기가 시들해졌고 결국 이야기가 겉돌았다. 침묵이 길어졌고, 멋있게 침 뱉는 횟수가 잦아졌다. 입 안에서 침이 샘처럼 솟아 나와 혓바닥 아래 고여서 계속 침을 뱉지 않을 수 없었다. 그래도 침이 넘쳐서 조금씩 목구멍을 타고 내려갔고, 그때마다 헛구역질이 나왔다. 톰과 조는 얼굴이 창백해졌다. 조의 파이프가 힘없이 손가락에서 떨어졌다. 톰도 파이프를 떨어뜨렸다. 두 소년은 입 안에 고이는 침을 사력을 다해 펌프처럼 뱉어 냈다.

결국 조가 죽어 가는 목소리로 말했다.

"칼을 잃어버렸네. 가서 찾아봐야겠어."

톰이 입술을 떨면서 더듬거렸다.

"나도 도와줄게. 넌 저쪽으로 가 봐. 난 샘물 근처를 찾아볼 테니. 아냐, 넌 안 와도 돼, 허크……. 우리 둘이 찾을 수 있어."

톰의 말에 허크는 다시 주저앉았다. 그리고 1시간이나 기다리다 너무 심심해서 동지들을 찾으러 나섰다. 두 아이는 창백한 얼굴로, 서로 멀리 떨어진 채 잠들어 있었다. 허크는 친구들이 고생은 좀 했지만 이제는 다 극복했으리라고 생각했다.

그날 밤, 아이들은 저녁을 먹으면서 거의 대화를 나누지 않았다. 두 아이는 아직도 안색이 창백했다. 식사를 마친 허크가 파이프를 세 개 준비하려 하자 톰과 조는 얼른 사양했다. 몸이 좀 안 좋다고, 저녁에 먹은 음식이 체한 모양이라고 했다.

한밤중에 조가 잠에서 깨어 두 아이를 불렀다. 공기 중에 심상치 않은 긴장감이 감돌았다. 아이들은 숨이 막힐 듯한 열기로 가슴이 답답해도 모닥불 옆에 웅크리고 모여 앉았다. 셋이 꼼짝 않고 앉아서 신경을 곤두세우고 기다렸다. 엄숙한 침묵이 한동안 이어졌다. 모닥불이 비추는 곳 너머의 세상은 온통 칠흑 같은 어둠에 파묻혀 있었다.

잠시 후, 섬광이 번쩍 하더니 희미하게 나뭇잎들을 밝히고 사라졌다. 뒤이어 아까보다 더 강한 빛이 비쳤다. 한번 더 섬광이 번쩍였다. 그때 숲의 나뭇가지 사이로 희미한 신음 같은 것이 들렸다. 뺨 위로 바람이 휙 스치는 게 느껴졌다. 밤의 귀신이 지나갔을지도 모른다는 생각에 아이들은 벌벌 떨었다. 잠시 온 세상이 정지되었다가 번쩍, 무시무시한 섬광이 밤을 대낮으로 뒤바꿨다. 발밑의 모든 잎사귀들이 선명하게 보였고, 세 아이의 창백하고 겁먹은 얼굴이 드러났다. 우르릉 쾅쾅. 천둥소리가 천지를 울리고는 저 멀리 사라져 갔다. 찬 바람이 나뭇잎들을 흔들었고, 모닥불 주위의 엷은 재들이 눈처럼 사방에 흩날렸다. 또 한 차례의 섬광이 숲에 내리꽂혔고, 곧 천둥소리가 잇달아 울렸다. 바로 아이들의 머리 위에 있는 나무 꼭대기가 박살나는 듯한 굉음이었다. 아이들은 겁에 질렸다가 나중에는 암담한 심정이 되어 서로 끌어안았다. 굵은 빗방울이 나뭇잎들 위로 일제히 후드득 떨

어지기 시작했다.

"빨리! 애들아, 텐트로 가자!"

톰이 외쳤다. 세 아이가 일제히 일어나 제각각 다른 방향의 어둠 속으로 튀어나갔다. 나무뿌리와 넝쿨에 걸려 넘어지며 정신없이 달렸다. 질풍이 한바탕 숲을 관통하는 소리가 요란하게 울려 퍼졌다. 눈부신 번개가 연이어 번쩍였고, 그때마다 귀를 멍하게 하는 천둥소리가 이어졌다. 그러고는 폭우가 쏟아졌다. 허리케인에 실려 온 폭우가 땅을 물바다로 만들었다. 아이들은 서로의 이름을 외쳤지만, 기세등등한 바람 소리와 쾅쾅거리는 천둥소리에 묻혔다.

간신히 비를 쫄딱 맞으며 하나씩 텐트에 도착했다. 춥고 두렵고 온몸에서 빗물이 줄줄 흘렀지만, 친구들과 함께 있으니까 조금은 든든했다. 다른 소리들도 요란했지만, 무엇보다 텐트로 사용한 헌 돛이 어찌나 큰 소리를 내며 펄럭거리는지 아이들은 서로 대화할 엄두도 못 냈다. 폭풍우의 기세는 점점 더 세졌다.

그때, 돛을 묶은 밧줄이 풀어져서, 돛이 커다란 날갯짓을 하며 돌풍을 타고 저 멀리 날아가 버렸다. 아이들은 서로 손을 꼭 잡고 강둑의 참나무를 향해 달렸다. 숱하게 넘어지며 상처투성이가 되었다. 폭풍과의 전쟁은 절정으로 치달았다. 하늘에서는 번개가 불꽃놀이를 하듯 계속 번쩍였다. 그때마다 사방의 온갖 사물들이 뚜렷하게, 그림자 없이 선명한 형체를 드러냈다. 허리가 구부러진 나무들, 흰 물거품을 일으키며 출렁이는 강물, 건너편에 있는 높은 절벽의 희미한 윤곽 등이 흘러가는 구름들과 쏟아지는 비의 장막 사이로 슬쩍슬쩍 보였다. 이따금 거목이 폭풍을 못 이기고 어린 나무들 사이로 쿵 쓰러졌다. 조금도 기세를 늦추지 않은 천둥이 고막을 찢을 듯한 굉음과 날카로운 소리를 계속 토해 냈다. 그럴 때마다 이루 말할 수 없는 공포심이 일었다.

이제 폭풍은 최고조에 달했다. 마치 섬을 조각내고, 불태우고, 나무 꼭대기까지 물을 채우고, 한 방에 날려 버리고, 일시에 섬 위의 모든 생명들의 귀를 멀게 할 심사인 것 같았다. 집 떠난 세 소년에게는 정말 사나운 밤이었다.

그러나 마침내 전쟁은 끝났다. 위협적인 기세와 소리가 점점 약해지면서 적군은 물러갔다. 아이들은 얼이 빠져 캠프로 돌아왔다. 캠프에는 감사해야 할 일이 기다리고 있었다. 텐트의 지붕으로 삼았던 단풍나무가 번갯불을 맞아 쓰러져 있었다. 나무 밑에서 떠난 게 얼마나 다행인지!

캠프에 놔뒀던 모든 물건은 물에 흠뻑 젖었다. 모닥불도 마찬가지였다. 그 또래 소년들은 폭우를 대비할 만큼 사려 깊지는 못하다. 물에 흠뻑 젖어 몹시 추웠던 아이들은 크게 실망했지만, 그 와중에도 계속 떠들었다. 그때 모닥불의 버팀목으로 받쳤던 큰 통나무(땅에서 떨어진 채 비스듬히 위를 향해 있었다) 속에서 남아 있는 불씨를 발견했다. 통나무 속의 손바닥만 한 부분이 젖지 않은 것이다. 아이들은 통나무 양옆에 젖지 않은 나뭇잎과 나무 껍질들을 긁어모아 끈기 있게 불을 지폈다. 일단 불이 붙자, 계속 그 위에 나뭇가지들을 얹어 커다란 모닥불로 키웠다. 원기를 회복한 아이들은 젖은 햄을 말려서 잔치를 벌였다. 그런 후 사방이 온통 비에 젖어 누울 데가 없었던 터라 불가에 앉아 날이 밝도록 한밤의 모험을 과장하고 좀 보태서 떠들어 댔다.

해가 조용히 머리를 비추기 시작하자 졸음이 밀려왔다. 소년들은 모래톱으로 나가 잠을 청했다. 그러나 햇볕이 점점 타는 듯 뜨거워졌기 때문에 하는 수 없이 일어나 아침 식사를 준비했다. 아침을 먹고 나자, 몸이 무겁고 뼈마디가 결렸다. 다시 향수병이 고개를 들었다. 톰이 눈치채고 동료 해적들의 기운을 북돋아 주려고 애썼지만, 그들은 이제 공깃돌 놀이, 서커스, 수영 따위에 전혀 흥미를 느끼지 못했다. 톰은 그 중요한 묘수를 상기시켜 기분을 북돋우고는, 그 틈에 얼른 새로운 놀이를 제안했다. 해적 놀이를 잠시 접고, 인디언 놀이를 하자는 것!

조와 허크는 단박에 매료되어 곧바로 옷을 벗어 던지고 시커먼 진흙으로 얼룩말처럼 머리끝부터 발끝까지 줄무늬 칠을 했다. 물론 셋 다 추장이었다. 그들은 다함께 영국의 식민지 정착촌을 습격하려고 숲속을 헤쳐 나갔다. 그런데 어느새 서로 싸우는 세 부족으로 나뉘어서, 매복해 있다가 괴성을 지르며 상대방에게 창을 겨누었다. 그리고 수천 번씩 상대방의 머리 가죽을 벗

기고, 죽이는 짓을 되풀이했다. 피비린내 나는 하루였고, 따라서 지극히 만족스러운 날이었다.

저녁 시간에 맞춰 아이들은 캠프에 모였다. 모두들 배가 좀 고팠지만 기분은 아주 좋았다. 그런데 한 가지 문제가 있었다. 서로 적대적인 인디언 부족은 화해하지 않으면 한자리에 앉아 '환대의 빵'을 함께 먹을 수 없는데, 화해하려면 평화의 담배를 나누어 피워야만 했다. 오직 그 방법뿐이었다. 두 명의 추장은 그대로 해적으로 남아 있을걸 하고 후회했지만 이미 늦은 일. 할 수 없이 유쾌한 척하며 파이프를 들고, 인디언 의식에 따라 돌아가며 한 모금씩 담배를 빨았다.

그러자 두 소년은 인디언으로 변신하길 잘했다는 쪽으로 생각이 바뀌었다. 중요한 소득을 얻었던 것이다. 그게, 이번에는 잃어버린 칼을 찾으러 간다는 핑계 없이도 조금은 담배를 피울 수 있었다. 속도 그리 심하게 거북하지 않았다. 소년들은 이 좋은 징후를 놓치지 않기 위해 노력해야겠다고 생각했다. 절대로 안 되고말고. 그래서 저녁을 먹고 나서 조심스럽게 또다시 연습했다. 이번에도 상당한 성공을 거뒀다. 소년들은 여섯 개 인디언 부족의 머리 껍질을 벗겼을 때보다 더 자랑스럽고 기분이 좋았다. 지금은 이 소년들에게 얘기해 봐야 소용없으므로 당분간 마음대로 담배 피우고, 떠들고, 폼 잡도록 내버려 두자.

제17장

죽은 영웅들에 대한 추억 – 톰의 비밀 계획

여느 때와 다름없는 조용한 토요일 오후, 이 작은 마을에는 활기가 모두 사라졌다. 하퍼네와 폴리 이모네 식구들은 여전히 슬픔에 빠져 있었다. 원래 조용한 마을이기도 했지만, 오늘은 더욱 예사롭지 않은 침묵이 온 마을을 감쌌다. 사람들은 얼빠진 모습으로 가끔씩 한숨을 쉬면서 자기 볼일만 봤다. 아이들에게도 이번 토요일은 부담스럽기만 해서 그런지 놀이에도 별 흥미를 느끼지 못해 하나둘씩 집에 돌아갔다.

그날 오후, 베키 대처는 마음이 울적해서 텅 빈 학교를 거닐었다. 그러나 마음을 달래 줄 것은 어디에도 없었다.

"아, 그 놋쇠 손잡이라도 있으면 얼마나 좋을까! 이젠 톰을 기억할 만한 물건이 하나도 없어."

베키는 터져 나오는 울음을 참느라 울먹이며 중얼거렸다.

잠시 후 베키는 걸음을 멈췄다.

"바로 여기였어. 아, 다시 그런 일이 생기면 그렇게 말 안 할 텐데. 절대로 안 해. 하지만 톰은 이제 없어. 이제 다시는, 영원히 볼 수 없게 됐어."

베키는 가슴이 미어져 하염없이 눈물을 흘리며 힘없이 걸어갔다.

한편 톰과 조의 친구들은 떼로 몰려가다 걸음을 멈추고 학교 울타리 너머를 바라보았다. 아이들은 저마다 엄숙한 말투로 톰의 시시콜콜한 행동, 톰과의 마지막 순간, 또 조가 한 사소한 말(그것들이 모두 끔찍한 앞일을 암시한 말이었다는 걸 아이들은 지금에 와서야 깨달았다)에 대해 얘기했다. 아이들은 실종된 두 소년이 당시 서 있던 곳을 가리키며 말했다.

"그리고 말이야, 난 이렇게…… 지금처럼 서 있었어. 걔는 지금 네 자리에 서 있었고……. 우린 이 정도쯤 떨어져 있었는데…… 걔가 살며시 웃더라고…… 이렇게. 그러니까 묘한 기분이 들더라. 좀 오싹하다 그럴까……. 그땐 왜 그런지 몰랐는데 이젠 알 것 같아!"

그런 다음 죽은 두 소년을 마지막으로 본 사람이 누구냐를 놓고 열띤 입씨름이 벌어졌다. 여러 명이 이 슬픈 명예를 차지하려고 목소리를 높였다. 저마다 증거를 제시했고, 그 증거는 또 다른 증인들에 의해 조금씩 내용이 수정되었다. 마침내 누가 그 애들을 마지막으로 봤는지, 누가 걔들과 마지막 대화를 나눴는지가 판가름 나자, 이 행운을 잡은 아이들은 성스러운 중요 인사가 되었다. 나머지 아이들이 입을 벌리고 선망의 눈으로 영광의 주인공들을 쳐다보았다. 내놓을 만한 자랑거리가 없던 한 가엾은 아이는 한참 기억을 더듬다가 우쭐거리며 말했다.

"근데, 난 톰 소여에게 신나게 맞은 적이 있어."

그러나 이 시도도 영광을 얻지 못했다. 거기 모인 아이들 거의가 똑같은 말을 할 수 있었기 때문에 영예 치고는 값이 안 나갔다. 아이들은 실종된 영웅들의 기억들을 존경하는 말투로 회상

하면서 뿔뿔이 흩어졌다.

이튿날 아침, 주일 학교의 수업이 끝나자 종이 울렸다. 보통 때는 경쾌하게 딸랑딸랑 울렸는데, 이날은 길고 느리게 규칙적인 소리를 냈다. 매우 고요한 주일이었다. 구슬픈 애도의 종소리는 지금 온 세상을 덮은 회상과 침묵의 분위기에 잘 어울렸다. 사람들이 교회로 모여들었다. 그들은 교회 문간에서 잠시 걸음을 멈추고 이 슬픈 사건에 대해 목소리를 낮추어 이야기를 나누었다. 그러나 예배당 안에서는 귀엣말도 들리지 않았다. 부인들이 자리에 앉을 때 나는 옷 스치는 소리 정도가 조용한 분위기를 약간 방해했을 뿐이었다. 이 작은 교회에 이렇게 많은 사람이 모인 적은 없었다.

마침내 장례식의 시작을 기다리는 침묵이 흘렀다. 그때 폴리 이모를 선두로 시드와 메리, 그리고 하퍼네 식구들이 들어왔다. 모두 검은 상복을 입었다. 늙은 목사를 비롯하여 예배당의 모든 사람들이 조의를 표하려고 자리에서 일어났고, 유가족들이 맨 앞줄 좌석에 앉을 때까지 서 있었다. 또다시 이심전심의 침묵이 흐르는 가운데, 가끔 숨죽인 흐느낌이 들렸다. 목사가 두 팔을 크게 벌리고 기도를 했다. 모두 함께 감동적인 찬송가를 부르고 난 뒤, 목사는 성경 구절을 낭송했다.

"내가 곧 부활이요, 생명이니라."

목사는 장례식을 진행하면서 죽은 소년들의 좋았던 점들, 붙임성 있는 행동들, 매우 드물었지만 그래도 조금 있었던 장래성의 사례들을 회상했다. 사람들은 그때마다 자기네들이 그동안 그 아이들의 좋은 점에 눈을 감고, 나쁜 점과 실수만 봤다는 생각에 마음이 아팠다. 목사는 죽은 아이들의 아름답고 관대한 성품을 잘 나타내는 감동적인 일화들도 자세히 소개했다. 그러자 사람들은 그 사건들이 얼마나 고상하고 아름다운지를 새삼 깨닫고는 당시 그 애들을 못된 놈이라고 욕하고 매 맞아도 싸다고 생각했던 것이 기억나 마음이 쓰라렸다. 슬픈 추억담이 계속 열거되면서 사람들은 더욱더 감동을 받았다. 급기야 군중 전체가 유가족과 하나가 되어 흐느꼈다. 목사마저 자기 감정을 못 이기고 단상에서 소리 내어 울었다.

이때 회랑에서 바스락거리는 소리가 들렸지만 눈치를 챈 사람은 아무도 없었다. 잠시 후 예배당 문이 삐걱하고 소리를 냈다. 목사는 손수건 너머로 눈물에 젖은 눈을 살짝 치켜뜨다가, 대경실색하여 그 자리에 못 박힌 듯 꼼짝도 않고 서 있었다. 사람들은 차례로 목사의 시선이 머문 곳을 돌아보았다. 그러고는 일제히 자리에서 일어나, 죽었다던 세 소년이 걸어오는 모습을 넋을 잃고 바라봤다. 맨 앞에 톰이 섰고 다음에 조, 마지막으로 누더기 옷을 늘어뜨리고 수줍은 듯 몸을 움츠린 허크가 뒤따랐다. 아이들은 사용하지 않는 회랑에 숨어 지금까지 자신들의 장례식 연설을 듣고 있었던 것이다!

폴리 이모, 메리, 하퍼네 식구들은 단숨에 살아 돌아온 아이들에게 달려가 숨이 막힐 정도로 키스 세례를 퍼부었고 감사의 탄성을 질렀다. 허크는 빨개진 얼굴로 서서 못마땅해 하는 사람들의 눈초리들을 피해 어디로 숨어야 할지, 무엇을 어떻게 해야 할지 몰라 쩔쩔매다가 슬금슬금 그 자리를 빠져나가려 했다. 톰이 그를 붙잡았다.

"폴리 이모, 허크가 살아 돌아온 것도 기뻐해 주셔야죠."

"물론이지. 우리 모두 기쁘단다. 나도 저 애를 다시 보니 얼마나 좋은지 모르겠다. 어미 없이 자란 가엾은 아이 같으니!"

그러나 폴리 이모가 퍼부은 애정 표시는 아까보다 허크를 더 불편하게 만들었다.

갑자기 목사가 소리 높여 외쳤다.

"모든 축복의 근원이신 하나님을 찬양합시다. 모두 찬양합시다! 힘껏 부르세요!"

사람들은 목청껏 찬양했다. 찬송가 제100장*을 승리의 함성으로 크게 불렀다. 찬송가 소리가 서까래를 쩌렁쩌렁 울릴 때, '해적왕' 톰 소여는 선망의 눈빛으로 자신을 바라보고 있는 소년들을 둘러보면서 오늘이 일생에서 가장 자랑스러운 날이라고 마음속으로 되뇌었다.

---

* 개신교 찬송가 1장인데, 시편 제100편에 곡을 붙여서 '100장'이라고 부른다.

‘아이들에게 감쪽같이 속아 넘어간’ 마을 사람들은 예배당을 나오면서 이와 같은 찬송가를 다시 들을 수만 있다면 다시 또 놀림감이 되어도 좋다고 중얼거렸다.

톰은 그날 폴리 이모의 기분에 따라, 꿀밤과 키스 세례를 번갈아 가며 수없이 받았다. 톰이 지난 1년 동안 받은 것보다 더 많은 양이었다. 톰은 꿀밤과 키스, 둘 중 어느 것이 하나님에 대한 감사와 자신에 대한 애정의 표시인지 알 수가 없었다.

제18장

이것이 바로 톰의 엄청난 비밀 계획이었다. 해적 동지들과 함께 마을로 돌아와서 자신들의 장례식에 참석하기! 소년들은 토요일 저녁 땅거미가 질 무렵 통나무배를 타고 미주리 강변으로 건너가서, 마을에서 하류로 8~10킬로미터쯤 떨어진 곳에 내린 후, 새벽까지 마을 외곽의 숲에서 자고 뒷골목과 샛길을 통해 교회로 숨어들었다. 그리고 못 쓰는 의자들이 어지럽게 쌓여 있는 회랑에서 모자란 잠을 보충하며 기다리고 있었던 것이다.

월요일 아침 식사 자리에서 폴리 이모와 메리는 톰에게 매우 다정했고 톰이 원하는 것을 다 들어주었다. 그리고 평소와는 다른 대화가 오갔다. 폴리 이모가 불쑥 이렇게 말했다.

"그래도 이번 일은 별로 좋은 장난이 아니었어. 너희가 재미있게 놀고 있는 줄도 모르고 마을 사람들이 일주일이나 고생을 했잖니. 더구나 나까지 이토록 마음고생을 시킬 정도로 네가 몰인정하게 굴다니 속상하구나. 통나무배를 타고 장례식에 올 수 있었다면, 그전에 잠깐 건너와서 어떤 식으로든 네가 죽지 않았다고 귀띔해 줄 수도 있었잖니?"

그러자 메리가 끼어들었다.

"맞아, 톰. 넌 그러지 않았어. 마음이 있었다면 충분히 그렇게 할 수 있었을 텐데."

"그렇지. 말해 보렴, 톰. 그런 생각이 났다면 그렇게 했겠지?"

폴리 이모가 환한 얼굴로 물었다.

"저어, 잘 모르겠어요. 그랬다면 우리 계획이 다 수포로 돌아갔을 거예요."

"톰, 난 네가 그 정도는 날 위해 주기를 바랐는데."

폴리 이모의 말투가 너무 슬퍼서 톰은 마음이 불편했다.

"실제로 하진 않았어도 생각이라도 했었다고 말해주었다면 내게 위안이 되었을 텐데."

메리가 이모를 달랬다.

"나쁜 마음이 있어서 그런 건 아닐 거예요. 톰이 워낙 까불잖아요. 생각 없이 항상 덤벙대고."

"그러니 더 한심하다는 게지. 시드 같으면 그런 생각을 했을 거다. 내게 몰래 와서 귀띔해 주었을 거야. 톰, 언젠가는 '그때 이모의 마음을 헤아릴걸' 하고 후회할 날이 있을 게다. 그때는 이미 늦었을 테지만."

"이모, 제가 이모 걱정을 얼마나 많이 하는데요. 이모도 잘 아시잖아요."

"그걸 행동으로 보여주면 더 잘 알겠다는 말이지."

톰이 뉘우치는 목소리로 말했다.

"지금은 저도 왜 그 생각을 못했을까 후회가 돼요. 하지만 이모 꿈도 꾼 걸요. 대단하죠?"

"뭐 그리 대단할 건 없지만, 전혀 안 꾼 것보다는 낫구나. 그래, 무슨 꿈이었니?"

"글쎄, 수요일 밤 꿈에 이모가 저기 침대 옆에 앉아 있었어요. 시드는 나무 상자 옆에, 메리 누나가 시드 옆에 앉아 있고요."

"오, 그랬지. 우리는 항상 그런 식으로 앉잖니. 아무튼 꿈속에서나마 우리를 위해 수고를 했다니 기분이 좋구나."

"조 하퍼의 엄마도 여기 있었어요."

"맞아, 그녀도 여기 왔었는데! 더 생각나는 건 없니?"

"그날 꿈은 아주 길었는데 지금은 희미하게 겨우 기억나요."

"잘 생각해 봐. 더 생각나는 게 없나."

"왠지 바람이…… 바람이 불어서……."

"톰, 잘 생각해 봐라! 바람이 불어서 뭐가 꺼졌지, 그렇지?"

톰은 이마에 손을 대고 열심히 생각하는 척했다.

"아, 생각났어요! 생각이 나요. 촛불이 꺼졌어요."

"세상에! 계속해 봐라, 톰. 어서!"

"이모가 이렇게 말했던 것 같아요. '이런, 문이…….'"

"그래, 계속해라, 톰!"

"잠깐 생각 좀 하고요. 잠깐만요. 아, 맞다, 이모가 문이 열린 것 같다고 말했어요."

"그랬지! 맞지, 메리야? 톰, 계속 생각해 봐라!"

"그러고 나서…… 그게…… 글쎄, 확실하진 않지만 이모가 시드에게 뭘 시켰던 것 같아요."

"정말? 내가 그랬단 말이지? 내가 시드에게 무슨 심부름을 시켰지, 톰? 뭘 시켰는지 기억나니?"

"이모가…… 이모가…… 맞아요. 문을 닫으라고 했어요!"

"세상에! 이런 신기한 이야기는 처음 들어 보는구나. 이제 꿈을 쓸데없는 것이라고 말할 수 없을 거야. 빨리 하퍼 부인에게 가서 얘기해 줘야겠다. 그 여자가 미신이네 뭐네 떠들어 대는 꼴을 보고 싶구나. 톰, 계속해라!"

"이젠 다 생각나요. 다음에는 그랬어요. 제가 나쁜 아이가 아니라, 그저 좀 짓궂고 경솔할 뿐이라고요. 그러니까 망아지나 뭐 그런 것보다 분별력이 없다고 하셨어요."

"그렇게 말했지! 하나님 맙소사! 그래, 계속 말해 봐!"

"그러고 나서 이모가 우셨어요."

"그랬지, 그랬어. 물론 그게 처음은 아니었지만. 그다음은?"

"하퍼 부인도 울기 시작했어요. 조도 똑같다고 말씀하시면서, 부인이 크림을 버려 놓고선 그 크림을 먹었다고 조를 때렸다며 후회하셨어요."

"톰! 너 귀신에 씌었나 보다! 예언, 맞아, 너는 지금 예언을 하고 있어! 톰, 어서 더 말해 봐라!"

"그러니까 시드가 말했어요. 뭐라고 했냐면……."

"난 아무 말도 안 한 것 같은데." 시드가 끼어들었다.

"아니야, 시드, 네가 그때 무슨 말을 했어." 메리가 말했다.

"다들 톰이 말하게 조용히 해! 그래, 시드가 뭐라고 했지?"

"시드가 뭐라고 했냐면요…… 제가 저세상에서 잘 살기를 바란다고요. 하지만 살아 있을 때 좀 더 착했더라면 좋았을 거라는 말도 했고요."

"맞아, 그 말을 다 들었단 말이냐? 바로 그렇게 말했어!"

"그러니까 이모가 시드에게 입 다물라고 했어요."

"맞아, 그랬어! 천사가 왔다 갔나 보다. 천사가."

"그다음엔 하퍼 부인이 조가 폭죽을 터뜨려서 놀랐다고 말했고, 이모는 피터와 진통제 이야기를 했고요."

"하나도 안 틀리는구나!"

"그다음에는 우리를 찾으려고 강을 수색한다는 이야기와 일요일 장례식 이야기를 엄청 많이 했어요. 그러고 나서 이모와 하퍼 부인이 서로 껴안고 울었고, 부인은 집에 가셨어요."

"똑같네, 똑같아! 하나도 틀림이 없어. 톰, 네가 그 자리에 있었다 해도 이보다 더 정확하게 알아맞히지는 못했을 거다. 그다음에는 어떻게 됐니? 어서 말해 봐, 어서."

"이모가 저를 위해 기도를 했던 것 같아요. 이모가 기도하는 모습도 생각나고, 기도 소리도 생각나요. 그러고 나서 이모는 잠자리에 들었죠. 저는 너무 미안해서 나무껍질에 편지를 썼어요. '우린 죽지 않았어요. 그냥 해적이 되고 싶어서 떠났을 뿐이에요.' 그것을 촛불 옆에 있는 책상에 놓았죠. 이모의 모습이 너무 훌륭해서 내가 살며시 다가가 이모의 입술에 뽀뽀를 한 것 같기도 해요."

"그랬니? 톰, 그랬어? 그걸로 네 잘못을 다 용서해 주마!"

폴리 이모는 톰을 으스러져라 껴안았다. 톰은 자기가 세상에서 가장 흉악한 악당이 된 기분이 들었다.

"자상하시네. 꿈이라서 그런가."

시드가 들릴락 말락 하게 중얼거렸다.

"조용히 해라, 시드. 사람은 꿈에서도 평소와 똑같이 행동하는 법이다! 톰, 네 몫으로 큰 사과를 남겨 놨단다. 혹시라도 네가 살아 돌아오면 주려고 말이야. 자, 이제 학교에 가거라. 이렇게 네가 돌아온 걸 하나님께 감사드린다. 하나님을 믿고 하나님 말씀을 지키는 사람에게는 고통이 길더라도 결국 이렇게 자비가 돌아온단다. 물론 난 그런 축복을 받을 자격이 없는 사람이지. 하지만 자격이 있어야만 축복 받고 구원을 얻는다면, 이 세상에서 웃을 수 있는 사람은 거의 없을 테지. 죽어서 주님의 안식처에 들어갈 수 있는 사람도 없을 테고. 자, 메리, 톰, 시드, 어서 학교에 가거라. 이런, 시간이 너무 오래 지체되었어."

아이들이 학교로 향하자, 폴리 이모도 집을 나섰다. 톰의 놀라운 꿈 이야기로 하퍼 부인의 현실주의적 사고방식을 고쳐 주려고 하퍼네 집을 찾아갔다. 시드는 짐작되는 바가 있었지만 똑똑하게도 집을 나설 때까지 입 밖에 내지 않았다.

'너무 속 보여. 그렇게 긴 꿈을 꾸었는데 어떻게 틀린 데가 하

나도 없지? 말도 안 돼.'

이제 톰은 엄청난 영웅이 돼 있었다! 톰은 더 이상 까불고 뛰어다니지 않았다. 뭇시선을 한 몸에 받는 해적인 만큼 어깨에 힘을 주고 점잖게 걸었다. 되도록이면 사람들의 표정과 말을 못 본척하고 못 들은 척하려고 애썼지만, 사실 그런 것들은 톰에게 일용할 양식과도 같았다. 어린아이들은 톰을 자랑스럽게 여겨 떼를 지어 뒤따라 다녔다. 톰은 마치 행진의 선두에 선 북 치는 소년이나 곡마단을 이끌고 마을로 들어오는 코끼리 같았다. 비슷한 또래의 사내아이들은 톰이 한때 사라졌었다는 사실을 무시하는 척했지만, 속으로는 샘이 나서 죽을 지경이었다. 톰처럼 햇볕에 탄 갈색 피부와 화려한 명성을 얻을 수만 있다면 무엇이든주었을 것이다. 물론 톰은 서커스를 구경시켜 준다 해도 둘 다바꾸려 들지 않겠지만 말이다.

학교 아이들이 톰과 조를 영웅 대접하고 감탄의 눈빛으로 바라보는 바람에, 두 영웅은 곧 도저히 못 봐 줄 정도로 '거만'해졌다. 두 아이는 안달하는 관객에게 모험담을 들려주었다. 그 모험은 언제나 시작만 하고 끝나지 않았다. 상상력이 자꾸만 살을 붙였기 때문이었다. 마지막으로 파이프를 꺼내 조용히 담배 연기를 뿜는 대목에 이르면 영광은 절정에 달했다.

톰은 이제 베키 대처도 신경 쓰지 않기로 결심했다. 지금 누리는 영광만으로도 충분했다. 앞으로는 이 영광만을 위해 살아가

리라. 톰이 유명해졌으니 이제 베키 쪽에서 화해를 바랄지도 모른다. 글쎄, 그러고 싶으면 그러라지. 그러면 내가 남들을 대하듯 그녀에게도 무심할 수 있다는 걸 깨닫겠지.

그때 베키가 나타났다. 톰은 베키를 못 본 척하고, 다른 아이들이 모여 있는 곳으로 자리를 옮겨 수다를 떨기 시작했다. 베키도 술래잡기에 온통 정신이 팔린 척했지만, 얼굴이 빨개져서 계속해서 곁눈질로 톰을 주시했다. 술래에게 잡히면 일부러 큰 소리로 웃음을 터뜨리며 비명을 질렀다. 하지만 톰은 베키가 항상 자기 근처에 와서 붙잡히고 그때마다 일부러 자기 쪽을 본다는 걸 진작에 알고 있었다. 베키의 행동은 톰의 못된 허영심을 더 키워 주었고, 톰의 관심을 끌기는커녕 베키의 존재를 더욱 무시하도록 부채질했다.

결국 베키는 장난을 그만두고, 우물쭈물하며 톰 옆으로 다가갔다. 그리고 한두 번 한숨을 내쉬더니 아쉬운 듯한 눈빛을 보냈다. 그때 톰이 특히 에이미 로렌스와 더 많이 이야기를 나누는 모습을 보았다. 베키는 가슴이 심란하고 불편했다. 그 자리를 박차고 떠나려 했지만 발걸음이 떨어지지 않았다. 오히려 더 다가가서 거짓으로 호들갑을 떨며, 톰 옆에 있는 여학생에게 말을 걸었다.

"메리 오스틴! 나쁜 계집애. 너 왜 주일 학교에 안 나왔어?"

"갔어. 나 못 봤어?"

"어머, 못 봤는데! 왔었어? 어디 앉아 있었는데?"

"피터즈 선생님 반에. 난 항상 거기에 앉아. 난 널 봤는데."

"그랬어? 와, 그런데 나는 널 못 봤어. 정말 별일이네. 소풍 얘기를 하려고 했거든."

"재미있겠다. 누가 초대하는 건데?"

"우리 엄마가 초대하시는 거야."

"와, 신난다. 가고 싶어."

"그럼. 나 때문에 하는 건데, 내가 부르는 사람은 다 와도 돼. 너도 와."

"정말 신난다. 언제 할 거야?"

"좀 있다가 아마 방학 때쯤 할 것 같아."

"정말, 재미있겠다! 여자애들과 남자애들을 다 부를 거니?"

"웅, 내 친구들은 다 부를 거야. 오고 싶어 하는 애들도 다 부르고."

베키는 톰을 슬쩍 훔쳐보았다. 하지만 톰은 에이미에게 섬에서 겪었던 끔찍한 폭풍 속에서 '1미터'도 채 안 떨어진 곳에 있던 단풍나무를 번개가 '박살 낸' 이야기를 들려주고 있었다.

"그럼, 나도 가도 돼?" 옆에 있던 그레이시 밀러가 물었다.

"웅."

"나도?" 샐리 로저스가 물었다.

"웅."

"나도? 조도 같이 가도 돼?" 수지 하퍼도 물었다.

"응."

모든 아이들이 차례로 자기도 초대해 달라고 부탁한 뒤 손뼉을 치며 좋아했다. 톰과 에이미만 예외였다. 두 아이는 한참 다정하게 이야기를 나누고 나서 냉정하게 돌아서서 가 버렸다. 베키는 다리가 후들거리고 눈물이 핑 돌았다. 슬픈 기색을 감추고 억지로 명랑한 척하며 아이들과 계속 이야기했지만 이제 소풍도, 이 세상 어떤 것도 재미가 없었다. 베키는 재빨리 아무도 없는 곳으로 가서 여자들이 흔히 하는 표현대로 '실컷 울었다'.

자존심이 상한 베키는 수업을 알리는 종이 울릴 때까지 그 자리에 우울하게 앉아 있었다. 그리고 자리에서 일어날 때는 복수심이 불타는 눈빛으로 변해 있었다. 베키는 길게 땋은 머리를 좌우로 흔들며, 톰을 가만두지 않겠다고 중얼거렸다.

쉬는 시간에도 톰은 자기만족에 도취되어 계속 에이미와 시시덕거렸다. 그리고 자기 연기에 베키가 얼마나 괴로워하는지 보려고 곁눈질로 베키를 찾았다. 그 순간 톰은 온몸에서 맥이 탁 풀렸다. 베키가 교실 뒤 작은 벤치에 알프레드 템플과 다정하게 앉아서 그림책을 보고 있었다. 두 아이는 머리를 맞대고 그림책에 너무 몰입해서 주위에 신경 쓰지 않는 듯했다. 맹렬한 질투심이 불타올랐다. 톰은 베키의 화해 제의를 걸어찬 자신이 미웠다. 바보, 멍청이…… 알고 있는 모든 욕설을 동원해 자신을 꾸짖었다. 너무 괴로워 울고 싶었다. 에이미가 톰 옆에 붙어 걸으면서 뭐가 좋은지 계속 조잘거렸는데, 톰은 말을 잃었다. 에이미의 말이 하나도 귀에 들어오지 않았다. 에이미가 잠깐 말을 멈추고 대답을 기다리면, 더듬거리며 어색하게 맞장구를 칠 뿐이었다. 그것도 번번이 요점에서 빗나갔다. 톰은 교실 뒤에서 계속 왔다 갔다 하면서 이 얄미운 광경을 두 눈에 똑똑히 새겼다. 어쩔 도리가 없었다. 톰은 베키 대처가 자기를 이 세상 사람으로 여기지도 않는다는 생각이 들어 화가 머리끝까지 치밀었다. 그렇지만 베키는 다 보고 있었다. 그리고 이 싸움에서 자기가 이겼음을 알았다. 베키는 아까 자기가 그랬던 것처럼 톰이 괴로워하는 것을 보니 너무 기분이 좋았다.

톰은 에이미의 수다를 더 이상 참을 수 없었다. 톰은 꼭 해야 할 일이 있어 시간이 없다고 슬쩍 운을 뗐다. 하지만 소용이 없었다. 에이미는 계속 재잘댔다. 톰은 고민했다.

'나 참, 어떻게 따돌린담.'

마침내 톰은 해야 할 일들을 지금 하러 가야 한다고 말했다. 순진한 에이미는 학교가 끝날 때 '근처'에서 기다리겠다고 대답했다. 톰은 진저리를 치며 황급히 달아났다.

"다른 녀석들도 많은데 하필이면 그 잘난 척하는 세인트루이스 녀석이라니. 그 자식은 자기 옷이 굉장히 멋있고 자기가 귀족쯤 되는 줄 안단 말이야! 좋아, 네 녀석이 이 마을에 처음 나타났을 때 내가 엄청 패 줬지. 원한다면 또 혼내 주겠어! 내 손에 걸리기만 해 봐라! 이 녀석을 그냥⋯⋯."

톰은 이를 갈았다. 허공을 향해 주먹을 날리고 발길질을 하고 물건을 빼앗는 등 머릿속에서 그 아이를 혼내 주는 갖가지 동작을 취했다.

"오, 어디 해 보자는 거야? 항복 안 하시겠다! 그렇다면 한 수 가르쳐 주지."

톰은 성에 찰 때까지 상상 속 상대에게 계속 주먹을 날렸다.

정오가 되자마자 톰은 쏜살같이 집으로 도망갔다. 양심의 가책 때문에 에이미가 행복해 하는 모습을 도저히 지켜볼 수 없었기 때문이다. 질투심 때문에 다른 고통에 대처할 여유도 없었다.

베키는 알프레드와 다시 그림책을 보기 시작했다. 지루한 시간이 흘렀지만, 정작 이 모습을 보고 괴로워해야 할 톰은 오지 않았다. 베키의 승리도 퇴색되기 시작했고, 그림 공부도 시들해졌다. 금방 마음이 무거워지고 허탈해지더니 우울해졌다. 두어 번 발소리가 들려 귀를 기울였지만, 번번이 희망은 빗나갔다. 톰은 끝내 오지 않았다. 마침내 베키는 아주 비참한 기분이 들었고, 자기가 지나쳤다고 후회했다. 가엾은 알프레드, 이유는 몰라도 베키의 생각이 딴 데 가 있는 걸 눈치채고 더욱 열심히 탄성을 연발했다.

"와, 정말 멋있는 그림이다! 이걸 봐!"

"나 좀 귀찮게 하지 마! 그런 건 관심 없어!"

베키는 더 이상 참지 못하고 버럭 소리를 질렀다. 그러고는 울음을 터뜨리면서 벌떡 일어나 가 버렸다. 알프레드는 뒤따라 가며 베키를 달래 주려고 애썼다. 하지만 돌아온 건 "저리 가. 혼자 있게 내버려 둬. 난 네가 싫어!" 하는 퉁명스러운 핀잔이었다.

알프레드는 걸음을 멈추고, 도대체 자기가 뭘 잘못했는지 생각해 봤다. 점심시간에 그림책을 보자고 먼저 얘기한 사람이 바로 베키였다. 그런데 울면서 가 버리다니……. 알프레드는 골똘히 생각에 잠긴 채 텅 빈 교실에 들어갔다. 창피했고 화도 났다. 베키가 왜 그러는지는 쉽게 짐작할 수 있었다. 이 아이는 단지 톰 소여에게 화풀이를 하려고 자기를 이용했던 것이다. 생각이 여기에 미치자, 알프레드는 톰이 미워서 참을 수가 없었다. 알프레드는 자기가 크게 손해 보지 않고 톰을 골탕 먹일 방법을 궁리했다. 그때 톰의 철자법 교과서가 눈에 띄었다. 좋은 기회였다. 알프레드는 오후에 수업할 단원을 펼쳐서 즐거운 표정으로 그 위에 잉크를 쏟아부었다.

그때 베키가 알프레드의 뒤에서 창문을 통해 그 장면을 지켜보았다. 베키는 들키지 않도록 몰래 그 자리를 떠났다. 베키는 톰에게 이 사실을 알려줄 생각으로 톰의 집을 향해 달렸다. 그러면 톰도 자기에게 고마워할 테고, 둘은 화해할 수 있으리라. 하지만 도중에 마음이 바뀌었다. 자기가 소풍 이야기를 할 때 톰이 보였던 태도가 다시 떠오르며 쓰라린 고통이 되살아난 것이다. 베키의 마음이 수치심으로 가득 찼다. 베키는 톰이 교과서를 더럽힌 죄로 선생님에게 실컷 두들겨 맞도록 내버려 두겠다고, 그리고 영원히 톰을 미워하겠다고 결심했다.

제19장

톰이 사실을 털어놓다

톰은 우울한 기분으로 집에 왔다. 하지만 이모의 첫마디를 듣는 순간, 집은 슬픈 마음을 진정시킬 곳이 절대 아니라는 진리를 다시 한 번 깨달았다.

"톰! 너 이 녀석, 혼 좀 나야겠다."

"이모, 내가 뭘 어쨌게요?"

"뭘 어쨌냐고? 내가 늙은 멍청이처럼 네 얼토당토않은 꿈 얘기를 해 주려고 세레니 하퍼 집에 갔잖니. 나 참, 세레니는 조에게 전모를 다 들었더구나. 네가 그날 밤 여기 와서 우리 얘기를 전부 엿들었다면서? 대체 너는 커서 뭐가 될래? 내가 하퍼네에 가면 망신당할 걸 뻔히 알았으면서 한마디도 않다니. 그게 화가 나서 참을 수가 없다."

전혀 예상치 못한 사태였다. 오늘 아침의 사건은 그저 재미난
장난이고 자기가 현명하게 대처했다고 생각했다. 그런데 지금
은 비열하고 치사한 짓이었다고 느껴졌다. 톰은 고개를 푹 숙였
다. 무슨 말을 해야 할지 몰랐다. 잠시 후에 톰은 입을 열었다.

"이모, 제가 그러지 말았어야 했는데. 아침에는 미처 그런 생
각을 못 했어요."

"이 녀석아, 넌 원래 생각이 없지. 너는 항상 네 생각만 하잖니.
슬퍼하는 우리를 비웃으려고 밤에 잭슨 섬에서 여기까지 올 생
각을 하다니. 거기다가 가짜 꿈 이야기로 날 놀리기까지! 우리를
불쌍하게 여기고 슬픔에서 구해 줄 생각은 전혀 안 들더냐?"

"이모, 이제는 저도 그게 얼마나 못된 짓이었는지 알겠어요.
하지만 나쁜 뜻은 없었어요. 진짜예요. 게다가 그날 밤 이모를
놀려 주려고 집에 온 건 정말 아닌데."

"그럼 왜 왔니?"

"저희들 걱정은 하지 마시라는 말씀을 드리려고요. 물에 빠져
죽지 않았다고요."

"톰, 톰! 네가 그처럼 갸륵한 생각을 했다고 믿을 수만 있다면,
나는 이 세상에서 가장 행복한 사람일 게다. 톰, 네가 그랬을 리
가 없지. 그건 네가 더 잘 알잖니."

"정말이에요, 정말이라니까요, 이모. 제 말이 거짓이라면 당장

죽어도 좋아요."

"오, 톰, 거짓말 마라. 그러지 마. 그래 봐야 너만 더 나쁜 애가
된다."

"거짓말이 아니에요, 이모. 이모가 슬퍼하지 않게 해 드리려고
한 거예요. 제가 온 이유는 그것 말고는 없었어요."

"온 세상을 다 준대도 그 말을 못 믿겠다. 네가 정말 그랬다면
야 전부 용서하겠지만……. 톰, 네가 가출했고 이렇게 못되게 굴
어도 기분은 좋았을 거야. 하지만 그건 전혀 말이 안 돼. 네가 정
말 그랬다면 왜 진작 말하지 않았겠어?"

"그건요, 이모가 장례식을 언급하실 때 교회로 숨어 들어야겠
다는 생각이 번쩍 떠올랐거든요. 그 계획을 절대로 포기하고 싶
지 않았어요. 그래서 나무껍질을 다시 주머니에 넣고 조용히 있
었던 거예요."

"나무껍질이라니?"

"우리가 해적이 되려고 한다는 말을 적은 나무껍질이요. 지금
생각하면, 제가 이모에게 뽀뽀했을 때 이모가 차라리 깨어나는
게 나을 뻔했어요. 정말이에요. 맹세해요."

이모 얼굴에서 주름이 펴지더니 눈가에 부드러운 기색이 감
돌기 시작했다.

"내게 입을 맞춰 주었다고, 톰?"

"네, 그랬어요."

"정말 뽀뽀를 했니, 톰?"

"네, 정말 했어요, 이모······. 분명히 했어요."

"뽀뽀는 왜 했니, 톰?"

"이모를 너무 사랑하니까요. 그리고 이모가 누워서 신음 소리를 내시는데 너무 죄송했어요."

그 말은 사실인 것 같았다. 늙은 이모는 떨리는 목소리를 감추지 못하고 말했다.

"다시 뽀뽀해 주렴, 톰! 이제 학교에 가거라. 그리고 더 이상 나를 힘들게 하지 마라."

톰이 나가자마자 이모는 옷장으로 달려가 톰이 해적 놀이를 할 때 입었던 낡은 윗옷을 꺼냈다. 이모는 옷을 잡은 채 동작을 멈추고 중얼거렸다.

"아니야, 도저히 안 되겠어. 가엾은 녀석, 아마 또 거짓말일지 몰라. 그래도 이번 거짓말은 기분 좋은 거짓말이잖아. 날 위해 주려는 마음이 담겨 있으니까. 하나님도 그 아이를 용서해 주셨으면 좋겠어. 난 믿어. 그런 말을 한 건 그 애 마음이 그만큼 곱다는 뜻이니까. 구태여 그 말이 거짓말이란 걸 확인할 필요는 없어. 그래 옷을 뒤지지 않는 게 좋겠어."

이모는 윗옷을 치우고 잠시 뭔가 골똘히 생각하며 서 있었다. 이모는 두 번이나 그 옷을 잡으려고 손을 뻗었다가, 두 번 다 그만두었다. 이모는 용기를 내어 한 번 더 손을 뻗었다. 이번에는

'좋은 거짓말이야……. 좋은 거짓말이야. 거짓말이었다고 하더라도 슬퍼할 필요는 없어'라는 생각으로 마음을 단단히 먹었다. 이모는 윗옷 호주머니를 뒤졌다. 과연 톰이 말한 나무껍질이 나왔다. 이모는 톰이 쓴 글을 읽고는 눈물을 흘렸다.

"이젠 톰이 백만 가지 죄를 지어도 다 용서할 수 있을 것 같아."

제20장

고민하는 베키 - 기세등등해진 톰

이모가 뽀뽀해 주었을 때, 이모의 태도가 뭔가 달라졌다. 그래서 톰은 우울한 기분이 단숨에 날아가고, 마음이 가볍고 행복해졌다. 학교로 가던 길에 메도우 길 입구에서는 운 좋게 베키 대처와 마주쳤다. 톰은 기분에 따라 태도가 달라지는 아이였다. 톰은 조금도 주저하지 않고 베키에게 달려가 말을 걸었다.

"아까는 내가 정말 잘못했어, 베키. 미안해. 죽을 때까지 다시는 안 그럴게. 우리 화해하자, 응?"

베키는 걸음을 멈추더니 무시하는 표정으로 톰의 얼굴을 쳐다보았다.

"자기 일이나 신경 써 주시면 정말 고맙겠네요, 토머스 소여

씨. 너하곤 다시는 말 안 할 거야."

베키가 고개를 홱 돌리고 가 버렸다. 톰은 너무 놀라고 어안이 벙벙해서 '누가 신경 쓴대, 건방진 아가씨야!' 하고 응수할 생각도 못 했다. 결국 아무 말도 하지 못했다는 것에 너무 화가 났다. 톰은 운동장으로 들어서며 '베키가 남자아이였으면 호되게 패 주었을 텐데' 하고 입을 삐죽거렸다.

잠시 후 톰은 베키와 다시 마주쳤을 때 지나치며 가시 돋친 말로 쏘아붙였다. 베키도 지지 않고 응수했다. 두 사람의 불화는 갈 데까지 갔다. 베키는 적개심이 최고조에 달하여 수업이 시작되기를 기다릴 수 없을 정도였다. 톰이 철자법 교과서를 더럽혔다고 혼나는 모습을 빨리 보고 싶었다. 알프레드 템플의 소행이라고 밝히고 싶은 마음이 조금 있었지만, 톰의 악담에 완전히 사라져 버렸다.

아, 가엾은 소녀, 베키는 자기에게 닥칠 위험이 얼마나 가까이 있는지 전혀 모르고 있었다. 도빈스 선생님은 젊은 시절의 꿈을 이루지 못한 채 어느덧 중년에 접어든 사람이었다. 의사를 꿈꿨지만, 가난 때문에 어쩔 수 없이 시골 학교 선생님으로 만족해야 했다. 그는 학생들의 암송 시간에 책상에서 희한한 책을 꺼내 정신없이 들여다보곤 했다. 평소엔 그 책을 책상 서랍에 넣고 자물쇠를 채웠다. 학교의 모든 개구쟁이들이 그 책을 보고 싶어 했지만, 그럴 기회는 결코 오지 않았다. 그래서 아이들은 그 책의 내용을 제각각 추리했다. 같은 의견이 없었고, 사실을 확인할 길도 없었다.

그런데 베키가 선생님의 책상 옆을 지나가다가 자물쇠가 열린 것을 보았다! 절호의 기회였다. 주위를 둘러보니 아무도 없었다. 베키는 재빨리 책을 집었다. 《아무개 교수의 해부학》이라고 제목이 적혀 있는데, 베키로서는 무슨 책인지 전혀 감이 오지 않았다. 베키는 책장을 넘겼다. 앞장에 깔끔하게 새겨진 천연색 동판화가 들어 있었다. 벌거벗은 인체의 그림이었다.

그 순간, 책 위에 사람 그림자가 드리워졌다. 톰 소여였다. 베키는 황급히 책을 덮었다. 그 바람에 불행히도 그 화보 페이지가 중간에서 절반 정도 찢어졌다. 베키는 책을 책상에 쑤셔 넣고 열쇠를 돌려 잠갔다. 창피하고 두려워서 왈칵 눈물이 쏟아졌다.

"톰 소여, 너 정말 치사하구나. 남이 보는 걸 몰래 엿보다니."

"네가 뭘 보는지 내가 어떻게 알아?"

"창피하지도 않니, 톰 소여. 다 알아. 넌 고자질할 거지. 어떡해, 어떡해! 난 회초리를 맞을 거야. 학교에서 한 번도 회초리를 맞은 적이 없었는데."

베키는 작은 발을 동동 굴렀다.

"치사하게 고자질하고 싶으면 해! 누가 무섭대? 두고 봐! 미워, 미워, 미워!"

베키는 다시 울음을 터뜨리며 교실에서 뛰쳐나갔다.

톰은 베키의 화풀이에 어리둥절해서 멍하니 서 있다가, 혼잣말로 중얼거렸다.

"여자애들은 참 희한한 바보들이야. 학교에서 한 번도 매 맞아 본 적이 없다니, 쳇! 매 맞는 게 뭐 별거야? 하여튼 여자애들이란 너무 예민하고 소심해. 흥, 나야 물론 이런 시시한 일을 도 빈스 선생한테 고자질하지 않아. 베키한테 복수할 방법은 고자 질 같은 치사한 짓 말고도 많다구. 게다가 어차피 들통날걸? 도 빈스 선생님이 누가 책을 찢었냐고 물을 테고, 아무도 대답하지 않으면 평소처럼 한 명씩 차례로 물어볼 거야. 범인 차례가 되면 아무 말 안 해도 선생님은 알 수 있어. 여자애들은 늘 얼굴에 티가 나거든. 배짱이 없어서. 베키는 매를 맞겠지. 쳇, 베키 대처가 골치 아프게 됐군. 빠져나갈 길이 없으니까."

톰은 좀 더 생각하더니 다시 중얼거렸다.

"에잇, 뭐 어때. 걔도 내가 궁지에 몰리면 기뻐할걸. 한번 당해 보라지!"

톰은 운동장으로 나가서 다른 친구들과 신나게 뛰어놀았다. 곧 선생님이 오셨고 아이들도 교실로 들어왔다. 톰은 수업은 건성으로 들으면서 여자아이들 쪽을 수시로 훔쳐보았다. 베키의 얼굴을 볼 때마다 마음이 아팠다. 전후 상황을 따져 보면 톰은 베키를 조금도 동정하고 싶지 않았지만, 어쩔 수 없이 마음이 쓰였다. 사실 오히려 기쁨의 환호를 지를 만도 했는데 그 반대였다.

그때 톰의 교과서 훼손 사건이 드러나서 한동안 톰은 제 발등에 떨어진 불로 정신이 없었다. 베키도 잠시나마 자기 고민을 잊고 이 사건의 전개에 큰 관심을 가졌다. 베키는 톰이 책에 잉크를 쏟은 게 자기가 아니라고 부인해도 이 곤경에서 빠져나올 수 없을 거라고 생각했다. 베키가 맞았다. 톰은 자신이 교과서를 더럽힌 게 아니라고 주장했지만, 그럴수록 상황은 톰에게 불리해졌다. 베키는 톰이 곤란해 하면 마음이 즐거워질 줄 알았고, 즐거워하려고 애썼다. 하지만 아니었다. 톰이 처한 상황이 최악으로 치닫자 베키는 벌떡 일어나 그건 알프레드 템플의 짓이라고 말하고 싶은 충동을 느꼈다. 하지만 간신히 꾹 참고서 중얼거렸다.

"톰도 틀림없이 그림책 찢은 사람이 나라고 이를 거야. 내가 왜 그런 애를 구해 준답시고 나서겠어."

사실 톰은 매를 맞고 자리로 돌아가서도 전혀 의기소침하지 않았다. 교실에서 뛰어놀다가 나도 모르게 잉크를 엎질렀겠거니, 하고 생각했다. 자기 짓이 아니라고 부인한 것은 단지 습관이었다. 순전히 습관적으로 끝까지 발뺌했을 뿐이었다.

한 시간이 지나갔다. 학생들의 책 읽는 소리가 자장가처럼 퍼지자 교실 분위기가 나른해졌고, 선생님은 자기 왕좌에 앉아 졸았다. 도빈스 선생님은 조금씩 몸을 일으키더니 크게 하품을 한 다음, 책상의 자물쇠를 열고 손을 더듬어서 책을 찾았다. 이때만 해도 책을 꺼낼까 말까 망설이는 것 같았다. 학생들은 그 모습을 무심히 보았는데, 두 아이만은 선생님의 모든 동작으로 뚫어져라 처다보았다. 도빈스 선생님은 무심히 책을 만지작거리다가 어느 순간 의자에 똑바로 앉더니 책을 꺼냈다! 톰은 얼른 베키를 보았다. 톰의 눈에 비친 베키는 영락없이 사냥감으로 잡혀 머리에 총이 겨누어진 불쌍한 토끼의 모습이었다. 그 순간 베키와 다투었던 일은 톰의 머리에서 사라졌다.

'빨리 무슨 수를 써야 돼!'

그러나 사태의 급박함 때문에 톰의 머리는 마비됐다. 아, 좋은 생각이 떠올랐어! 뛰어나가 책을 빼앗은 다음 문을 박차고 밖으로 튀는 거야!

하지만 아주 잠시 망설이는 사이에 기회는 사라졌다. 선생님이 책을 펼쳐버린 것이다. 기회가 다시 올 수만 있다면! 하지만 이미 늦었다. 이제 베키를 도와줄 방법이 없었다.

다음 순간, 선생님은 학생들을 노려보았다. 모든 아이들이 선생님의 불같은 시선을 피해 눈을 내리깔았다. 선생님의 눈빛에는 아무 잘못이 없는 아이들도 겁먹게 만드는 뭔가가 있었다. 열을 셀 정도 시간의 침묵이 흘렀다. 선생님은 분노가 끓어오르는 듯 붉으락푸르락하다가, 드디어 아이들을 향해 물었다.

"이 책, 누가 찢었지?"

대답이 없었다. 핀 떨어지는 소리도 들릴 정도로 조용했다. 긴 침묵이 이어졌다. 선생님은 잘못을 들킬까 봐 두려워하는 기색이 나타나는 아이들 앞으로 차례로 다가가서 물었다.

"벤자민 로저스, 네가 이 책을 찢었니?"

아뇨. 침묵이 이어졌다.

"조셉 하퍼, 너냐?"

또, 아니요.

고문 같은 지루한 수사가 진행될수록, 톰의 불안감은 점점 커졌다. 선생님은 남자아이들의 얼굴을 전부 샅샅이 훑은 후 잠시 생각에 잠겼다가, 여자아이들 쪽으로 돌아섰다.

"에이미 로렌스?"

에이미는 고개를 저었다.

"그레이시 밀러?"

같은 동작이 나타났다.

"수지 하퍼, 네 짓이냐?"

이번에도 부인하는 대답이 들렸다.

다음은 베키의 차례였다. 톰은 흥분과 절박함으로 머리부터 발까지 부들부들 떨렸다.

"레베카 대처? (톰이 보니 베키의 얼굴이 두려움으로 하얗게 질렸다.) 네가 찢…… 아니, 아니, 내 얼굴을 똑바로 보아라. (베키가 용서를 빌려는 듯 손을 올렸다.) 네가 이 책을 찢었니?"

이때 번개처럼 톰의 머리를 스치는 생각이 있었다. 톰은 벌떡 일어나 외쳤다.

"제가 그랬습니다!"

모든 학생들이 어리둥절한 표정으로 이 엄청난 멍텅구리를 쳐다보았다. 톰은 잠깐 제자리에 선 채로 혼란스러운 정신을 가다듬었다. 베키의 벌을 대신 받기 위해 앞으로 나아갈 때 가엾은 베키의 눈에서 전해진 놀라움, 감사와 감탄의 마음은 회초리 100대를 감수하고도 남았다. 톰은 영웅적인 자기 행동에 스스로 도취되어서, 그렇잖아도 엄한 도빈스 선생님이 여느 때보다 세게 때렸던 그날의 혹독한 매질을 비명 한 번 안 지르고 고스란히 맞았다. 게다가 방과 후에 두 시간 동안 집에 가지 말라는 추가 지시도 태연하게 받아들였다. 왜냐하면 톰은 감옥에서 석방됐을 때 누가 밖에서 기다릴지 알고 있었기에, 그 지루한 시간이 결코 손해라고 여기지 않았던 것이다.

그날 밤, 톰은 잠자리에서 알프레드에게 복수할 계획을 궁리했다. 자기의 배신을 잊지 않은 베키는 창피와 후회의 마음을 무릅쓰고 톰에게 모든 사실을 털어놓았던 것이다. 하지만 복수심은 곧 더 즐거운 공상에 밀려 없어졌다. 톰은 아직도 귓결에 꿈같이 여운이 남아 있는 베키의 속삭임을 음미하며 잠들었다.

"톰, 넌 정말 멋있는 아이야!"

제21장

힘찬 웅변 – 어린 숙녀의 작문 – 긴 환상 – 톰의 복수

방학이 가까워지고 있었다. 원래 엄한 선생님이 더욱 엄해지셨고 잔소리도 심해졌다. 학생들이 잘해서 학예회*에서 좋은 평가를 받길 바랐기 때문이다. 요즘 선생님의 몽둥이와 회초리는 거의 쉴 때가 없었다. 어린 학생들 사이에서는 특히 그랬다. 상급반 남학생들이나 열여덟 살이 넘은 여학생들 정도만 간신히 회초리를 면했다. 도빈스 선생님의 회초리는 무척 아팠다. 도빈스 선생님은 홀랑 벗어진 반짝이는 대머리를 가발로 감추고 있었지만, 중년에 접어들었다고 해도 힘이 약해진 기미는 전혀 보

* 졸업식 겸 학예회

321

이지 않았다.

　중대한 날이 다가올수록 선생님의 마음속 폭군 기질이 본색을 드러내기 시작했다. 아주 사소한 잘못에도 벌을 주면서 사악한 쾌감을 즐기는 것 같았다. 그 결과, 어린 남자아이들은 낮에는 공포와 고통 속에서, 밤에는 복수를 계획하며 보냈다. 선생님을 골려 줄 수 있는 기회가 오면 절대 놓치지 않았다. 하지만 선생님은 항상 한발 앞서 나갔다. 복수가 성공했을 때 뒤따르는 보복이 가혹하고 엄청났기 때문에 남자아이들은 언제나 참담한 패배와 함께 전장에서 후퇴했다.

　마침내 아이들은 모의 끝에, 눈부신 승리를 가져올 묘안을 짜냈다. 그들은 간판집 아들에게 맹세를 시키고, 자기네 계획을 들려주고 도움을 청했다. 간판집 아들도 이 계획에 반색했다. 선생님은 걔네 집에서 세를 얻어 살면서, 그동안 그 애가 자기를 싫어할 만한 충분한 이유를 주었던 것이다. 선생님의 아내는 며칠 후면 시골로 여행을 떠나게 돼 있었으므로, 아이들의 계획에는 아무런 장애가 없었다. 선생님은 큰 행사가 있으면 항상 술을 많이 마시면서 마음의 준비를 했다. 간판집 아들은 발표회 날에 선생님의 상황을 봐서, 선생님이 의자에 앉아 잠깐 눈을 붙이고 있을 때 '그 일'을 처리하겠다고 말했다. 그러고 나서 적당한 시간에 선생님을 깨워 급히 학교로 돌아가게 만들겠다고 했다.

　시간은 흘러, 재미있는 학예회 날이 돌아왔다. 저녁 8시, 교정은 환하게 불이 밝혀졌고 각종 화환, 꽃과 꽃잎을 수놓은 꽃 줄로 장식됐다. 선생님은 높은 단상 위에 놓인 커다란 의자에 왕처럼 앉았고, 뒤에는 흑판이 놓였다. 선생님은 어지간히 취한 것 같았다. 선생님의 양쪽으로 긴 의자가 세 줄 놓여 있고, 단상 밑에 여섯 줄이 있었다. 마을의 유지들과 학부모들의 자리였다. 선생님의 왼쪽으로 긴 의자 뒤편에 넓은 임시 연단이 놓였고, 거기에 오늘 밤 공연에 참가할 '꼬마 학자'들이 앉았다. 얼굴을 깨끗이 씻고 참을 수 없을 정도로 불편한 옷차림을 한 작은 아이들의 줄, 크고 볼품없는 남자아이들의 줄, 론과 모슬린으로 만든 옷차림 때문에 마치 눈 덮인 언덕처럼 보이는 여학생들의 줄이 차례로 이어졌다. 여학생들은 맨살이 드러난 자신들의 팔뚝, 할머니가 쓰던 낡은 장신구, 분홍색과 푸른색이 섞인 리본, 머리에 꽂은 꽃 따위가 몹시 신경이 쓰이는 모양이었다. 교실의 나머지 공간은 이날 행사에 참여하지 않는 '꼬마 학자'들로 가득 찼다.

공연이 시작되었다. 아주 작은 남자아이가 일어나더니, 애처로울 정도로 정확하고 절도 있는 동작을 곁들여 수줍게 "여러분들은 저 같은 어린아이가 무대 위에서 발표하게 될 줄은 모르셨을 거예요"[*]라며 연설을 시작했다. 그 아이의 움직임은 기계, 그것도 약간 고장이 난 기계의 동작 같았다. 아이는 지독하게 겁을

---

[*] 데이비드 에버레트(1769~1813)의 「학교 연설문을 위해 쓴 시」 중에서.

먹었지만 그런 대로 무사히 인사말을 마쳤고, 열렬한 박수를 받았다. 아이는 박수에 대한 답례로 꾸민 듯한 큰 인사를 하고는 단상에서 내려왔다.

암전한 소녀가 앙증맞은 목소리로 '메리의 어린 양'을 비롯한 몇 곡의 동요를 부른 다음, 무릎을 굽히고 상체를 숙이는 귀여운 인사를 선보여 그에 합당한 박수를 받았다. 소녀는 얼굴이 빨개졌지만 흡족한 표정으로 자리에 앉았다.

톰 소여가 자신만만한 태도로 걸어 나왔다. 톰은 감동적인 불멸의 연설문 '자유가 아니면 죽음을 달라(Give me liberty or give me death)'를 열정과 광적인 몸짓으로 목청껏 암송했는데, 그만 중간에 말문이 탁 막혔다. 엄청난 무대 공포증에 사로잡혀 다리가 후들거리고 숨이 막혔다. 톰은 청중으로부터 동정을 받았는데, 동시에 물을 끼얹은 듯한 침묵도 받았다. 침묵은 동정보다 훨씬 더 끔찍했다. 선생님은 얼굴을 찡그렸고, 톰은 어떻게든 끝까지 해 보려고 안간힘을 쓰다가 결국 포기하고 내려왔다. 완벽한 실패였다. 박수가 찔끔찔끔 나오다가 이내 그쳤다.

이어서 '소년은 불타는 갑판 위에 섰도다(The Boy Stood on the Burning Deck)*', '아시리아인들이 몰려왔다(The Assyrian Came Down)**' 등의 주옥같은 연설문들이 암송됐다. 읽기 시합과 철자

* 영국 시인 펠리시아 헤먼스(1793~1835)의 「카사비앙카」 중에서.
** 조지 고든 바이런의 「센나케리브의 파괴」 중에서.

맞히기 시합이 차례로 벌어졌다. 몇 명 안 되는 라틴어반 학생들이 선생님의 질문에 훌륭하게 대답했다.

뒤이어 그날 저녁 행사에서 가장 중요한 순서가 돌아왔다. 여학생들이 직접 지은 '글'을 발표하는 시간이었다. 여학생들은 자기 차례에 한 명씩 단상의 끄트머리까지 걸어가, 목청을 가다듬고 (예쁜 리본으로 묶은) 원고를 높이 들고는 '표현'과 발음에 엄청나게 신경 쓰며 낭독했다. 내용은 여학생들의 어머니, 할머니, 나아가 십자군 시대까지 거슬러 올라가는 모계 혈통의 모든 조상들이 이와 비슷한 행사를 빛냈던 것들과 똑같았다. 말하자면 '우정', '지난날의 추억', '역사 속의 종교', '꿈의 나라', '문명의 이점', '정부 형태의 비교와 대조', '애수', '효도', '동경' 같은 것들이었다.*

이 작문들에 공통적으로 나타나는 특징은 마음속에서 키우고 간직한 애수 어린 감정, 그리고 쓸데없이 남발하는 '미사여구'였다. 자기가 유난히 아끼는 단어나 구절은 완전히 닳아 없어질 때까지 귀 아프게 사용하는 것이다. 글을 망쳐 놓는 특징을 하나 더 들자면, 글의 끝 부분에 예외 없이 등장하여 어색하게 꼬리를 흔드는 고질적이고 견딜 수 없는 '설교조'의 문장이다. 주제가 무엇이든, 학생들은 어떻게 해서든 글을 도덕적이고 종교

---

* 대부분 메리 앤 해리스 게이의 《어느 서부 숙녀가 지은 산문과 시》라는 책의 글로, 저자는 여학생들의 문체를 정확하게 보여 주기 위해서 수정 없이 옮겨 왔다.

적인 교훈에 억지로 꿰어 맞추려고 머리를 쥐어짰다. 이런 설교조의 문장에 뻔히 드러나는 위선적 태도는 유행의 변화에 아랑곳하지 않고 모든 학교들에 널리 퍼져 있었으며, 지금도 그렇다. 이런 태도는 아마 세상이 끝나는 날까지 결코 사라지지 않을 것이다. 미국의 모든 학교는 여학생들이 작문을 할 때 무조건 설교조로 마무리해야 한다고 생각한다. 그리고 다들 알다시피, 학교에서 가장 경솔하고 가장 신앙심이 없는 여학생이 항상 '가장 길고, 가장 경건한' 설교조로 문장을 마무리한다. 이 얘기는 그만하자. 당연한 진리는 오히려 듣기 싫은 법이니까.

다시 학예회로 되돌아가자. 맨 먼저 낭송된 것은 '그럼 이런 게 인생인가요?'라는 글이었다. 독자들도 약간의 발췌문쯤은 참고 읽어 주시리라 믿는다.

젊은이들은 평범한 삶의 길을 걸으면서도, 자기 앞에 펼쳐질 축제의 장면을 얼마나 벅찬 가슴으로 고대하는가! 젊은이들은 상상력을 동원하여 환희에 찬 장밋빛 그림을 열심히 그린다. 관능적 유행의 신봉자들은 축제의 인파 속에서 자기가 '모든 사람들의 주목을 받는 모습*'을 상상으로 그려 본다. 순백의 의상을 곱게 차려입은 그녀는 우아한 자태로 흥겨운 춤의 미로를 따라 빙빙 돈다. 흥겨운 모임에서 그녀의 눈은 가장 밝고, 발걸음은 가장 가볍다. 이런 달콤한 공상의 시간은 금방 사라지고, 그녀가 여태껏 화려하게 꿈꿔 왔던 환상의 세계로 들어갈 시간이 다가온다. 넋을 잃은 그녀의 눈에 참으로 동화 같은 세상이 비친다! 새로운 풍경은 항상 앞의 것보다 매력적이다. 하지만 잠시 후 그녀는 아름다운 외면 세계의 밑에서, 세상은 모두 허무하다는 것을 깨닫는다. 한때 그녀의 영혼을 매료시켰던 아첨의 말도 이제는 귀에 심하게 거슬린다. 무도회장에서도 매력을 못 느낀다. 쇠약해진 몸과 상처 입은 가슴만 남은 그녀는 결국, 영혼을 갈구하는 마음은 결코 세속적인 쾌락으로 충족되지 않는다는 사실을 절실히 절감한 채 떠난다.

이런 식의 내용이 계속 반복된다. 객석에서 "아, 멋있다!" "표

---

* 《햄릿》 3막 1장에서 오필리어가 햄릿을 묘사한 말.

현이 참 좋아!" "정말 그래!" 같은 숨죽인 탄성을 동반한 기쁨의 웅성거림이 끊이지 않았다. 낭독이 이처럼 듣기에도 괴로운 결말로 끝날수록, 더욱 열성적인 갈채가 터져 나왔다.

그다음엔 깡마르고 우울해 보이는 소녀가 일어났다. 약 때문인지 소화불량 때문인지 아무튼 '희한할 정도로' 안색이 창백했다. 소녀는 '시'를 낭독했다. 그 시의 두 연을 여기에 옮겨 본다.

미주리 처녀가 앨라배마에게 작별을 고하다

앨라배마여 안녕, 나는 그대를 사랑합니다!
하지만 그래도 나는 잠시 그대를 떠나야 합니다
그대를 생각하면 슬프고, 슬픈 마음이 가슴에 가득 차고
불타는 추억이 머릿속에 밀려옵니다
나, 꽃이 만발한 그대의 숲속을 거닐었고
탈라푸사 강변을 거닐고 거기에서 책을 읽었고
탈라세 강의 거친 강물 소리에 귀를 기울였고
쿠사 계곡의 고개에서 오로라의 빛을 간절히 보고자 했습니다

그러나 나, 슬픔으로 가득 찬 마음을 부끄러워 하지 않으며
눈물 가득한 눈으로 돌아서는 내 모습을 부끄러워 하지 않습
니다

지금 헤어져야 하는 이 땅은 낯선 땅이 아닙니다

내가 이런 한숨을 보내는 이들은 낯선 이들이 아닙니다

나를 환영하는 곳은 이 고장에 있는 내 집입니다

나는 그 계곡을 떠나고

그 봉우리들도 내 기억에서 어느새 사라집니다

내 눈, 가슴 그리고 떼뜨는 차가워질 것입니다

사랑하는 앨라배마여, 그대가 나를 차갑게 대한다면!

프랑스어 '떼뜨(머리)'의 뜻을 아는 사람이 거의 없는데도 이 시는 호평을 받았다.

검은 피부, 검은 눈, 검은 머리칼의 어린 숙녀가 등장했다. 그녀는 청중에게 깊은 인상을 주려고 잠시 침묵을 지키다가 슬픈 표정을 띠며 엄숙한 어조로 운율에 맞춰 낭송하기 시작했다.

환상

캄캄하고 폭풍우가 몰아치는 밤이었다. 저 높은 하늘의 왕좌 주변에는 단 하나의 별도 깜빡이지 않았지만 거대한 천둥이 내지르는 깊고 웅장한 소리가 끊임없이 귓전을 때렸다. 한편 무서운 번개는 그 저명한 벤저민 프랭클린이 말한 무서운 힘을 비웃기라도 하듯이, 하늘의 구름 덩어리 사이로 노여움을 드러냈다.

사나운 바람도 신비로운 자기 집에서 일제히 나와 이런 풍경에 황량한 분위기를 한층 높이려는 듯 사방으로 거세게 몰아쳤다.

바로 이런 순간, 어둡고, 황량한 순간에 나의 정신은 인간의 동정을 얻기 위해 한숨을 쉬었다. 하지만 대신 그런 까닭으로 '내가 가장 사랑하는 친구이자 나의 조언자이며, 나를 위로해 주고 인도해 주는…… 슬픔 속의 기쁨이요, 기쁨 속에 또 하나의 행복'이 내 곁으로 다가왔다.

그녀는 낭만적인 젊은이들이 환상 속에서 에덴동산의 양지바른 오솔길을 묘사하는 그런 빛나는 존재 중 하나처럼 움직였다. 그녀는 시대를 초월하는 자신의 아름다움 외에는 아무것도 장식하지 않은 미의 여왕이었다. 그녀의 걸음은 너무 부드러워 아무 소리도 나지 않았고, 그녀의 온화한 손길이 자아내는 마술 같은 떨림이 없었다면 누구의 눈에도 띄지 않은 채 살며시 빠져나가…… 아무도 찾지 않는 사람이 되었을 것이다. 그녀가 서로 다투는 자연의 힘을 가리키며 나에게 현존하는 두 존재에 대해 깊이 생각해 보라고 명할 때, 그녀의 얼굴에는 마치 12월의 외투에 내려앉은 얼음의 눈물방울처럼 묘한 슬픔이 깃들어 있었다.

이 악몽 같은 작문은 무려 열 장에 달했으며, 비장로교파 신도들의 모든 희망을 박살 내는 설교로 마무리했기 때문에 그날 일

등상은 그녀에게 돌아갔다. 그날 학예회에서 최고의 노력이 담긴 작품이라는 평가를 받으며. 시장은 작가에게 상을 수여하고 따뜻한 격려사를 늘어놓았다. 이 작품이 자기가 지금껏 본 것 중 가장 '표현력이 뛰어난' 작품이며, 다니엘 웹스터*도 이 글을 보면 자랑스러워 할 것이라고 말이다.

말이 나온 김에 하나만 지적하자면, '아름다운'이라는 말이 사용된 작문의 숫자가 지나치게 많았으며, 인간의 경험을 '인생의 페이지'라고 표현한 정도는 평균 수준이었다.

기분 좋은 정도로 취기가 오른 선생님은 자기 의자를 옆으로 치우고 청중에게 등을 돌리더니, 지리 수업의 시범을 보이기 위해서 흑판에 미국 지도를 그렸다. 그런데 손이 떨리는 바람에 불쌍할 정도로 형편없는 작품이 나왔다. 교실 전체에서 숨을 죽이고 킥킥 웃는 소리가 흘러나왔다. 선생님은 정신을 차리고 그림을 고쳐 그리기 시작했다. 선을 지우개로 지우고 다시 그렸다. 하지만 그림은 전보다 더 심하게 찌그러졌고, 킥킥대는 소리도 더 커졌다. 선생님은 더 이상 조롱의 희생자가 되지 않겠다고 결심한 듯 이 일에 온 정신을 쏟았다. 모든 시선이 자신에게 집중된 것을 느꼈다. 선생님은 제대로 그리고 있다고 생각했지만 웃음소리는 계속됐다. 오히려 훨씬 더 커졌다.

* 미국의 정치가이자 웅변가이다.

당연했다. 선생님의 머리 위 천장에 다락방으로 연결된 구멍이 있었는데, 그 구멍으로 엉덩이가 끈에 묶인 고양이 한 마리가 천천히 내려오고 있었던 것이다. 고양이는 울음소리를 내지 못하도록 머리와 턱 부분이 보자기로 싸여 있었다. 고양이는 내려오면서 꿈틀거리며 계속 끈을 발톱으로 할퀴었다. 고양이는 끈과 함께 흔들리면서 허공을 향해 계속 발톱을 휘둘렀다. 킥킥대는 소리는 점점 더 커졌다. 고양이는 이제 지도 그리기에 정신이 팔려 있는 선생님의 머리에서 채 15센티미터도 안 되는 곳까지 내려왔다.

아래로, 아래로, 조금씩 아래로 내려오던 고양이는 결국 필사적인 발길질 한 방으로 선생님의 가발을 낚아챘다. 그리고 전리품을 갖고 눈 깜짝할 새에 다락방으로 달아났다. 선생님의 대머리에서 나온 광채는 눈부실 정도로 밝았다! 간판집 아이가 선생님의 머리에 금빛 페인트를 칠해 놓았기 때문이었다.

이것으로 행사는 끝났다. 소년들의 복수는 성공했다. 그리고 방학이 시작되었다.

제 22 장

톰의 무너진 자신감 – 천벌을 받다

톰은 금주 학생단Cadets of Temperance*에 신입 회원으로 가입했다. 학생단의 멋진 '휘장'에 반했기 때문이었다. 톰은 회원으로 있는 동안만큼은 담배도 피우지 않고 껌도 씹지 않고, 욕설도 하지 않겠다고 다짐했다. 그래서 새로운 진리를 깨달았다. 어떤 일을 하지 않겠다는 맹세가 곧 자발적으로 금지한 행위를 하게 만드는, 세상에서 가장 확실한 방법이었다! 톰은 금세 술을 마시고 욕설을 하고픈 욕망 때문에 괴로웠고, 욕망은 점점 더 강렬해졌다. 만약 붉은색 장식 어깨띠를 두르고 으스댈 기대가 없었다면

---

* 장교 후보생을 양성하던 단체로, 금주 운동을 펼쳤다.

진작 탈퇴했을 것이다.

　독립기념일이 다가오고 있었지만, 톰은 곧 단념했다. 스스로
족쇄를 찬 지 48시간도 지나지 않았을 때였다. 그 대신 늙은 프
레이저 판사에게 희망을 걸었다. 다들 치안판사가 임종 직전이
라고들 말했는데, 아주 높고 중요한 분이니 거창한 장례식이 열
릴 예정이었다. 사흘간 톰은 판사의 병세에 신경을 바짝 세우고,
부고가 들려 오기를 손꼽아 기다렸다. 때로는 그 소망이 너무 커
져서 대담하게 휘장을 꺼내 몸에 두르고 거울 앞에서 행진 연습
을 하기도 했다. 하지만 판사의 병세는 실망스럽게 자꾸 변덕을
부렸다. 결국 환자의 병세가 호전되고 점차 회복 중이라는 소식
이 들려왔다. 톰은 분통이 터졌다. 상처받은 느낌마저 들었다.
톰은 즉시 탈퇴서를 제출했다. 그런데 바로 그날 밤, 판사는 다
시 병세가 악화돼 죽음을 맞이했다. 톰은 그런 위치에 있는 사람
은 절대로 두 번 다시 믿지 않기로 다짐했다.

　장례식은 훌륭했다. 학생단은 매우 화려하게 행진해서, 탈퇴
한 전 회원은 샘나서 죽을 지경이었다. 어쨌든 톰은 다시 자유로
운 소년이 되었다. 그런데 뭔가 벌어졌다. 톰은 이제 마음껏 술
을 마시고 욕도 할 수 있었는데, 놀랍게도 그러고 싶지 않았다.
해도 된다고 하니까 그 욕망이, 그 일들의 매력이 싹 사라졌다.

　톰은 그토록 기다렸던 방학이 왔건만 시작부터 지루하기만
해서 정말 이상했다. 일기를 써 봤다가, 사흘간 아무 일도 일어

나지 않길래 그만뒀다.

흑인 악극단negro minstrel*의 방문은 제일 큰 화젯거리였다. 톰은 조 하퍼와 함께 공연단을 결성해서 이틀은 재미있게 놀았다.

'영광의 4일the Glorious Fourth**' 행사마저 어떤 의미에서는 실패작이었다. 비가 많이 와서 후속 행사로 예정되었던 행진이 취소되었기 때문이다. 톰이 '세상에서 제일 높은 사람'으로 여겼던 현역 미국 상원의원 벤턴*** 씨도 결국 엄청난 실망만 안겨 주었다. 8미터가 넘는 거구커녕 그 근처에도 못 미쳤으니까.

한번은 서커스단이 찾아왔다. 남자아이들은 사흘간 누더기 양탄자로 텐트를 치고 서커스 놀이를 했다. 남자아이들한테는 핀세 개, 여자아이들에게는 두 개를 입장료로 받았다. 하지만 곧 서커스 놀이도 시들해졌다.

관상장이와 최면술사가 다녀간 후에는 마을이 전보다 더 따분하고 지루해졌다.

남자아이들과 여자아이들이 어울리는 파티도 열리긴 했지만, 너무 재밌는데 너무 드물게 열려서, 오히려 다음 파티까지 기다리는 동안 가슴 아픈 공허감만 더 커졌다.

---

* 백인이 흑인으로 분장하고 흑인의 노래와 춤을 만담과 곁들여 선보이던 공연단. 남북전쟁 이후에는 흑인들이 직접 담당하게 되었다.
** 미국의 독립기념일인 7월 4일을 말한다.
*** 토머스 하트 벤튼. 당시 미국의 서부 개척을 열렬히 주장했다.

베키 대처는 방학 동안 부모님과 함께 콘스탄티노플의 집으로 갔다. 도대체 톰의 인생에서 밝은 면이라곤 전혀 없었다.

살인 사건에 대한 무서운 비밀도 늘 톰의 마음을 괴롭혔다. 그것은 톰에게 영원히 치유되지 않는 암이었고 고통이었다.

게다가 홍역이라는 병까지 찾아왔다.

2주 내내 톰은 죄수처럼 침대에만 누워서 세상 소식과 완전히 차단되어 지냈다. 너무 아파서 아무것도 흥미가 안 생겼다. 드디어 제 발로 자리에서 일어나 힘없이 마을로 내려간 톰은 세상과 세상 사람들의 변화된 모습에 더 우울해졌다. 다들 '생생'해졌고. 남녀노소 누구나 죄다 '종교'를 가졌다.* 톰은 이리저리 돌아다니며 '하나님의 축복받은 죄인'과 마주치지 않기를 바랐지만, 어디서든 실망감만 느꼈다. 조 하퍼가 성경 공부 하는 모습을 목격하고는, 그 참담한 광경에 슬픈 발걸음을 돌렸다. 벤 로저스를 찾아갔더니, 그 아이는 소책자가 담긴 바구니를 들고 가난한 사람들을 찾아다니고 있었다. 마을을 샅샅이 뒤진 끝에 힘들게 찾아낸 짐 홀리스는 한술 더 떠서, 톰이 얼마 전에 앓은 홍역이 하나님의 경고이면서 값진 축복이라고 떠들었다. 우연히 마주친 다른 애들도 톰의 우울한 기분만 가중시킬 뿐이었다. 절박해져서 마지막 안식처로 달려간 허클베리 핀에게까지 성경

---

* 19세기 중반 미국에서는 부흥회(대규모 야외 집회)가 유행했다. 대규모 신도들에게 방언 기도나 안수 기도의 치유력을 보여서 호응이 뜨거웠다.

말씀을 듣자, 톰은 완전히 상심했다. 집까지 간신히 기어와서 침대에 눕자, 마을에서 자기만 방황하고 있음이 실감났다. 아마도 영원히 영원히.

그날 밤 엄청난 폭풍우가 닥쳤다. 거센 빗줄기, 요란한 천둥소리, 눈부신 번갯불에 톰은 이불을 머리에 뒤집어쓰고 벌벌 떨며 '최후의 순간'을 기다렸다. 한 점의 의심 없이, 이 북새통이 전부 자기와 관계가 있다고 믿었던 것이다. 자신이 너무 까불어서 저 높은 곳에 계신 전능하신 하나님이 인내의 한계에 이르고야 말았다고 말이다. 벌레 한 마리 죽이자고 일개 포병 부대를 동원하는 건 탄약 낭비가 아닌가 싶기도 했지만, '나 같은 벌레'가 밟고 있는 잔디밭을 박살 내기 위해서라면 이런 귀한 뇌우를 일으키는 것도 일리가 없지는 않은 것 같았다.

금세 힘을 다 쏟았는지, 폭풍은 소기의 목적을 달성하지 못한

채 점점 사그라졌다. 소년은 충동적으로 '하나님에게 감사하고 회개해야겠다' 하고 생각했다. 하지만 곧 기다리기로 마음을 고쳐먹었다. 더 이상 폭풍이 없을 것 같았기 때문이다.

이튿날 의사들이 다시 왔다. 톰의 병이 재발한 것이다. 이번에 침대에 3주간 누워 있는 건, 마치 1년처럼 지루했다. 드디어 외출할 수 있게 되자, 톰은 목숨을 건진 것이 별로 기쁘지 않았다. 외로운 신세, 친구 하나 없는 고독한 처지가 다시 떠올랐기 때문이다. 톰은 마지못해서 거리를 어슬렁거리다가 짐 홀리스를 만났다. 소년재판정의 판사 역을 맡아서 고양이를 살해 혐의로 재판하고 있었다. 앞에 희생자인 죽은 새가 놓여 있었다. 골목에서 조 하퍼와 허크 핀이 훔친 멜론을 먹고 있었다. 한심한 녀석들! 톰처럼 걔들도 옛 버릇이 도지는 병을 앓고 있었던 것이다.

제23장

나른한 마을 분위기에 활기가 돌기 시작했다. 살인 사건 재판이 개시된 것이다. 즉각 온 마을이 이 흥미진진한 화제로 뒤덮여서, 톰이 이 화제를 피할 길이 없었다. '살인'이라는 말이 들릴 때마다 톰은 가슴이 벌렁벌렁 뛰었다. 양심의 가책과 두려움 때문에 '사람들이 내 의중을 떠보려고 일부러 슬쩍 던져 보는 말인가' 하고 의심했다. 사람들이 내가 이 살인 사건에 대해 뭔가 알고 있다는 사실을 대체 어떻게 알았지? 아냐, 모르겠지. 톰은 소문의 한복판에서 마음이 편치 않았다. 그래서 그 얘기가 들릴 때마다 몸서리를 쳤다.

톰은 허크에게 얘기 좀 하자며 한적한 곳으로 데려갔다. 잠깐

이라도 굳게 닫혔던 입을 열고 고통의 짐을 동지와 나누면 조금
은 마음이 편해질 것 같았다. 허크가 여전히 비밀을 지키고 있는
지 직접 확인하고 싶기도 했다.

"허크, 혹시 그거…… 다른 사람에게 얘기했어?"

"뭘?"

"알잖아."

"아, 물론 알지. 안 했어."

"한마디도?"

"입도 뻥긋 안 했어. 정말이야. 근데 그건 왜?"

"그냥, 걱정이 돼서."

"야, 톰 소여, 그 말이 새 나가면 우린 그날로 죽음이야. 너도
알잖아."

톰은 조금 안심이 되어 잠시 가만히 있다가 말을 이었다.

"허크, 누가 뭐라고 해도 말 안 할 거지?"

"내 입을 열어 불게 한다고? 천만의 말씀. 그 혼혈 악마한테 잡
혀 물에 빠져 죽고 싶다면 모를까, 내 입을 열 방법은 없어."

"그럼, 좋아. 입만 다물고 있으면 우리는 안전해. 어쨌든 다시
한 번 맹세하자. 더 확실하게 말이야."

"좋아."

그래서 두 아이는 엄숙하게 다시 한 번 맹세했다.

"요새 소문 좀 들었어, 허크? 아주 많은 얘기들이 돌던데."

"소문? 글쎄, 그냥 늘 머프 포터, 머프 포터, 머프 포터 얘기지 뭐. 들을 때마다 진땀이 나. 어디 가서 숨어 있었으면 좋겠어."

"내 주변도 똑같아. 그 영감 이제 죽은 목숨인 거지 뭐. 그 영감이 안됐다는 생각이 들지 않니, 가끔?"

"거의 항상 들어…… 항상. 아무짝에도 쓸모없는 사람이지만 그렇다고 남에게 해를 끼친 적은 없잖아. 그냥 낚시 좀 해서 술 먹을 푼돈이나 챙기고 빈둥빈둥 돌아다녔는데. 나 참, 다들 그러잖아. 대부분…… 목사나 뭐 그런 사람들도 다 마찬가지로 말이야. 그래도 그 영감은 착한 편인데……. 전에 나한테 낚은 물고기의 절반이나 주더라고, 두 사람 몫으로는 부족했는데도. 또 내가 안 좋은 일을 당할 때 대체로 내 편을 들어 줬어. 그런 게 한두 번이 아녔어."

"음, 내 연을 고쳐 준 적도 있어. 내 낚싯줄에 바늘도 달아 줬고. 감옥에서 구해 주면 좋겠는데."

"안 돼! 우린 못 빼내, 톰. 그래 봐야 소용없어. 사람들한테 또 잡힐 거야."

"그래…… 그럴 거야. 하지만 그 사람이 그런 짓을…… 하지도 않았는데 악마처럼 욕먹는 게 듣기 싫어."

"나도 그래, 톰. 나 참, 마을에서 가장 잔인한 악당이라고 말하는 것도 들었어. 왜 진작에 교수형에 처하지 않았는지 모르겠다고 하더라니까."

"맞아, 사람들은 항상 그런 식으로 말해. 그 영감이 석방되면 자기네들이 직접 린치*를 가하겠다고 하는 말도 들었어."

"아마 정말 그렇게 할걸."

두 아이는 오랫동안 이야기를 나눴지만 마음이 그다지 편해지지 않았다. 황혼이 질 무렵, 아이들은 자신도 모르게 외딴곳 작은 감옥 부근을 어슬렁거렸다. 자신들의 고민을 말끔히 없애 줄 어떤 사건이 일어났으면 하는 막연한 기대를 품고서. 아무 일도 없었다. 세상에는 이 불운한 죄수에게 관심을 갖는 천사나 요정은 없는 것 같았다.

두 소년은 전에 흔히 했던 대로 감방의 격자형 창문까지 접근해서 포터 영감에게 담배와 성냥을 건네 주었다. 감방은 1층이었고, 간수도 없었다.

아이들은 영감이 자신들의 선물에 고마움을 표할 때마다 양심의 가책을 느꼈는데, 이번에는 더 극심하고 무겁게 느꼈다. 포터가 이렇게 말하자, 자신들이 세상에서 가장 비겁하고 사악한 사람이라는 생각이 들었기 때문이다.

"애들아, 너희는 내게 정말 잘해 주었어. 마을의 어느 누구보다도 더. 절대로 잊지 않으마. 가끔 이렇게 중얼거리게 돼. '그동안 연 같은 것도 다 고쳐 주고 좋은 낚시터도 다 알려 주면서 녀

* 정당한 법적 절차에 의하지 않고 잔인한 폭력을 가하는 일을 말한다.

석들과 친구처럼 지냈다고 생각했는데, 내가 곤경에 처하니까 모두 이 머프 영감을 모르는 척하는군. 하지만 톰은 안 그래. 허크도 안 그래. 얘들은 나를 외면하지 않았어. 나도 걔들을 잊지 않겠어.'

자, 얘들아 나는 아주 끔찍한 일을 저질렀어. 그땐 술에 취해서 제정신이 아니었나 봐. 그렇지 않고는 그럴 리가 없어. 이제 그 죄로 교수형을 당할 거야. 당연하지, 당연하고말고. 내 생각에도 그게 최선이야. 그렇게 됐으면 좋겠어. 그 얘긴 이제 하지 말자. 너희를 우울하게 만들고 싶지는 않거든. 너희는 나에게 잘해 줬잖아. 아무튼 내가 너희에게 꼭 당부하고 싶은 것은 절대로 술을 먹지 말라는 거야. 내 말을 따르면 평생 이런 데 올 일은 없

을 거야.

 이쪽으로 조금만 가까이 와 볼래? 더…… 그래 됐다. 사람이 이렇게 지독한 곤경에 빠지면 다정한 얼굴을 보는 게 가장 큰 위안이 되거든. 너희 말고는 아무도 안 와. 착하고 다정한 얼굴이구나. 참 착하고 다정해. 한 사람씩 목마를 타고 올라와 보렴. 너희 얼굴 좀 만져 보게. 그래 됐다. 악수도 하자. 내 손이 너무 크니 너희들이 창살 사이로 손을 넣어야 할 거다. 손이 작고 가냘프구나. 이게 머프 포터를 엄청나게 도와준 손이구나. 형편이 되면 또 도와주겠지.”

 톰은 비참한 심정으로 집에 돌아왔다. 그날 밤 악몽을 꾸었다. 다음 날, 또 다음 날에 톰은 법정 주위를 얼쩡거렸다. 당장 뛰어들어가고 싶은 충동이 일었지만 간신히 참았다. 허크도 똑같은 경험을 하고 있었다. 둘은 의식적으로 서로를 피했다. 하지만 서로 멀찍이 어슬렁대다가도 왠지 모를 두려운 기분에 이끌려 한자리로 돌아오곤 했다. 법정에서 빈둥거리던 사람들이 밖으로 나오면 톰은 귀를 쫑긋 세우고 엿들었는데, 괴로운 소식뿐이었다. 올가미는 불쌍한 포터의 목을 점점 더 조여 왔다. 둘째 날 공판이 끝나고 마을에는 ‘인디언 조의 증언이 워낙 확실해서 배심원단이 어떤 판결을 내릴지는 눈곱만큼도 의문의 여지가 없다’는 이야기가 돌았다.

 그날 밤 톰은 아주 늦은 시각에야 창문을 넘어 방에 들어왔다.

어찌나 흥분했던지 몇 시간이 지나서야 간신히 잠들었다.

다음 날 아침, 온 마을 사람들이 법정으로 몰려갔다. 결정적인 날이었기 때문이다. 꽉 찬 방청석에 남자와 여자들이 비슷한 비율로 앉아 있었다. 오랜 시간이 흐르고, 배심원단이 한 줄로 입장해서 착석했다. 그다음 포터가 창백하고 초췌하고, 겁에 질리고, 무기력한 표정으로 쇠사슬에 묶인 채 들어와 앉았다. 호기심 가득한 시선들이 그에게 쏟아졌다. 인디언 조 역시 그에 못지않은 시선을 받았지만, 그는 평소처럼 무덤덤했다. 또 한 차례 침묵이 이어지더니 판사가 들어왔고 보안관이 개정을 선언했다. 변호사들 쪽에서 여느 때처럼 처음에는 귓속말이, 그다음에는 서류를 추스르는 소리가 들렸다. 세부적인 재판 절차를 밟느라 조금씩 재판이 지연되었고 뭔가에 대비하는 분위기가 조성되었다. 참 묘하면서 인상적인 분위기였다.

증인이 호출되었다. 그는 살인 사건이 일어난 그날 이른 아침에 머프 포터가 냇가에서 손을 씻는 걸 봤으며, 포터가 자기를 보자마자 달아났다고 증언했다. 특별 검사는 그에게 몇 개의 추가 질문을 던진 뒤 변호사에게 이렇게 말했다.

"반대 신문하십시오."

"질문 없습니다."

죄수는 잠시 눈을 치켜떴다가, 변호사의 말에 힘없이 시선을 떨구었다.

다음 증인은 시체 옆에서 칼을 발견했다고 증언했다. 검사는 다시 말했다.

"반대 신문하십시오."

"질문 없습니다."

포터의 변호사가 대답했다.

세 번째 증인은 포터가 그 칼을 갖고 있는 걸 가끔 보았다고 증언했다.

"반대 신문하십시오."

"질문 없습니다."

방청석이 웅성거렸다. 이 변호사는 아무 노력도 하지 않고 의뢰인의 목숨을 팽개칠 작정인가?

몇몇 증인들이 포터가 살인 현장으로 왔을 때 보인 수상한 행동에 관해 증언했다. 그들 역시 반대 신문을 받지 않고 증언대에서 내려왔다.

그날 아침 무덤가의 참혹한 광경은 그 자리에 있었던 사람이라면 모두 자세하게 기억하고 있었고, 법정에서도 믿을 만한 증인들의 입을 통해 다시 묘사되었다. 하지만 포터의 변호사는 그 증인들에게도 반대 신문을 하지 않았다. 방청객들이 당혹감과 불만을 감추지 못하고 웅성거리자 판사가 호통을 쳤다.

검사가 나와 말을 이었다.

"진실을 서약한 여러 시민들의 증언은 의심의 여지가 없습니다. 우리는 이 끔찍한 범죄를, 한 치의 의심도 없이, 피고석에 앉아 있는 저 불행한 죄인의 소행이라고 단정합니다. 본 사건에 대한 심리를 마칩니다."

포터 영감이 신음 소리를 내더니 두 손으로 얼굴을 감싸고 몸을 앞뒤로 흔들었다. 법정에 가슴 아픈 정적이 감돌았다. 많은 남자들이 슬퍼했고, 많은 여자들은 눈물로 동정심을 나타냈다. 변호인이 자리에서 일어났다.

"존경하는 재판장님, 이 재판의 서두에서 저희는 제 의뢰인이 이 끔찍한 범죄를 저질렀을 때 음주로 무책임할 정도로 정신이 혼미하고 무분별한 상태였음을 입증하겠다고 말씀드렸습니다. 하지만 생각이 바뀌었습니다. 그런 청원을 하지 않겠습니다. (그러고 나서 서기를 향해) 토머스 소여를 증인으로 신청합니다."

모두의 얼굴에 일제히 놀랍고 황당하다는 표정이 떠올랐다. 포터의 얼굴도 예외가 아니었다. 톰이 자리에서 일어나 증인석으로 올라가자 모두의 호기심 어린 시선이 톰에게 쏠렸다. 톰은 지독하게 겁을 먹어서 몹시 흥분해 있었다. 증인 선서가 진행되었다.

"토머스 소여, 6월 17일 자정쯤 증인은 어디에 있었습니까?"

톰은 인디언 조의 굳은 얼굴을 흘끗 쳐다보았다. 입이 떨어지지 않았다. 방청객들이 숨을 죽이고 귀를 기울이고 있었지만, 톰의 입에서는 좀처럼 말이 나오지 않았다. 하지만 잠시 후, 톰은 마음을 가다듬고 어렵사리 법정의 앞쪽에만 들릴 만한 작은 목소리로 대답했다.

"공동묘지……."

"좀 큰 소리로 말해 주겠니. 무서워하지 말거라. 너는……."

"공동묘지요!"

인디언 조의 얼굴에 비웃는 듯한 미소가 스쳤다.

"호스 윌리엄스의 무덤 근처에 있었니?"

"네, 변호사님."

"크게 말해라. 조금만 더 크게. 얼마나 가까이 있었니?"

"변호사님과 제 사이만큼 가까이요."

"숨어 있었니? 아니면……."

"네, 숨어 있었어요."

"어디에?"

"무덤 옆 느릅나무 뒤에요."

"같이 있었던 사람이 있었니?"

"네, 변호사님. 누구랑 같이 있었냐면……."

"잠깐, 잠깐만 기다려라. 같이 있었던 사람 이름을 구태여 말할 필요는 없다. 적당한 때가 되면 우리가 그 사람을 부를 테니까. 거기에 뭔가를 가져 갔지?"

톰은 망설이며 곤란한 표정을 지었다.

"솔직히 말하거라, 얘야. 겁내지 말고. 진실은 항상 중요한 거

356

란다. 거기에 뭘 가지고 갔지?"

"그냥…… 죽은 고양이요."

방청석이 떠들썩해지자 판사가 제지했다.

"우리는 그 고양이의 사체를 증거물로 제시하겠습니다. 자, 얘야, 그때 일어난 일을 모두 얘기해라. 본 대로 말하면 된단다. 하나도 빼먹지 말고. 겁낼 것 없어."

톰은 이야기를 시작했다. 처음에는 머뭇거렸는데, 이야기에 열중하자 말이 점점 거침없이 수월하게 나왔다. 한동안 톰의 목소리를 제외하고는 아무 소리도 들리지 않았다. 모두의 눈이 톰에게 집중되어 있었다. 방청객들은 모두 입을 벌리고 숨을 죽인 채 톰의 말에 귀를 기울였다. 시간이 가는 줄도 모르고 사람들은 사건의 무시무시한 매력에 흠뻑 빠졌다. 폭발하려는 듯한 긴장 감은 톰이 이렇게 말할 때 절정에 이르렀다.

"…… 그리고 의사 선생님이 주변에서 나무판자를 가져왔고요. 머프 포터 영감이 쓰러졌어요. 그러니까 인디언 조가 칼을 들고 막 달려가서……."

쾅!

혼혈아 조가 번개처럼 창문을 향해 돌진해 방해되는 사람들을 헤치며 달아났다!

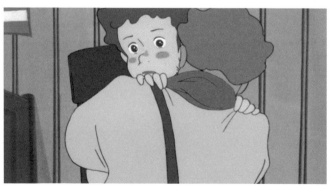

제24장

영웅이 된 톰 – 낮에는 기쁨, 밤에는 공포 – 추격전

톰은 다시 한 번 마을에서 위대한 영웅이 되었다. 어른들은 톰을 귀여워했고 아이들은 샘을 냈다. 심지어 그의 이름은 활자로 남아 영원히 후세에 전해질 수 있게 되었다. 마을 신문에 톰의 이야기가 대서특필된 것이다. 톰이 교수형을 당할 일만 하지 않는다면 나중에 대통령까지 바라볼 수 있을 거라고 말하는 사람들도 있었다.

늘 그렇듯이 변덕스럽고 비합리적인 이 세상은, 이제 머프 포터를 품에 안고 이전에 그를 못살게 굴었던 것만큼 화끈하게 아껴 주었다. 세상 돌아가는 이치가 원래 그렇다. 그러니 세상에 대고 이러쿵저러쿵 시비하는 건 좋지 않다.

톰에게 낮은 영광과 찬사로 가득한 즐거운 시간이었다. 하지만 밤은 공포의 시간이었다. 인디언 조가 밤마다 최후의 심판을 가하겠다는 눈초리로 톰의 꿈에 나타났다. 해가 떨어지면 어떤 유혹에도 톰은 좀처럼 외출하지 않았다.

가엾은 허크도 톰과 마찬가지로 비참하고 무서운 밤을 보내고 있었다. 이 모든 게 문제의 재판 전날, 톰이 변호사에게 사건의 전모를 털어놨기 때문이었다. 다행히 인디언 조가 도망치는 바람에 법정의 증언대에 오르는 고생은 면했지만, 그래도 허크는 자기도 이 일에 연관되었다는 사실이 알려질까 봐 너무 두려웠다. 그래서 이 가엾은 아이는 변호사에게 비밀을 지켜 달라고 졸랐다. 하지만 그렇다고 뭐가 달라지겠는가? 톰이 양심의 가책에 못 이겨 밤에 변호사의 집을 찾아가, 죽을 때까지 절대 말하지 않기로 서약했던 바로 그 입으로 모든 사실을 털어놓았다. 허크의 마음속에서 인간에 대한 신뢰가 완전히 사라졌다.

머프 포터가 하루가 멀다 하고 고마움을 표할 때면 톰은 진실을 말하길 잘했다고 생각했다. 그러나 밤만 되면 입을 다물고 있을걸 하는 후회가 물밀듯 밀려왔다.

하루 중 반은 인디언 조가 잡히지 않은 게 무서웠고, 나머지 반은 그가 잡혀 올까 봐 무서웠다. 톰은 그자가 죽은 모습을 직접 눈으로 확인하기 전까지는 편안하게 숨 쉬며 살기 힘들 것 같았다.

현상금이 걸리고 온 마을을 샅샅이 수색했지만 인디언 조는 붙잡히지 않았다. 또 하나의 불길하고 무서운 징조는, 세인트루이스에서 온 탐정이었다. 그는 쉴 새 없이 돌아다녔고, 가끔 고개를 살래살래 저으며 다 알아냈다는 듯 점잖은 체하더니, 그 직업에 종사하는 사람이 흔히 얻는 엄청난 성공을 거두었다. '단서'를 잡았다고 선언한 것이다. 그러나 살인죄로 범인 대신 단서를 체포할 수는 없는 노릇이다. 탐정이 볼일을 마치고 고향으로 돌아가자 톰은 전처럼 다시 불안해졌다.

하루하루가 더디게 흘렀다. 그리고 세월이 흘러가자, 톰의 마음도 조금씩 가벼워져 갔다.

제25장

소년기에는 누구나 한 번쯤 어디론가 떠나 숨겨진 보물을 찾고 싶은 열망이 불같이 일어나지 않는가. 불현듯 톰에게 이런 열망이 찾아왔다. 그래서 조 하퍼를 찾으러 나갔는데 못 만났다. 벤 로저스를 찾아갔지만, 벤도 낚시하러 가고 없었다. 그때 길에서 붉은 손 허크와 마주쳤다. 허크라면 응해 주리라. 톰은 허크를 은밀한 장소로 데려가 이 문제를 극비라도 되는 양 조심스럽게 털어놓았다. 허크는 기꺼이 찬성했다. 허크는 즐겁고 돈이 필요 없는 일이라면, 언제나 기꺼이 동참했다. 허크에게는 시간이 골치 아플 정도로 남아돌았고, 그에게 시간은 절대로 돈이 아니었다.

"어디를 파 볼까?" 허크가 물었다.

"아무 데나."

"왜? 보물이 아무 데나 있단 말이야?"

"물론 아니지. 아주 특별한 장소에만 묻혀 있어, 허크. 섬에 가면 가끔 커다란 고목에서 뻗은 나뭇가지 끝에 궤가 묻혀 있기도 해. 한밤중에 가지의 그림자가 끝나는 곳에 말이야. 하지만 대개는 유령의 집 마루 밑에 있어."

"누가 숨겼을까?"

"물론 도둑놈이지, 누구겠어? 주일 학교 교장 선생님이 숨기겠어?"

"글쎄. 나라면 그런 보물을 절대 숨기지 않을 텐데. 신나게 쓰면서 놀 거야."

"나도 그래. 그런데 도둑놈들은 안 그러더라. 그자들은 보물을 항상 숨겨. 그리고 그대로 놔둔단 말이야."

"나중에 가지러 안 와?"

"처음엔 가지러 오겠다고 생각하지. 근데 보통은 표시해 둔 곳을 잊거나 아니면 죽어. 그래서 보물은 오랫동안 파묻혀 있다가 녹이 슬지. 나중에 누군가 누렇게 낡은 종이를 우연히 발견하고, 거기에 보물이 있는 장소를 찾는 방법이 설명돼 있는 거야. 그걸 해독하는 데 한 일주일쯤 걸려. 항상 이상한 그림이나 상형문자 같은 걸로 표시돼 있거든."

"상…… 뭐라고?"

"상형문자. 그림 같은 거야. 얼핏 보면 낙서처럼 보이는 거."

"그런 종이가 있어, 톰?"

"아니."

"그럼 그 표시를 어떻게 찾아낼 거야?"

"표시 따위는 필요 없거든. 도둑놈들은 유령의 집이나 섬, 아니면 큰 나뭇가지가 불거져 나온 고목 밑에 숨긴다니까. 요전에 잭슨 섬을 좀 뒤져 봤잖아. 나중에 한 번 더 해 보자. 그리고 스틸하우스 개천을 따라서 죽 올라가면 유령의 집이 있어. 죽은 나무들도 엄청나게 많아."

"그 밑에 묻혀 있단 말이지?"

"그런 말이 아니야! 그건 아니라고!"

"그러면 어디를 골라서 어떻게 파 보니?"

"다 찾아봐야지."

"어휴, 톰, 여름 내내 해도 안 끝나겠다."

"뭐 어때? 놋쇠 단지 속에, 녹은 좀 슬었지만 반짝반짝한 금화가 100달러나 있다고 생각해 봐. 아니면 썩은 궤 속에 다이아몬드가 꽉 차 있다고 상상해 봐. 어떨 것 같니?"

허크의 눈이 빛났다.

"야, 정말 멋져! 100달러는 내가 가질게. 다이아몬드는 싫어."

"좋아. 그렇지만 난 다이아몬드를 하나도 포기하지 않을 거야.

어떤 건 한 개에 20달러나 해. 그런 건 별로 없어. 하지만 적어도 6비트*에서 1달러까진 받을 수 있어."

"그럴 리가! 정말이야?"

"그럼. 사람들한테 물어봐. 다이아몬드 본 적 없어, 허크?"

"없는 것 같아."

"왕들은 그런 걸 많이 가지고 있어."

"체, 나는 아는 왕도 없어, 톰."

"그럴 거야. 유럽에 가면 왕들이 사방에서 날뛰거든."

"왕들이 뛰어다녀?"

"뛴다고? 이런 바보 같으니. 아니야!"

"그럼, 왜 뛴다고 했어?"

"나 참, 내 말은 그냥 많단 얘기지……. 진짜 뛰어다닌다는 게 아니라……. 그들이 뭐가 부족해서 뛰어다니겠니? 그냥 많단 얘기야. 그러니까, 그냥 사방에 널려 있다고. 꼽추왕 리처드처럼."

"리처드? 성은 뭐야?"

"성이 없어. 왕들은 이름밖에 없어."

"없어?"

"응, 없어."

"자기가 좋으면 좋은 대로 하는 거지만, 그래도 나는 왕이 되

---

* 옛날 미국에서 사용된 12.5센트 상당의 스페인 은화를 말한다.

고 싶지 않다. 검둥이처럼 이름만 있는 건 싫어. 그건 그렇고, 맨 처음 어디부터 파 볼 거야?"

"글쎄. 스틸하우스 개천 반대편 언덕의 죽은 나무, 거기부터 파 보면 어떨까?"

"찬성이야."

두 소년은 부러진 곡괭이와 삽을 들고 5킬로미터나 떨어진 그곳을 향해 도보 여행을 떠났다. 아이들은 무더운 날씨에 헉헉거리면서 목적지 옆의 느릅나무에 도착했다. 그들은 나무 그늘에 털썩 주저앉아 담배를 피워 물었다.

"벌써 신난다." 톰이 말했다.

"나도."

"허크, 여기서 보물이 나오면 넌 네 몫으로 뭘 할 거야?"

"매일 파이와 소다수를 사 먹을래. 그리고 동네에 서커스가 들어오면 전부 다 봐야지. 그렇게만 되면 정말 재미있게 살 수 있을 것 같은데."

"저축은 하나도 안 하고?"

"저축? 뭐 하러?"

"글쎄, 살면서 필요하잖아. 조금씩 놓고 쓸 돈이 말이야."

"그런 건 필요 없어. 얼른 써 버리지 않으면 아버지가 몽땅 챙길걸. 그러면 금방 다 없어져. 틀림없어. 톰, 너는 네 몫으로 뭘 할 건데?"

"새 북을 살 거야. 그리고 진짜 잘 드는 칼하고 빨간색 넥타이, 불독 새끼를 한 마리 산 다음에 결혼할래."

"결혼한다고!"

"그래."

"톰, 너…… 너 머리가 어떻게 됐냐?"

"좀 있으면, 알게 될 거야."

"글쎄. 그건 세상에서 제일 어리석은 짓인데. 우리 아버지랑 엄마를 봐. 허구한 날 싸웠어! 정말 싸우는 데 이골이 났지. 지금 도 다 생각나."

"그건 괜찮아. 나와 결혼하는 여자는 싸움 같은 건 안 해."

"톰, 여자는 다 똑같아. 여자는 항상 사람을 들들 볶아. 넌 그 문제를 좀 더 신중하게 생각해야겠다. 그게 좋을걸. 그 계집애 이름은 뭐야?"

"계집애가 아니야. 소녀지."

"마찬가지야. 어떤 사람은 계집애라고 그러고, 어떤 사람은 소 녀라고 말하지. 둘 다 맞아. 어쨌든 이름이 뭔데, 톰?"

"나중에 얘기해 줄게. 지금 말고."

"그래…… 네가 결혼하면 난 더 심심해질 텐데."

"천만에, 우리 집에 와서 같이 살면 되잖아. 이제 그런 얘긴 그 만하고 어서 파 보기나 하자."

두 소년은 반 시간가량 땀을 뻘뻘 흘리며 땅을 팠지만 허사였다. 반 시간을 더 파도 여전히 아무것도 나오지 않았다.

"야, 톰, 도둑놈들은 늘 이렇게 깊숙히 묻어?"

"가끔은…… 항상은 아니고. 일반적으로는 안 그래. 장소를 잘못 고른 것 같은데."

그래서 이번엔 다른 장소를 골라 또 땅을 팠다. 일은 아까보다 더디게 진행되었다. 소년들은 한참 동안 말도 하지 않고 작업을 계속했다. 이윽고 허크가 삽에 기대어 서서 이마에 맺힌 구슬 같은 땀을 옷소매로 훔치며 말했다.

"여기 다 파면 다음엔 어디를 팔 거야?"

"카디프 언덕 위에 있는 나무 밑을 파 보자. 더글러스 아주머니네 집 뒤편 언덕 말이야."

"나도 거기가 적당할 것 같아. 그런데 톰, 과부 아주머니가 우리 보물을 빼앗아 가지 않을까? 그 아주머니 땅이잖아."

"더글러스 아주머니가? 물론 보물이 나오면 당장 그러려고 하겠지. 하지만 땅에 묻힌 보물은 파낸 사람이 임자야. 누구네 땅에서 나왔든 상관없어."

허크는 그 말이 썩 마음에 들었다. 작업은 계속 이어졌다.

얼마 후 허크가 또다시 말했다.

"제기랄, 또 장소를 잘못 골랐나 봐. 톰, 네 생각은 어때?"

"정말 이상해, 허크. 마녀가 훼방을 놓는 것 같아. 아마 그게 문제인 것 같아."

"쳇, 마녀들은 낮에는 힘을 못 써."

"그렇군. 미처 생각 못 했어. 아, 이제 알았다! 우린 정말 바보였어! 자정에 큰 나뭇가지의 그림자가 어디서 끝나는지를 알아내서 거길 팠어야 하는데!"

"맙소사, 이제까지 헛수고만 한 거야? 그럼 이제 그만하고 이따가 밤에 다시 오자. 여기까지 꽤 멀던데. 너 나올 수 있겠어?"

"그럼. 오늘 밤에 반드시 해야 돼. 다른 사람이 이 구멍을 발견하면 대번에 여기에 무엇이 있는 줄 알고 파 보려고 할걸."

"그럼, 내가 이따가 너희 집 근처에 가서 야옹 하고 신호를 보낼게."

"좋아. 이 도구들은 덤불 속에 감춰 두자."

그날 밤 소년들은 그곳에 다시 가서, 나무 그림자 밑에 앉아서 기다렸다. 전설에 따르자면 두 아이가 그 외진 곳에 간 때는 엄숙한 시간대였다. 혼령들이 나뭇잎들 사이에서 바스락대고, 유령들은 어두운 구석에 숨어 있는 시간이었다. 멀리서 개 짖는 소리가 낮게 들리자 부엉이가 음산한 목소리로 답했다. 소년들은 엄숙한 분위기에 질려 거의 말을 하지 못했다.

얼마 후 12시가 되었다고 판단한 두 소년은 나뭇가지의 그림자가 끝나는 곳에 표시를 하고, 그곳을 파기 시작했다. 기대와 희망에 마음이 부풀어 올랐고, 점점 재미가 붙어 일 속도도 빨라졌다. 구멍은 점점 깊어졌고 괭이에 무엇이 부딪히는 소리가 나면 심장이 더욱 빨리 뛰었다. 그러나 아이들은 매번 실망했다. 땅에서 나오는 것은 돌이나 나뭇조각 같은 것들뿐이었다.

"소용없어, 허크. 또 엉뚱한 곳을 왔나 봐."

"그럴 리가 없는데. 분명히 여기에 그림자가 떨어졌는데."

"알아. 근데 한 가지 짚이는 게 있어."

"뭔데?"

"음, 우린 시간을 짐작으로 대충 어림잡았잖아. 너무 늦거나 일렀을 가능성이 크지."

허크가 깜짝 놀라 삽을 떨어뜨리며 말했다.

"그렇구나! 그럼 여기서 포기하자. 정확한 시간도 모르고 너무 으스스해. 이 시간은 마녀들과 유령들이 마구 돌아다닐 때야. 아까부터 뒤에 누가 있는 것 같았는데 무서워서 돌아볼 수가 있어야지. 내가 돌아보면 앞에 숨어 있던 다른 놈이 덤빌 테니까 말이야. 난 여기 온 후, 계속 온몸에 소름이 돋았어."

"응, 나도 그래, 허크. 보물을 묻을 때 대개 시체를 같이 묻잖아. 보물을 지키려고 말이야."

"맙소사!"

"정말 그래. 그런 얘기 많이 들었어."

"톰, 난 죽은 사람들 주변에서 얼쩡거리기 싫어. 시체 옆에 있으면 무서운 사건에 말려들게 돼."

"나도 시체를 건드리는 건 싫어. 만약 여기 있는 시체가 해골을 쓰윽 내밀고 뭐라고 말을 건다면……."

"그만해, 톰! 끔찍해!"

"그래, 알았어. 나도 약간 기분이 안 좋아."

"이봐, 톰. 여긴 그만두고 다른 데 가서 또 파 보자."

"그게 좋겠다."

"그런데 어디로 가지?"

톰이 잠시 생각하고 나서 입을 열었다.

"유령의 집! 바로 거기야!"

"나 참, 유령 나오는 집은 질색이야, 톰. 시체보다 유령이 훨씬 더 무서워. 시체가 말을 거는 건 무섭지만, 그래도 수의를 입고 눈치 못 채게 몰래 뒤에 와서 갑자기 얼굴을 디밀며 이빨 가는 소리는 안 내거든. 그런데 유령들은 그러잖아. 그건 견딜 수가 없어, 톰. 아마 다른 사람들도 그럴걸."

"하지만 허크, 귀신들이 밤에만 돌아다니는 건 아니지만, 그래도 낮에 가면 방해하진 않을 거야."

"음, 그렇지만 사람들은 낮이든 밤이든 유령의 집엔 얼씬도 안 하려고 하잖아?"

"그건 사람 죽은 집에 안 가려는 거지, 유령 때문이 아니야. 어쨌든 그 덕분에 밤만 아니면 그 집엔 아무것도 얼씬거리지 않아. 창문가로 휙 지나가는 푸른 불빛들은 좀 있지만. 단골로 드나드는 유령은 없다고."

"푸른 불꽃이 깜빡거린다면 바로 그 뒤에 유령이 있댔어, 톰. 그건 진짜야. 너도 알잖아, 푸른 불을 쓰는 건 유령뿐이라는 거."

"맞아. 그치만 어쨌든 유령은 낮에는 잘 안 돌아다녀. 그러니까 무서워할 필요가 전혀 없잖아?"

"좋아. 네가 그렇게까지 말하니 유령의 집을 파 보자. 하지만 이건 굉장히 위험한 일이야."

얼마 후, 아이들은 언덕에서 내려오기 시작했다. 발밑으로 달빛이 비치는 계곡의 중간쯤에 바로 유령의 집이 말 그대로 외롭게 서 있는 모습이 보였다. 울타리는 오래전에 없어졌고 무성한 잡초가 현관 앞까지 자랐다. 굴뚝은 쓰러졌고, 창에는 창문틀만 남았다. 지붕의 한 귀퉁이도 움푹 꺼져 있었다. 아이들은 두려움 반, 기대 반으로 혹시 창가에 푸른 불빛이 번쩍 지나가는지 한동안 쳐다보았다. 그런 다음 그 시간과 주위 환경에 어울리는 낮은 목소리로 이야기를 주고받으며 오른쪽으로 방향을 틀었다. 두 소년은 유령의 집과 가능한 한 멀리 떨어지려고, 카디프 언덕 뒤 숲을 가로질러 집으로 향했다.

제26장

유령의 집 – 잠자는 유령들 – 금궤 – 횡재

이튿날 정오쯤, 두 아이는 문제의 죽은 나무를 찾아갔다. 도구를 가지러 온 것이었다. 톰은 유령의 집에 가고 싶어서 안달했다. 허크도 마찬가지였다.

그런데 갑자기 허크의 머릿속을 스치는 생각이 있었다.

"이봐, 톰, 오늘이 무슨 요일인지 아니?"

톰은 재빨리 머릿속으로 요일을 따져 보더니, 깜짝 놀라서 눈을 치켜떴다.

"와, 그 생각을 못했네, 허크!"

"음, 나도. 갑자기 생각났어. 오늘이 금요일이야."

"쳇, 이래서 사람은 항상 조심해야 한다니까. 허크, 금요일에 그런 짓을 하면 엄청난 위험에 빠질지도 몰라."

"빠질지도 모른다니. 당연히 위험에 빠지지! 재수 좋은 날이 가끔 있긴 하지만, 금요일은 절대 아니야."

"바보들도 그건 다 알아. 너만 아는 사실이 아니라고, 허크."

"내가 언제 나만 안다고 했어? 어쨌든 금요일은 절대 안 돼. 어젯밤 꿈도 아주 안 좋았어. 쥐 꿈을 꿨거든."

"저런! 사고가 난다는 징조야. 쥐들이 혹시 싸움을 했니?"

"아니."

"그럼 됐어, 허크. 쥐들이 싸움을 안 했다면 골치 아픈 일이 아직은 안 생긴다는 뜻이야. 눈을 크게 뜨고 잘 감시만 하면 돼. 오늘은 이 일에서 손을 떼고 그냥 노는 게 낫겠다. 너 로빈 후드 알지, 허크?"

"아니. 그게 누군데?"

"음, 영국에 살았던 사람인데, 아주 위대하고…… 최고였지. 의적이었어."

"멋있는데. 나도 그렇게 살면 얼마나 좋을까. 그 사람이 뭘 훔쳤는데?"

"영주들, 주교들, 부자들…… 그런 사람들만 털었어. 가난한 사람들은 절대로 괴롭히지 않았어. 오히려 사랑했지. 돈을 훔쳐서 가난한 사람들에게 공평하게 나누어 주었어."

"좋은 사람이었구나."

"그러엄! 세상에서 가장 훌륭한 사람이었지. 요새는 그런 사람이 없어. 로빈 후드는 한 손을 뒤로 묶고서도, 영국에서 자기한테 까불면 누구라도 때려눕혔대. 또 주목으로 만든 활을 썼는데 2킬로미터나 떨어진 곳에서 10센트짜리 동전을 던지면 한가운데를 백발백중으로 맞혔대."

"주목 활이 뭐야?"

"나도 몰라. 활의 종류겠지 뭐. 그런 사람은 화살이 동전의 가장자리에 맞으면 주저앉아서 분통을 터뜨릴걸. 막 욕하면서 말이야. 그래서 말인데 우리 로빈 후드 놀이 할래? 굉장히 재미있을 거야. 내가 가르쳐 줄게."

"찬성이야!"

두 소년은 저녁때까지 로빈 후드 놀이를 했고, 이따금 유령의 집을 동경의 눈으로 쳐다보며 내일 일어날 일에 대한 기대와 가능성도 이야기했다. 아이들은 해가 서쪽으로 지기 시작할 무렵, 나무들의 긴 그림자를 밟으며 집으로 향했다. 카디프 언덕의 숲은 곧 고요해졌다.

토요일 정오가 조금 지난 시각에 두 소년은 또다시 그 죽은 나무 밑에 나타났다. 아이들은 잠시 몇 마디 주고받은 다음, 전에 파다 만 구멍을 조금 더 파 보았다. 큰 기대를 품지는 않았지만, 한 15센티미터만 더 파면 될 것을 포기해서 나중에 다른 사람이 와 삽으로 한 번 쑤시기만 하고 보물을 통째로 가져간 경우가 여러 번 있다고 톰이 말했기 때문이었다. 이번에는 그 말도 맞지 않았다. 아이들은 연장들을 어깨에 메고 자리를 떴다. 비록 행운을 잡지는 못했지만 어쨌든 보물찾기라는 큰 작업에 필요한 일은 모두 다 했기에 뿌듯했다.

유령의 집은 이글거리는 태양 아래 죽음 같은 적막이 흘렀다. 그 적막 속에서 정체를 알 수 없지만 괴이하고 이상하고 소름 끼치는 기운, 황폐하고 적막한 장소 특유의 절망적인 기운이 감돌았다. 아이들은 얼어붙었다. 잠시 발을 들여놓기를 주저하다가, 문 앞으로 살금살금 기어가 벌벌 떨면서 안을 들여다보았다. 잡초가 우거져 있고, 바닥이 꺼진 방이 보였다. 회칠이 벗겨지고 낡은 골동품 같은 난로, 유리 없는 창문, 부서진 계단 같은 것들이 눈에 띄었다. 집 안 구석구석 거미줄 투성이였다. 두 소년은 심장이 두근대는 소리를 들으며 살며시 집 안으로 들어섰다. 아무리 작은 소리도 놓치지 않으려고 귀를 쫑긋 세운 채 자기들끼리 낮은 소리로 이야기를 주고받으며, 여차하면 바로 도망칠 수 있도록 온몸의 긴장을 늦추지 않았다.

시간이 조금 흐르자, 주변 사물들이 눈에 익으며 두려움도 조금 가라앉았다. 아이들은 자신들의 용기에 한편으로는 감탄하고 또 한편으로는 약간 의아해 하면서 집 안을 샅샅이, 흥미진진하게 뒤졌다. 2층에도 올라가서 조사해 보려는 참에, 그런 짓은 무슨 일이 생겼을 때 도망갈 길을 스스로 차단하는 것이나 마찬

가지라는 생각이 들어서 잠시 망설였다. 서로 용기를 북돋운 끝에 하나의 결론, 즉 연장들을 구석에 팽개치고는 계단을 올라가는 쪽을 택했다. 2층에도 폐가의 표시가 여기저기 널려 있었다. 한쪽 구석에 비밀을 간직한 듯한 벽장이 있었는데, 기대와 달리 그 안에는 아무것도 없었다. 아이들은 용기도 생겼고 손놀림도 익숙해졌다.

이제 아래층에 내려가 본격적으로 작업을 시작하려던 때였다.

"쉿!" 톰이 말했다.

"뭔데?" 두려움에 하얗게 질린 허크가 속삭였다.

"쉿! 저거! 안 들려?"

"들려……. 큰일 났다! 도망가자!"

"조용히 해! 움직이지 마. 누군가 대문 쪽으로 오고 있어."

아이들은 마룻바닥에 납작 엎드려 널빤지에 난 구멍을 통해 아래층을 내려다보면서 두려움 속에서 사태의 변화를 기다렸다.

"멈췄어……. 아니, 다시 오네……. 다 왔어. 아무 말도 하지 마, 허크. 큰일 났다. 빨리 여길 빠져나가야 하는데!"

두 명의 사나이가 안으로 들어왔다. 소년들은 각자 마음속으로 속삭였다.

'귀머거리에 벙어리인 스페인 영감이네. 최근에 한두 번 마을에서 봤어. 또 한 사람은 처음 보는데.'

'또 한 사람'은 누더기 옷을 걸쳤고 몰골도 추하고 인상도 나

빴다. 스페인 영감은 세라페*를 걸쳤다. 흰 구레나룻을 기르고 챙 넓은 모자 아래로 백발을 길게 늘어뜨렸으며, 거기에 푸른 안경까지 썼다. 마당으로 들어오면서 '또 한 사람'이 낮은 소리로 속삭였다. 그들은 담에 몸을 기대고 문을 바라보며 땅에 주저앉았다. '또 한 사람'은 계속 지껄였다. 그가 경계를 풀고 느슨해진 덕에 말소리가 좀 더 뚜렷하게 들렸다.

"그건 안 돼. 곰곰이 생각해 봤는데 마음에 안 들어. 너무 위험해."

"위험하다고? 이 얼뜨기!"

'귀머거리에 벙어리인' 스페인 영감이 투덜거렸다. 아이들은 기절초풍할 지경이었다. 목소리를 듣자마자 숨이 가빠지고 몸이 떨렸다. 인디언 조의 목소리였다!

잠시 침묵이 흐른 뒤, 조가 말했다.

"저 위에서 한 일보다 더 위험할 게 뭐가 있어? 그때도 아무일 없었잖아."

"그때와는 달라. 이보다 훨씬 상류였고 주변에 인가가 없었잖아. 실패해도 우리 짓이라는 걸 들킬 염려가 없었다고."

"쳇, 그래도 대낮에 여기 오는 것보다 더 위험한 일이 어디 있어? 누가 우리를 봤으면 대번에 의심했을 거야."

---

* 남아메리카 사람들이 즐겨 착용한 화려한 색의 어깨걸이를 말한다.

"그건 나도 알아. 하지만 그런 멍청한 일에 손을 댄 이후로 여기만큼 좋은 장소는 없었어. 나도 이런 다 쓰러져 가는 집에 오고 싶지 않아. 어제도 여기에서 나가고 싶었는데, 꼼짝할 수가 있어야지. 저 언덕 위에서 망할 꼬마 녀석들이 놀고 있으니 말이야. 거기에선 여기가 한눈에 내려다보여."

'망할 꼬마 녀석들'은 두려움에 다시 한 번 몸서리쳤다. 그리고 어제가 금요일인 걸 기억하고 보물찾기 작업을 하루 연기하기를 정말 잘했다고 안도했다. 또 '이왕 연기하는 것 1년을 연기할걸' 하고 후회했다.

두 사내는 먹을 것을 꺼내어 점심을 먹기 시작했다. 한참 동안 말없이 생각한 뒤, 인디언 조가 입을 열었다.

"이봐, 자네는 전에 있던 상류로 돌아가서 내가 연락할 때까지 기다려. 난 위험하더라도 다시 한 번 마을로 들어가서 형편을 살펴봐야겠어. 그래서 그 '위험한 일'을 할 만하다 싶으면 그때 시작하자고. 끝나면 바로 텍사스로 도망가는 거야. 같이 튀자고."

그들은 이 계획에 만족한 듯했다. 두 사내는 크게 하품을 했다. 인디언 조가 다시 입을 열었다.

"졸려 죽겠어. 자네가 망볼 차례야."

조는 잡초 위에 몸을 웅크리고 눕더니 이내 코를 골았다. 보초는 그를 한두 번 흔들었고, 그가 움직이지 않자 곧 자신도 꾸벅꾸벅 졸기 시작했다. 그의 고개가 점점 더 밑으로 떨어졌다. 이제 둘 다 코를 골았다.

두 아이는 안도의 한숨을 길게 내쉬었다. 톰이 속삭였다.

"기회다, 가자!"

"난 못 하겠어. 저 사람들이 깨기라도 하면 우린 죽어."

톰이 재촉했지만 허크는 계속 망설였다. 결국 톰은 혼자 출발하기로 하고 천천히 몸을 일으켰다. 그런데 첫걸음을 떼는 순간, 낡은 마룻바닥이 삐거덕했다. 겁에 질린 톰은 다시 납작 엎드렸다. 두 번째 시도는 해 볼 엄두조차 내지 못했다. 소년들은 엎드린 채 지긋지긋한 시간을 보냈다. 시간이 아예 끝나고, 영원이라는 것도 거의 끝나 가고 있다는 느낌이 들었다.

해가 저물기 시작했다. 아이들은 다행이라고 생각했다.

코 고는 소리 하나가 멎었다. 인디언 조가 일어나 앉아 주위를 둘러보더니, 무릎 사이에 얼굴을 파묻고 곯아떨어진 동료를 보고 히죽 웃으며 발로 걷어찼다.

"이봐, 보초는 자네잖아! 어쨌든 괜찮아. 다행히 아무 일도 없었으니."

"이런, 내가 깜빡 졸았어?"

"그래. 이제 슬슬 움직일 시간인데 여기 남겨뒀던 돈은 어떻게 한담?"

"글쎄, 평소처럼 그냥 여기 놔두지 뭐. 남쪽으로 출발할 때까진 들고 다닐 필요가 없잖아. 은화 650개는 너무 무겁지."

"좋아. 여기 다시 오는 건 큰 문제가 아니니까."

"그렇지. 하지만 올 때는 전처럼 밤에 오자고. 그게 더 나아."

"그래, 하지만 여길 봐. 적당한 기회를 잡아서 그 일을 시작할 때까지 시간이 꽤 걸릴 거야. 그사이에 무슨 일이 생길지도 모르거든. 안전하게 아예 땅에 파묻어야겠어. 깊이."

"좋은 생각이야."

그의 동료가 동의하더니, 방을 가로질러 가서 벽난로 앞에 무릎을 꿇고 앉았다. 그런 다음 벽난로의 뒤쪽 돌을 빼내 그 안에서 주머니를 하나 꺼냈다. 동전이 철렁거리는 경쾌한 소리가 났다. 그는 자기와 인디언 조의 몫으로 각각 30달러씩 꺼낸 다음, 인디언 조에게 주머니를 건넸다. 인디언 조는 구석에 무릎을 꿇고 앉아 사냥칼로 땅을 팠다.

소년들은 그 순간, 공포와 비참한 처지도 잊은 채 눈을 번쩍이며 사내들의 동작들을 지켜보고 있었다. 이런 행운이 오다니! 상상을 초월한 횡재였다. 600달러는 대여섯 명의 소년들이 큰 부자가 될 수 있는 어마어마한 돈이었다! 가장 확실하고 행복한 보물찾기가 바로 여기에 있었던 것이다. 어디를 파 볼까 고민할 필요없었다. 아이들은 계속 서로를 꾹꾹 찔렀다. 꾹꾹 찌르기만 해도무슨 뜻인지 서로 쉽게 알아들었다. '어때, 여기 오길 잘했지'라는 뜻이었다.

그때 조의 나이프에 무언가가 부딪혔다.

"이게 뭐야!"

"뭔데?"

"판자인데 반쯤 썩었어. 아니, 상자 같아. 이봐, 좀 잡아 줘. 왜
이런 게 여기 있는지 한번 보자고. 됐어, 구멍이 뚫렸다."

그가 손을 집어넣어 그것을 끄집어냈다.

"어, 돈이잖아!"

두 사내는 한 줌의 동전을 꺼내 살펴보았다. 모두 금화였다.
위층 소년들도 사내들만큼 흥분하며 좋아했다.

"빨리 파내자. 좀 전에 보니까 난로 반대편 구석에 녹슨 곡괭
이가 잡초 속에 뒹굴던데."

인디언 조의 동료가 이렇게 말하며, 얼른 달려가서 아이들이
팽개쳐 놓은 곡괭이와 삽을 가져왔다. 인디언 조는 곡괭이를 들
고 고개를 저으며 혼자 중얼거리다가, 땅을 파기 시작했다. 곧
궤짝이 드러났다. 그리 크지 않고, 오랜 세월에 상하기는 했지만
철제 테두리에 꽤 튼튼하게 만들어진 궤였다. 두 사내는 행복한
침묵에 싸여 우두커니 보물을 바라보았다. 인디언 조가 말했다.

"이봐, 수천 달러가 우리 눈앞에 있어."

낯선 사내가 무슨 생각난 듯이 말했다.

"언젠가 여름에 뮤렐* 일당이 이 근처를 어슬렁거린다는 말이

* 실제로 미시시피 강에서 존 A. 뮤렐(1804~1844)이라는 해적이 활개 쳤다.

나돌았었지.”

“나도 알아. 바로 이것 때문에 그랬군.”

“이제 넌 그 일을 할 필요가 없게 됐어.”

“넌 나를 잘 몰라. 그 일에 대해 전혀 모르는 모양인데. 그건 강도질이 아니고, 복수야!”

혼혈아 조가 얼굴을 찡그리며 대답했다. 그의 눈에서 사악한 빛이 불꽃처럼 타올랐다.

“복수하는 데 자네 도움이 필요해. 복수만 끝나면 텍사스로 갈 거야. 자넨 마누라와 자식들이 있는 집으로 돌아가서 내가 연락할 때까지 기다리고 있으라고.”

“알았어. 자네가 그렇게 말하면 그렇게 해야지. 그건 그렇고 이걸 어떡하지, 다시 묻어 놔?”

“응. (위층의 아이들은 날 듯이 기뻤다) 아니, 안 돼! 위대한 세이챔 추장의 이름을 걸고 안 돼! (위층의 아이들은 크게 실망했다) 아참, 잊어버릴 뻔했는데 말이야. 이 곡괭이에는 새 흙이 묻어 있었어. (아이들은 순간, 두려움에 질렸다) 곡괭이와 삽이 왜 여기 있지? 새 흙이 왜 묻어 있을까? 누가 여기에 갖다 놨지? 갖다 놓은 사람들은 어디 있는 거야? 혹시 사람 소리 못 들었어? 아무도 못 봤냐고? 뭐라고! 여기 묻어 두면, 그놈들이 다시 와서 흙이 파헤쳐진 것을 볼 텐데. 안 되지, 절대 안 돼. 내 아지트로 갖다 놔야겠어.”

"물론. 그 생각을 미처 못 했네. 1번 아지트 말하는 건가?"

"아니, 2번 십자가 밑 말이야. 다른 장소는 좋지 않아. 너무 평범해."

"맞아, 어두워졌으니 시작하자."

인디언 조가 일어나 창문마다 돌아다니며 조심스럽게 밖을 살피더니, 다시 입을 열었다.

"누가 저 연장들을 가져왔을까? 혹시 위층에 누군가 숨어 있는 게 아닐까?"

아이들은 숨도 제대로 쉴 수 없었다.

인디언 조가 칼을 집어 들더니, 잠시 망설이다가 결심한 듯 계단 쪽으로 다가갔다. 소년들은 벽장에 숨을까 했지만, 지금은 그럴 만한 기운도 없었다. 계단이 삐걱댔다. 인디언 조가 올라오고 있었다. 아이들은 절박한 상황이 오면 찬장 쪽으로 몸을 날리기로 했다.

그 순간, 우지끈하고 썩은 나무가 부러지는 소리가 나면서 인디언 조가 바닥에 나동그라졌다. 그는 욕설을 퍼부으면서 일어섰다. 동료가 조를 달랬다.

"거 봐, 소용없어. 위에 사람이 있는지 없는지 모르지만, 있다고 해도 그냥 거기 있으라고 해. 상관없어. 지금 뛰어 내려와 말썽을 일으키고 싶으면 그렇게 하라고 해. 누가 말린대? 15분 정도만 있으면 어두워져. 원한다면 우릴 따라오라지. 기꺼이 상대해 주지. 내 생각에, 여기에 이 연장들을 갖다 놓은 놈이 누구인지는 모르겠지만, 우리를 봤다면 아마 유령이나 악마쯤으로 생각했을 거야. 지금쯤 열심히 도망치고 있을걸."

조는 잠시 투덜거렸지만, 해가 남아 있을 때 떠날 준비를 하는 게 좋겠다는 동료의 말을 따랐다. 얼마 후 그들은 점점 짙어지는 어둠 속에서 그 집을 빠져나갔다. 그런 뒤 소중한 그 보물 상자를 들고 강 쪽으로 향했다.

톰과 허크도 일어섰다. 힘이 빠졌지만, 살았다는 데에 크게 안도했다. 그러고는 통나무 더미의 틈새로 두 사내의 뒷모습을 지켜보았다. 뒤를 밟아 볼까? 안 되지. 아이들은 목이 부러지지 않고 살아서 다시 땅을 밟았다는 사실에 만족했다.

언덕을 넘어 마을로 향한 길에 들어섰다. 둘 다 별로 말이 없었다. 머릿속에 자신을 원망하는 생각이 가득 차 있기 때문이었다. 그곳에 삽과 곡괭이를 들고 간 불운을 원망했다. 그것만 없었더라면 인디언 조는 전혀 의심하지 않았을 텐데. 복수가 끝날 때까지 은화와 금화를 묻은 그 자리에 그냥 놔뒀을 거야. 나중에야 돈이 사라진 것을 알아차렸겠지. 연장을 여기 가져온 것은 정말 두고두고 한탄할 만한 불운이었다!

소년들은 스페인 노인이 복수 기회를 엿보러 마을에 내려오면 잘 감시하고 있다가 뒤를 밟아서 2번 아지트의 위치를 알아내자고 다짐했다. 그곳이 어디든 반드시 따라가리라.

그때 문득 무시무시한 생각이 톰의 머리에 떠올랐다.

"복수라고 했지? 혹시 우리를 말하는 건가, 허크?"

"설마?"

허크는 거의 기절할 것 같았다.

두 소년은 그 문제에 대해 계속 이야기를 나누었다. 마을 입구에 도착했을 때쯤, 조가 복수하려는 대상이 다른 사람일지도 모른다고 의견을 모았다. 게다가 허크 생각에는, 적어도 '해칠 사람은 톰뿐'이었다. 증언한 사람은 톰 혼자였지 않은가.

자기 혼자 위험에 빠져 있다는 사실에, 톰의 마음은 무척이나 편치 않았다. 동지가 있으면 그래도 좀 나을 텐데.

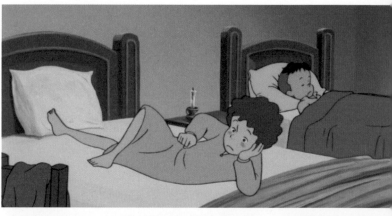

제27장

풀어야 할 수수께끼 – 어린 탐정들

그날 밤, 톰은 낮에 겪었던 사건 때문에 악몽에 시달렸다. 그 엄청난 보물을 네 번이나 손에 쥐었는데, 그때마다 잠에서 깨는 바람에 보물들이 네 번 다 사라졌던 것이다. 잠에서 깨니 불운하고 냉혹한 현실만 되살아났다.

새벽에 누운 채로 어제 겪었던 엄청난 모험 속의 사건들을 되새겨 보았다. 이상하게도 전부 다 현실감이 없고 아득한 일처럼 여겨졌다. 다른 세상에서 일어났거나 아주 오래전 일처럼 말이다. 꿈이었을지도 몰라! 거기에 생각이 미쳤다. 그만큼이나 동전의 양이 비현실적으로 엄청났다. 톰은 이제까지 50달러쯤 되는 돈뭉치도 본 적이 없었다. 자기 또래 혹은 자기와 비슷한 '인생의 역'을 지나고 있는 다른 남자아이들처럼 '수백 달러'니 '수천 달러'니 하는 돈들은 이야기를 멋있게 과장할 때 쓰는 말에 불과했고, 세상에 실제로 존재하는 그런 돈이 아니었다. 톰은 단 한 번도 호주머니에 100달러를 가진 사람이 있으리라고 생각한 적이 없었다. 그러니까, 숨겨진 보물에 대한 톰의 개념은 10센트짜리 은화 한 주먹, 아니면 손에 쥘 수 없는 막연하지만 엄청나게 많은 1달러짜리 뭉치에 불과했다.

하지만 머리가 빠개지도록 어제의 모험을 되새겨 보니 사건의 실체가 차츰 명확하고 뚜렷하게 그려졌다. 결국 톰의 생각은 어제의 사건이 꿈이 아니라는 쪽으로 기울었다. 이 불확실성을 해소해야 했다. 톰은 급히 아침을 먹고 허크를 찾아갔다.

허크는 매우 처량한 모습으로, 나른하게 발을 물에 담근 채 평평한 뱃전에 앉아 있었다. 톰은 허크가 그 화제를 먼저 꺼낼 때까지 기다리기로 마음먹었다. 그 아이가 말을 꺼내지 않으면 어제의 모험은 꿈이었다는 게 증명되는 셈이었다.

"안녕, 허크!"

"응, 안녕."

잠시 침묵이 흘렀다.

"톰, 그 빌어먹을 연장들을 나무 밑에 두고 가기만 했어도 그 돈은 우리가 차지했을 텐데. 아, 정말 운도 없다!"

"그럼 그게 꿈이 아니었단 말이네. 정말, 꿈이 아니었어! 나는 차라리 꿈이길 바랐어."

"무슨 꿈 말이야?"

"어제 일 말이야. 꿈인지 아닌지 긴가민가했거든."

"꿈! 그때 계단이 안 부서졌으면 참 대단한 꿈이 될 뻔했지! 악몽은 어젯밤에 신물이 나도록 꿨어. 그 애꾸눈 스페인 악마에게서 밤새도록 도망 다녔거든. 죽일 놈 같으니!"

"아니야, 죽이면 안 돼. 찾아야지. 돈 있는 곳을 말이야!"

"톰, 그놈은 절대로 찾을 수 없을 거야. 사람에게 그런 엄청난 돈을 차지할 수 있는 기회는 일생에 단 한 번뿐이거든. 그 기회를 놓친 거야. 아무튼 난 그놈을 보면 무서워서 엄청 떨 거야."

"나도 마찬가지야. 그래도 그놈을 봤으면 좋겠어. 끝까지 쫓아가게. 2번 아지트까지."

"2번…… 맞아. 그거. 나도 그게 뭘까 계속 생각했어. 그런데 도저히 모르겠더라. 넌 알겠어?"

"몰라. 너무 어려워. 허크…… 어디 집 주소가 아닐까 싶어."

"그렇구나! 아, 아니, 아니지, 톰. 만약에 주소라도 우리 마을은 아니야. 여긴 그런 주소가 없잖아."

"그건 그래. 가만 있자. 맞다! 방 번호야. 여관방의 호수 말이야. 안 그래?"

"아, 그럴 듯한데! 우리 동네에는 여관이 두 개밖에 없으니 금방 찾을 수 있겠다."

"여기서 기다려, 허크. 금방 올게."

톰은 즉시 어디론가 갔다. 사람이 많은 장소에 굳이 허크와 돌아다니고 싶지 않았다. 톰은 반 시간쯤 돌아다닌 끝에, 마을에서 가장 좋은 여관의 2호실에는 오래전부터 어떤 젊은 변호사가 투숙해 있다는 사실을 알아냈다. 그보다 좀 허름한 여관의 2호실이 수수께끼였다. 그 여관의 어린 아들이 말하기를, 그 방은 하루 종일 문이 잠겨 있고 낮에는 아무도 드나들지 않는다고 했다. 좀 이상하다고 생각하긴 했지만 대수롭지 않게 여겨서 특별한 이유는 모르겠고, '아마 귀신이 나오나 보다' 하고 생각하면서 혼자 재미있어 했다는 것이다. 그리고 어젯밤에도 그 방에 불이 켜져 있는 걸 봤다고 했다.

"이게 내가 알아낸 거야, 허크. 우리가 찾는 2번이 바로 거기인 것 같아."

"내 생각도 그래, 톰. 이제 어떻게 할 거야?"

"방법을 좀 생각해 보자."

톰은 한참 동안 생각한 뒤 입을 열었다.

"잘 들어봐. 2호실의 뒷문을 나오면 좁은 골목이 있는데, 그길은 여관과 낡고 지저분한 벽돌 창고하고 이어지는 샛길이야. 이제 너는 가서 열쇠를 눈에 띄는 대로 다 모아 와. 나도 이모네 집에 있는 열쇠를 다 가져올게. 달이 안 뜨는 밤에 들어가 보자. 명심해, 인디언 조가 나타나는지 잘 지켜봐야 해. 마을에 기어들어 와서 복수할 기회를 찾아보겠다고 했잖아. 그러니까 그자를 보면 꼭 미행해. 그놈이 2호실에 들어가지 않으면 우리가 잘못 짚은 거니까."

"맙소사, 나 혼자 그놈을 미행하는 건 싫어!"

"야, 쫓아가도 밤이니까 너를 알아보지 못할 거야. 설사 알아 본다 해도 별다른 생각 안 할걸."

"음, 아주 캄캄하면 할 수 있겠지. 아, 모르겠다. 아무튼 한번 해 볼게."

"캄캄하면 나도 할 수 있겠다. 그놈은 복수하기 힘들다고 생각 하면 아마 바로 그 돈을 찾으러 갈 거야."

"그렇겠지, 분명 그럴 거야. 그놈을 미행할게. 책임지고 뒤를 밟을게."

"이제 말이 통하는군! 약한 모습 보이지 마, 허크. 나도 약한 모습 안 보일 테니까."

제28장

그날 밤 톰과 허크는 모험에 나설 준비를 했다. 두 소년은 9시가 넘을 때까지 여관 주변을 왔다 갔다 하면서, 한 명은 멀찍이서 골목길을 감시하고 나머지 한 명은 여관의 출입문을 감시했다. 골목길을 드나드는 행인도 없었다. 스페인 사람과 비슷한 사람이 여관 문에 들어서거나 나가는 것도 보지 못했다.

밤하늘이 유독 맑았다. 그래서 어느 정도 캄캄해졌다 싶으면 허크가 와서 야옹 신호를 하기로 하고 톰은 집으로 돌아갔다. 톰은 야옹 소리에 즉시 빠져나가 여관에 가서 열쇠를 맞춰 볼 생각이었다. 하지만 그날 밤하늘은 계속 맑았다. 허크는 12시쯤 감시를 그만두고 자기 침대인 빈 통 속으로 들어갔다.

화요일도 운이 없었다.

수요일도 마찬가지였다.

목요일 밤에는 좀 괜찮아졌다. 톰은 이모의 낡은 양철 등잔과 그것을 덮을 큰 수건을 들고 일찌감치 집을 빠져나왔고, 그것들을 허크가 잠자리로 쓰는 빈 통 속에 감추고 망을 보기 시작했다. 자정을 한 시간쯤 앞두었을 때 여관 문이 닫히자 불(그 주변에서는 유일한 불빛이었다)이 다 꺼졌다. 스페인 사람은 보이지 않았다. 골목길에 인적도 없었다. 캄캄한 어둠이 깔렸고, 멀리서 간간히 들려오는 천둥소리 외에는 완벽하게 고요했다. 매사가 다 순조로웠다.

톰은 통 속에서 등잔에 불을 붙인 후, 등잔을 수건으로 촘촘히 감싸서 꺼내 들고는 어둠 속에서 여관을 향해 살금살금 걸어갔다. 허크가 계속 망을 봤고 톰이 골목으로 더듬더듬 들어갔다. 톰을 기다리는 그 잠깐 사이에도 허크의 마음은 공포로 짓눌렸다. 등잔 불빛이라도 보고 싶었다. 좀 놀라긴 하겠지만 적어도 톰이 아직 살아 있다는 신호니까. 톰이 사라진 지 여러 시간이 지난 것 같았다. 톰이 기절했나 보다. 아마 벌써 죽었는지도 몰라. 아, 너무 무섭고 흥분해서 심장이 터져 버렸으면 어쩌지.

허크는 너무 불안해서 자기도 모르게 슬금슬금 골목길로 다가갔다. 온갖 끔찍한 상상이 떠올라서 두려웠다. 금방이라도 엄청난 재앙이 닥칠 것 같은 예감에 숨이 막혀 왔다. 사실 막힐 숨도 별로 없었다. 지금도 아주 조금씩, 간신히 숨을 이어 가고 있었고, 가슴 역시 지금처럼 방망이질 치다가는 곧 수명이 다해 멈출 것 같은 상황이었다.

그때 갑자기 번쩍이는 불빛과 함께 톰이 맹렬한 속도로 달려왔다.

"뛰어! 죽어라고 달려!"

톰이 말했다.

두 번도 필요 없었다. 한 번이면 충분했다. 톰이 두 번째 소리를 치기도 전에 허크는 이미 시속 50~60킬로미터의 속도로 달리고 있었다. 두 소년은 마을의 아래쪽 끄트머리에 있는 폐쇄된 도살장의 헛간에 도달할 때까지 한 번도 쉬지 않고 달렸다. 헛간에 들어서는 순간, 폭풍우가 퍼붓기 시작했다. 톰이 간신히 숨을 고르며 말했다.

"허크야, 끔찍했어! 열쇠 중에서 두 개를 맞춰 봤거든. 최대한 살살 넣었어! 그런데 너무 큰 소리가 나는 것 같아서 숨도 못 쉬겠고, 너무 무서웠어. 열쇠들은 자물쇠에 하나도 안 맞았어. 그런데 무심코 손잡이를 잡아당겼는데 문이 열리는 거야! 잠겨 있지 않았던 거지. 그래서 살짝 들어가 등잔에서 수건을 벗겼다가, 아, 세상에!"

"뭐! 뭐가 있었는데, 톰?"

"허크, 하마터면 인디언 조의 손을 밟을 뻔했지 뭐야!"

"세상에!"

"그랬다니까! 그놈이 거기 누워 있는 거야. 바닥에 곯아떨어져 있었어. 더러운 안대를 눈에 붙이고 두 팔을 쩍 벌린 채 자고 있더라니까."

"맙소사, 그래서 어떻게 됐어? 그놈이 일어났어?"

"아니, 꿈쩍도 하지 않았어. 상당히 취한 것 같더라. 그래서 수건을 집어 들고 그냥 냅다 달렸지!"

"나 같으면 수건도 까먹었을 텐데!"

"안 돼, 반드시 챙겨야 돼. 그거 잃어버리면 이모한테 엄청나게 맞거든."

"참, 톰, 보물 상자는 있었어?"

"뒤져 볼 시간도 없었어, 허크. 상자도 못 봤고, 십자가도 못 봤어. 인디언 조 옆에 병 하나와 양철 컵이 있는 것만 봤어. 맞아, 방에 술통이 두 개 있었고, 병도 훨씬 많이 있었어. 이제 알겠니? 그 귀신 나오는 방에 무슨 문제가 있는지?"

"무슨 말이야?"

"위스키 귀신에 들린 거야! 모든 '금주 여관'*에는 그런 귀신 들린 방이 하나씩 있는 모양이야. 안 그래, 허크?

"글쎄, 아마 그럴지도 모르지. 누가 그런 걸 생각이나 하겠니?

---

* Temperance Tavern. 술을 팔지 않는 여관을 뜻한다.

그런데 톰, 인디언 조가 그렇게 취했다면 지금이 그 보물 상자를 챙겨 오는 데는 엄청 좋은 기회인데."

"그래, 맞아! 네가 한번 해 봐!"

톰의 말에 허크는 몸서리를 쳤다.

"아냐. 싫어."

"나도 싫어, 허크. 인디언 조 같은 놈은 술 한 병 갖고는 부족해. 세 병쯤 마신다면 많이 취하겠지. 놈이 그렇게 취해 있다면 할 수 있을 것 같은데."

두 소년은 오랫동안 말없이 골똘히 생각했다. 마침내 톰이 입을 열었다.

"허크, 인디언 조가 여관방에서 확실히 나갈 때까지 다시는 이런 짓 하지 말자. 정말 무서웠단 말이야. 밤마다 감시하다 보면, 언젠가는 그놈도 나가겠지. 그때 잽싸게 들어가서 보물 상자를 들고 나오자고."

"그래. 내가 밤새도록 감시할게. 매일 밤마다 감시할 거야. 나머지 일은 네가 알아서 해."

"좋아, 그러자. 너는 호퍼 길에서 한 구역 더 와서 야옹 소리만 내면 돼. 내가 일어나지 않으면 창문에 작은 돌멩이 같은 걸 던져. 그러면 바로 나갈게."

"좋았어. 맘에 들어!"

"허크, 폭풍이 그쳤어. 난 그만 집에 갈게. 두어 시간만 있으면 날이 밝을 거야. 너는 다시 가서 동틀 때까지만 망을 봐. 할 수 있겠지?"

"그런다고 했잖아, 톰. 나는 한다면 해. 밤마다 여관 주변을 맴돌겠어. 1년이 걸릴지라도! 낮에 종일 자고 밤에 망을 볼게."

"좋아. 그럼, 넌 어디 가서 잘래?"

"벤 로저스네 헛간. 걔가 그러라고 했어. 걔네 아빠가 데리고 있는 검둥이 있잖아. 제이크 아저씨. 그 아저씨도 그러라고 했고. 제이크 아저씨가 내게 물을 길어 오라고 부탁하면 항상 길어다 줬거든. 그 아저씨도 내가 먹을 걸 좀 달라고 하면 언제나 조금씩 줘. 엄청나게 착한 검둥이야. 그 아저씨도 내가 좋대. 내가 자기보다 잘난 척하지 않는다고. 그 아저씨랑 같이 앉아서 먹기도 해. 하지만 그런 얘기는 다른 데 가서 하지는 마. 사람이 배고파 죽겠는데, 하기 싫은 짓이라도 해야지, 뭐."

"알았어, 내가 낮에 특별히 너를 볼 일이 없으면 그냥 자게 내버려 둘게. 괜히 귀찮게 하지 않을 테니까 대신 밤에 무슨 일이 생기면, 언제라도 달려와서 야옹 해야 해."

제29장

금요일 아침, 톰에게 들려온 첫 번째 소식은 좋은 소식이었다. 대처 판사 식구들이 전날 저녁에 마을로 돌아왔다는 것이다. 인디언 조와 보물 상자 문제는 잠시나마 두 번째 관심사로 밀려났고, 베키가 톰의 관심사에서 첫 번째 자리를 차지했다. 톰은 베키와 만났고, 두 아이는 반 친구들과 어울려 '술래잡기'와 '굴리 키퍼Gully keeper' 놀이를 하며 녹초가 될 때까지 재미있게 놀았다.

그날의 마무리 또한 매우 만족스러웠다. 베키가 엄마를 졸라, 다음 날을 오래전에 약속한 소풍날로 잡았던 것이다. 베키는 만족했다. 그 소녀는 한도 끝도 없이 좋아했다. 톰의 기쁨도 그보다 더했으면 더했지 덜하지 않았다. 해가 지기 전에 초대장이 전

달되었고, 마을의 젊은이들은 모두 소풍 준비와 달콤한 기대감이라는 열병에 휩싸였다. 톰은 너무 기분이 좋아 꽤 늦은 시각까지 잠을 이루지 못했다. 허크의 야옹 소리가 들리고 보물을 손에 넣어, 다음 날 베키를 비롯해 소풍 나온 모든 사람들을 깜짝 놀라게 하는 야무진 꿈을 꾸기도 했다. 하지만 실망스럽게도 그날 밤에는 야옹 신호가 없었다.

드디어 아침이 밝았다. 10시에서 11시쯤, 신나서 날뛰는 아이들의 무리가 대처 판사의 집에 모였다. 출발 준비는 모두 끝나 있었다. 나이 먹은 사람들이 괜히 모습을 나타내서 소풍 분위기를 망치는 것은 당시의 관례가 아니었다. 어른들은 열여덟아홉 살쯤 된 아가씨들과 스물두셋 먹은 청년들도 섞여 있으니 아이들의 안전은 걱정하지 않았다. 소풍을 위해서 연락선으로 쓰는 낡은 증기선 한 척까지 빌려서, 도시락 가방을 든 흥겨운 아이들의 무리가 큰길을 꽉 메운 채 줄지어 걸어갔다. 시드는 아파서 이 재미있는 행사에 같이 갈 수 없었다. 메리도 시드의 말벗이 돼 주려고 집에 남았다.

대처 부인은 베키에게 마지막으로 이렇게 당부했다.

"너무 늦어서 집에 돌아오지 못할 거야. 그러니 차라리 선착장 근처에 사는 친구네 집에서 다른 여자아이들과 같이 자고 오렴, 아가."

"그럼 수지 하퍼네 집에서 잘게요, 엄마."

"그래. 예의바르게 행동하는 것 잊지 말아라. 절대 말썽 피우지 말고."

잠시 후, 톰은 베키와 함께 신나게 걸으면서 말했다.

"있잖아, 우리 이렇게 하자. 조 하퍼네에 가지 말고 더글러스 아주머니네 집으로 가자. 그 집에는 아이스크림이 있어! 거의 매일 만드시거든. 그것도 아주 많이. 게다가 우리를 보면 무척 반가워 하실 거야."

"와, 재미있겠다!"

베키는 잠시 생각해 보더니 다시 말했다.

"하지만 엄마가 알면 뭐라고 하실 것 같은데?"

"너희 엄마가 그걸 어떻게 아시겠니?"

베키는 머릿속으로 열심히 생각하더니 머뭇거리며 말했다.

"나쁜 일 같은데……."

"쳇! 너희 엄마는 절대 모르실 텐데, 손해될 게 뭐가 있어? 너희 엄마가 바라는 건 네가 안전하게 갔다 오는 것뿐이야. 너희 엄마도 처음에 더글러스 아주머니가 떠올랐다면 아마 그리로 가라고 말씀하셨을 거야. 틀림없어!"

더글러스 아주머니의 어마어마한 환대는 거부하기 힘든 유혹이었다. 거기에 톰의 설득이 하루 종일 이어졌다. 결국 두 아이는 그날 밤의 계획에 대해 아무에게도 말하지 않기로 약속했다. 문득 톰은 허크가 바로 그날 밤 신호를 보내러 올지도 모른다는 생각이 들었다. 그러자 기대감이 일시에 허물어지면서 기운이 빠졌다. 그래도 더글러스 아주머니 집에서 기다리고 있는 그 큰 재미를 포기하기는 싫었다. 포기해야 하나, 말아야 하나. 톰은 머릿속으로 골똘히 따져 보았다. 어젯밤에 신호가 오지 않았으니까, 오늘 밤에 신호가 올 가능성이 더 클 이유는 없어. 톰은 확실한 즐거움이 불확실한 보물보다 중요했다. 아이는 더 마음이 끌리는 쪽으로 끌려가기로 결심했고, 그날만큼은 돈 상자 생각을 하지 않기로 마음먹었다.

증기선은 마을에서 5킬로미터쯤 아래로 내려가면 나오는 숲이 우거진 포구에 정박했다. 아이들이 무리를 이루어 강변으로 몰려갔다. 곧 근처의 숲과 울퉁불퉁한 언덕에서 아이들의 웃음과 함성이 멀리, 혹은 가까이 메아리쳤다. 지치는 데 필요한 모든 놀이를 다 해 본 다음, 어린 여행자들은 당연히 왕성한 식욕으로 무장한 채 하나둘씩 캠프로 돌아왔다. 그리고 엄청나게 음식을 먹어 댔다.

식사가 끝나자 떡갈나무의 넓은 그늘에 앉아 수다를 떠는 휴식 시간이 이어졌다. 누군가가 소리쳤다.

"동굴에 같이 갈 사람."

모든 아이들이 동굴에 가겠다고 대답했다. 아이들은 초를 뭉치로 준비한 뒤 곧장 언덕을 향해 빠르게 행진했다. 언덕 꼭대기에 동굴 입구가 A자 모양으로 입을 벌리고 있었다. 떡갈나무로 만든 거대한 문이 있었지만 빗장은 걸려 있지 않았다. 동굴 안에는 얼음 창고처럼 서늘한 작은 방 모양의 공간이 있었다. 자연이 단단한 석회암으로 만든 벽에, 차가운 '동굴의 땀'이 이슬처럼 맺혀 있었다. 아이들은 어둠 속에 서서 햇살을 받아 빛나는 초록의 계곡을 내려다보며, 낭만적이고 신비로운 광경에 마음을 사로잡혔다.

아이들은 자연 풍경에 대한 감동을 그리 오래 간직하지 못하고 다시 장난치기 시작했다. 누가 초에 불을 붙이면 곧바로 그 사람에게 우르르 몰려갔다. 촛불을 빼앗으려는 손들과 용감하게 지키려는 아이가 몸싸움을 벌였고, 그러다가 초가 땅에 떨어져 불이 꺼지면 웃음이 터지고 또 다른 추격전이 벌어졌다. 하지만 모든 일에는 끝이 있기 마련이다.

아이들이 동굴의 중심 통로의 가파른 내리막길을 따라 일렬로 내려왔다. 깜빡거리는 촛불에 거의 20미터쯤 되는 높은 바위 벽이 희미하게 모습을 드러냈다. 통로는 폭이 2~3미터에 불과했는데, 몇 발짝마다 더 높고 더 좁은 샛길이 무수히 갈라져서 뻗어 있었다.

이처럼 맥두걸 동굴은 구불구불한 샛길로 이루어진 거대한 미로였고, 샛길은 만났다가는 다시 갈라지면서 끝없이 뻗어 있었다. 사람들은 몇 날 며칠 동안 복잡하게 얽혀 있는 샛길을 헤매고 다녀도 동굴의 끝을 절대로 찾지 못할 거라고 말하곤 했다.

땅 밑으로, 더 밑으로, 또 더 밑으로 내려가면, 또다시 미로 밑에 또 다른 미로가 나왔고, 어느 길을 택해서 가든 끝이 없었다. 그래서 아무도 동굴을 '안다'고 말하지 못했다. 그것은 불가능한 일이었다. 대부분의 젊은이들도 동굴의 일부만 알아서, 섣불리 길을 벗어나지 않는 게 이 동네의 불문율이었다. 톰도 다른 사람이 아는 것만큼만 알았다.

행렬은 중심 통로를 따라 1~2킬로미터 정도 이동했다. 아이들은 거기에서 각자 작은 무리나 짝을 지어 샛길로 빠졌다. 깜깜한 통로를 뛰어 돌아다녔고, 통로가 다시 만나는 지점에 숨어 있다가 서로를 놀래키기도 했다. 반 시간쯤 숨바꼭질을 하며 놀았는데, 절대로 '알려진' 지역을 벗어나지는 않았다.

잠시 후, 하나둘씩 동굴 입구로 돌아왔다. 모두 숨을 헐떡이며 야단법석을 떨었다. 머리부터 발끝까지 촛농을 뒤집어쓰고 진흙투성이가 됐지만 모두들 재미에 흠뻑 취해 있었다. 아이들은 시간 가는 줄 모르고 놀다가 깜짝 놀랐다. 반 시간 전부터 배에서 집합을 알리는 종소리가 울리고 있었던 것이다. 오늘 하루의 모험이 이런 식으로 낭만적으로 마무리되는 것에 모두가 흡족했다. 증기선이 '시끄러운 화물'을 싣고 강 한복판으로 나갈 때 선장 말고는 지체된 시간에 대해 아무도 신경 쓰지 않았다.

증기선이 불빛을 반짝거리며 선착장을 지날 때 허크는 이미 여관 앞에서 망을 보고 있었다. 배에서는 아무 소리도 나지 않고 조용했다. 피곤에 지친 사람들이 으레 그렇듯, '시끄러운 화물' 들도 완전히 가라앉아 조용했다. 그래서 허크는 저게 무슨 배지, 왜 선착장에 서지 않지, 하고 의아했지만 곧 그런 생각은 떨쳐 버리고 임무에 몰두했다.

밤하늘에 구름이 끼기 시작하더니 어두워졌다. 10시가 되자 마차 소리도 끊겼고, 여기저기 불빛들도 하나둘씩 꺼졌다. 어슬 렁거리며 돌아다니던 행인들까지 사라지자, 마을은 꼬마 파수 꾼을 정적과 유령 같은 어둠 속에 외로이 남겨 놓은 채 깊은 잠 에 빠져들었다. 11시에 여관의 불빛이 꺼졌다. 이제 사방이 칠흑 같은 어둠이었다. 허크가 지루할 만큼 오래 기다렸지만 아무 일 도 일어나지 않았다. 갑자기 그의 믿음이 약해지기 시작했다. 이 렇게 한다고 소용이 있을까, 정말 효과가 있을까, 그만두고 돌아 갈까.

그때 무슨 소리가 들렸다. 허크는 즉시 온 신경을 집중했다. 골목쪽 문이 살짝 닫히는 소리가 났다. 허크가 벽돌 창고 모퉁이 로 몸을 날려 숨는 것과 동시에, 두 사내가 허크 앞을 스치듯 지 나갔다. 한 사람은 옆구리에 뭔가를 끼고 있었다. 그 상자가 틀 림없었다! 그들이 보물을 옮기는구나! 톰을 부를까? 아냐, 그 건 어리석은 행동이야. 저들이 지금 상자를 갖고 가면 두 번 다 시 찾을 수 없을 테니까. 안 돼, 저들을 놓쳐서는 안 돼, 뒤쫓아야 해! 어둠에 의지하면 들킬 염려가 없을 거야.

　허크는 살그머니 모퉁이에서 빠져나와, 맨발로 고양이처럼 미끄러지듯이 두 사내의 뒤를 밟았다. 발각되지 않도록 충분한 거리를 두고 뒤따라갔다.

　그들은 강변길을 세 구역쯤 올라가더니, 교차로에서 왼쪽으로 방향을 튼 다음, 카디프 언덕으로 통하는 좁은 길이 나올 때까지 곧장 앞으로 갔다. 언덕 중간쯤에 있는 웨일즈* 노인의 집을 그대로 지나쳐 계속 고개를 올라갔다. '옛날 채석장에 돈을 묻으려는 모양이야'. 하지만 허크의 짐작과 달리 그들은 채석장에서도 멈추지 않고 언덕 꼭대기를 향해 계속 올라갔다. 그러더니 갑자기 큰 옻나무 숲 사이의 좁은 오솔길로 접어들어 순식간에 어둠 속으로 사라졌다. 허크는 바싹 따라붙으며 거리를 좁혔다. 어두

* 영국 남서부 지방

워서 그들이 허크를 알아보지 못할 것이 분명했다. 허크는 잠시 성큼성큼 걷다가 들킬까 봐 급히 속도를 줄였다. 그러고는 잠시 걸음을 멈추고 귀를 기울였다. 자신의 심장 소리만 들렸다. 언덕 위에서 불길하게 올빼미가 울었다. 발소리가 들리지 않았다! 맙소사, 모든 게 수포로 돌아갔나!

허크가 날개단 듯 튀어 나가려는 순간, 불과 1미터도 안 떨어진 곳에서 한 남자가 헛기침을 했다! 심장이 튀어나올 뻔했지만 얼른 추스르고 냉정을 되찾았다. 허크는 그 자리에 선 채로 학질에 걸린 사람처럼 와들와들 떨었다. 다리에 힘이 빠져서 바닥에 주저앉을 것만 같았다. 허크는 여기가 어디인지 잘 알았다. 다섯 발자국만 가면 더글러스 과부 아주머니네 집으로 올라가는 계단이 나온다. 잘됐어. 그래, 여기에 묻어라. 그러면 쉽게 찾을 수 있으니까.

그때 매우 낮은 저음의 목소리가 들렸다. 인디언 조였다.

"빌어먹을, 다른 사람들이 있나 봐. 불이 켜져 있어. 이 늦은 시간에."

"난 아무것도 안 보이는데."

유령의 집에서 봤던 낯선 사람의 목소리였다. 허크는 가슴까지 얼어붙었다. 이것이 인디언 조의 '복수'로구나!

허크의 머리속에 든 생각은, 도망치는 거였다. 그런데 더글러스 아주머니가 다정하게 대해 주던 모습들이 기억났고, 이들이 아주머니를 죽이려는 것 같다는 데 생각이 미쳤다. 당장 아주머니에게 이 사실을 알려 주고 싶었지만 도저히 발이 떨어지지 않았다. 저놈들이 쫓아와 나를 잡아가겠지. 허크는 인디언 조가 다시 입을 떼기 전까지의 아주 짧은 순간에, 그런 오만 가지 생각을 떠올렸다.

"나뭇가지들이 가리고 있으니까 안 보이지. 자, 이쪽으로 와. 이래도 안 보여?"

"그렇네. 손님이 있는 것 같군. 관두는 게 낫겠어."

"관두라니? 나는 이곳을 영원히 떠날 거니까. 두 번 다시 이런 기회는 오지 않아. 다시 한 번 말해 주지. 전에도 말했지만 저 여자의 재산 따윈 관심 없어. 자네가 다 가져도 좋아. 하지만 저 여자의 남편은 나를 막 대했어. 그자는 여러 번 나를 함부로 대했다고. 치안 판사로 있을 때 나를 부랑자라는 이유로 감방에 넣었어. 그것뿐이 아니야. 그건 아무것도 아니라고! 그놈은 나를 채찍으로 때렸어. 감옥 앞에서 채찍으로 날 때렸다고! 검둥이처럼 온 마을 사람들이 보는 앞에서, 그것도 말채찍으로 말이야! 무슨 말인지 알겠어? 그자는 죽었지만 난 저 여자한테 빚을 갚아 줄 거야."

"그렇다고 저 여자를 죽이면 안 돼. 그러지 마."

"죽여? 누가 죽인다고 했어? 그놈이 이 자리에 있으면 당장 죽이지. 하지만 저 여자는 안 죽여. 여자한테 복수할 때에는 죽이는 게 아니야. 쓸데없는 짓이지! 얼굴을 노려야 돼. 콧구멍을 찢고 귀를 망가뜨려야 돼!"

"맙소사, 내 생각에는……."

"자네 생각 따위는 필요 없어! 자네 신상에도 그게 좋아. 저 여자를 침대에 묶어 놓겠어. 피 흘리다가 죽게 놔둔다고 해서 그게 내 잘못인가? 저 여자가 죽어도 눈물 한 방울 나지 않을 거야. 이봐, 친구. 자네가 나를 도와줘야겠어. 그래서 자네를 여기까지 데려온 거야. 나 혼자서는 못해. 꽁무니를 빼면 자네도 죽여 버릴 거야. 내 말 알아들어? 자네를 죽여야 한다면, 저 여자도 죽여야겠지. 그래야 누가 했는지 아무도 모를 테니까."

"그래, 그렇게까지 해야 할 일이라면 하자고. 이왕 할 거면 빨리하는 게 낫지. 너무 떨려."

"지금 하자고? 저기 사람이 있는데? 이봐, 난 가끔 자네 머리가 의심스러워. 안 돼. 불이 다 꺼질 때까지 기다려야지. 서두를 것 없어."

이제 침묵이 뒤따르리라고, 허크는 예상했다. 침묵은 무서운 말보다 더 끔찍했다. 허크는 숨을 죽이고 급히 뒷걸음질을 쳤다. 한 발로 몸의 균형을 번갈아 잡으면서 조심스럽고 확실하게 뒤로 물러섰다. 주의를 기울여도 자꾸만 왼쪽으로, 또 오른쪽으로 넘어질 뻔했다. 허크는 아까처럼 온 정성을 모으고, 위험을 무릅쓰며 한 발 더 뒤로 물러섰다. 잠시 기다렸다가 한 발 더, 다시 또 한 발 더…….

그때! 발밑에서 나뭇가지가 똑 부러졌다! 허크는 그대로 얼어붙어서 귀를 쫑긋 세웠다. 다행히 큰 소리는 나지 않았다. 여전히 정적만 흘렀다. 하나님, 정말정말 감사합니다!

이제 허크는 옻나무 숲이 벽처럼 양옆에 서 있는, 아까 왔던 길에 다시 들어섰다. 허크는 마치 바다 위에 떠 있는 배처럼 조심스럽게, 천천히 몸을 돌렸다. 그리고 빠르고 조심스럽게 걸었다. 채석장에 이르자 비로소 안심이 되었다. 그때부터 허크는 죽을 힘을 다해 뛰었다. 언덕 밑으로, 밑으로, 웨일즈 노인의 집까지 계속 속도를 높였다. 허크가 문이 부서져라 두드리자, 잠시 후 노인과 건장한 두 아들이 창문으로 머리를 내밀었다.

"거기 누구요? 누가 이렇게 문을 두드리는 거요? 대체 무슨 일이요?"

"저 좀 들여보내 주세요. 빨리요! 들어가서 말씀드릴게요."

"누구, 누구냐?"

"허클베리 핀이에요. 빨리요! 들여보내 주세요!"

"정말 허클베리 핀이네. 환영할 만한 이름은 아니지만 뭐, 괜찮겠지. 애들아 문을 열어 주거라. 무슨 일인지 알아보자."

"절대로 제가 얘기했다고 말하시면 안 돼요."

이것이 허크가 집에 들어서면서 한 첫마디였다.

"절대로 안 돼요. 그러면 전 죽어요. 하지만 과부 아주머니는 저에게 잘해 주셨거든요. 그래서 알려 드리는 거예요. 다른 사람한테 제가 이런 말 했다고 절대로 말 안 한다고 약속하셔야 말씀 드리겠어요."

노인이 탄식하며 말했다.

"저런, 뭔가 심상치 않은 일이 있나 보구나. 그렇지 않고서야 이렇게 겁먹을 리가 없지! 그래, 어서 말해 보아라. 여기 있는 사람들은 아무한테도 말 안 할 테니 안심하고."

3분 후, 노인과 아들들은 단단히 무장한 채 언덕을 올라갔다. 그들은 손에 무기를 들고 발소리를 죽이며 옻나무 숲길로 들어섰다. 허크는 거기서부터는 그들을 따라가지 않고 커다란 바위 뒤에 숨어 귀를 기울였다.

불안한 침묵이 이어졌다.

탕!

갑자기 커다란 총소리와 비명 소리가 터져 나왔다.

허크는 벌떡 일어나 온 힘을 다해 언덕 아래로 필사적으로 달렸다.

제30장

웨일즈 노인의 보고 – 쩔쩔매는 허크 – 퍼져 나가는 소문
– 새로운 사건 – 희망은 사라지고 절망이 찾아오다

일요일 아침, 허크는 동이 트는 기미가 보이자마자 언덕길을 더듬어 올라가 웨일즈 노인의 집 대문을 살살 두드렸다. 그 집 식구들은 잠들어 있었다. 하지만 그들은 어젯밤의 흥미진진한 사건 때문에 머리카락만 건드려도 일어날 만큼 선잠을 자고 있었다.

"누구요?"

창문에서 대답 소리가 들렸다.

"문 좀 열어 주세요! 허크 핀이에요!"

허크는 겁먹은 목소리로 나지막이 대답했다.

"언제나 환영해야 될 이름이로구나, 귀여운 녀석! 어서 들어

오너라!"

부랑아 소년의 귀는 이런 말에 익숙하지 않았다. 지금까지 들어 본 말 중에 최고로 기분 좋은 말이었다. 허크가 기억하기로 노인의 마지막 말은 누구도 자신에게 해 준 적이 한 번도 없었다. 문은 금방 열렸다. 허크가 집 안으로 들어갔다. 노인과 건장한 아들들은 허크에게 자리에 앉으라고 권한 후, 재빨리 옷을 갈아입었다.

"착한 녀석. 많이 배고프지? 해가 뜨면 바로 아침을 차려 주마. 뜨끈뜨끈한 음식을 만들어 줄 테니 편하게 많이 먹어라! 나도, 우리 애들도, 네가 우리 집에 다시 오기를 바랐단다."

"너무 무서워서 그만 도망쳤어요. 총소리를 듣자마자 5킬로미터 정도를 쉬지 않고 달렸죠. 그런데 일이 어떻게 됐나, 너무 궁금해서 다시 온 거예요. 그 악마들과 마주칠까 봐 해 뜨기 전에 왔어요. 혹시 그들이 죽었더라도 보고 싶지 않아요."

"가엾은 녀석. 그래, 얼굴을 보니 밤새 한숨도 못 잔 모양이구나. 밥 먹고 나서 여기에서 좀 자렴. 그놈들은 죽지 않았단다, 얘야. 우리도 너무 아쉬워. 네가 잘 설명해 준 덕분에 우리는 그놈들을 어디서 덮치면 되는지 알 수 있었지. 그래서 발소리를 죽이고 그놈들과 5미터쯤 떨어진 곳까지 살살 접근했단다. 옻나무 숲이 완전히 캄캄했으니까. 그런데 그때 재채기가 나오려고 하지 않겠니. 참, 운이 없으려니까! 참으려고 안간힘을 썼는데 소용이 없었어. 재채기는 한번 시작되면 결국 나오게 돼 있거든. 재채기를 하고 말았지! 나는 권총을 들고 맨 앞에 있었는데, 재채기 소리가 나니까 그 악당들이 후닥닥 숲으로 뛰는 거야. 그래서 내가 '빨리 쏴, 얘들아!' 하고 소리를 지르면서 소리가 나는 쪽으로 권총을 막 쐈지. 우리 애들도 쏘고. 하지만 눈 깜짝할 사이에 사라졌어. 그놈들 말이야. 숲으로 계속 쫓아갔는데 아마 총에 맞지는 않은 것 같아. 그놈들도 도망치면서 한 방씩 쐈는데 총알이 휭 하고 스쳤지만 우리도 맞지는 않았어.

그놈들 발소리가 안 들리기에 우리는 바로 추격을 단념하고 마을로 내려와서 보안관들을 깨웠단다. 그들이 추격대를 만들어서 강둑을 지키고 있으려고 벌써 떠났단다. 날이 밝으면 바로

보안관과 추격대가 숲을 뒤질 거야. 우리 애들도 곧 합세할 거고. 악당들의 인상착의를 알면 좋은데. 수사에 굉장히 도움이 되거든. 너무 깜깜했으니까 그놈들 얼굴은 못 봤겠지?"

"제가 그 사람들 얼굴을 봤어요. 마을에서 처음 보고 계속 따라갔거든요."

"그래? 잘됐구나! 어떻게 생겼는지 어서 말해 봐라, 얘야!"

"한 사람은 늙은 스페인 사람인데, 귀머거리에 벙어리예요. 한두 번 동네에 왔다 갔다 했어요. 또 한 사람은 아주 야비하게 생겼어요. 옷도 지저분하고."

"그 정도면 됐다. 어떤 놈들인지 알겠어! 전에 미망인 집 뒤 숲에서 우연히 만난 적이 있었는데, 날 보자마자 내빼더라고. 얘들아, 당장 가서 보안관에게 말해라. 아침밥은 내일 아침에 먹고!"

웨일즈 노인의 아들들은 즉시 출발했다. 그들이 방에서 나갈 때 허크가 벌떡 일어서더니 소리쳤다.

"참, 아무한테도 내가 얘기했다고 말하면 안 돼요. 제발요!"

"네가 그렇게까지 부탁하니까 그러마, 허크. 하지만 이번 일에 네 공이 큰데."

"아, 안 돼요! 제발 얘기하지 마세요!"

"쟤들은 얘기하지 않을 거다. 나도 안 하고. 그런데 너는 이 일이 알려지는 게 왜 그렇게 싫은 거냐?"

아들들이 나가자, 웨일즈 노인이 허크의 말을 듣고 되물었다.

허크는 자기가 그 두 사람 중 하나를 아주 잘 알고 있는데, 자신이 그자에게 불리한 사실을 알고 있다는 걸 그놈이 알게 하고 싶지 않다, 그놈이 그 사실을 알면 자기를 죽일 것이다, 라는 정도만 노인에게 말했다.

노인은 다시 한 번 비밀을 지키겠다고 약속했다.

"그런데 얘야, 왜 그놈들의 뒤를 밟았니? 수상한 낌새라도 있었니?"

허크는 머릿속에서 신중하게 답변을 열심히 궁리한 끝에 이렇게 말했다.

"할아버지도 아시다시피 전 불쌍한 놈이에요. 사람들이 다 그렇게 얘기해요. 저도 틀린 말은 아니라고 생각해요. 그래서 어떻게 살아야 할지 궁리하다 보면, 어떤 때는 잠도 안 와요. 어젯밤에도 그랬어요. 잠이 안 와서 자정쯤인가, 무작정 거리로 나왔어요. 걷다 보니까 금주 여관 옆의 허름하고 낡은 벽돌 창고까지 가게 된 거예요. 창고 벽에 기대 서서 이 생각 저 생각 하는데 그 두 악당들이 어디에서 살살 나오더니 바로 제 앞을 지나가는 거예요. 옆구리에 뭔가를 끼고요. 훔친 물건이구나 하고 직감했어요. 한 놈이 담배를 피우고, 또 한 놈이 불 좀 빌려 달라고 하더군요. 그래서 그놈들이 바로 내 앞에서 담뱃불을 붙였는데, 불빛에 보니까 덩치 큰 사람이 벙어리인 스페인 사람이었어요. 흰 구레나룻이 있었고 눈에 안대를 썼더라고요. 또 한 사람은 바로 악랄

하고, 지저분한 누더기 옷을 입은 악마였고요."

"담뱃불로 누더기 옷이 보이더냐?"

허크는 노인의 물음에 움찔하고, 정신을 가다듬으려 애썼다.

"잘 모르겠어요. 잘 모르겠는데 그런 것 같아요."

"그러고 나서 그놈들은 갔고, 너는⋯⋯."

"저는 그놈들 뒤를 따라갔어요. 무슨 일인지 알고 싶었거든요. 놈들은 살금살금 걸었어요. 저도 과부 아주머니네 집까지 따라가 어두운 데 숨어서 그놈들 얘기하는 걸 듣는데, 스페인 사람이 아주머니 얼굴을 망쳐 놓겠다고 떠벌리니까 지저분한 놈이 그러지 말라고 말렸어요. 제가 어제 말한 대로요. 할아버지와 두⋯⋯."

"뭐! 벙어리가 그런 말을 다 했어?"

허크는 또 큰 실수를 저질렀다! 스페인 사람의 정체를 노인이 눈곱만큼도 눈치채지 못하게 하려고 안간힘을 썼건만, 방정맞은 혀가 허크를 곤경에 빠뜨리려고 작정한 것 같았다. 허크는 이 위기에서 벗어나려고 몇 번 더 시도했지만 자기를 주시하는 노인의 눈초리에 질려 계속 말실수를 거듭했다. 마침내 웨일즈 노인이 말했다.

"애야, 무서워하지 마라. 무슨 일이 있어도 그놈들이 네 머리카락 한 올 건드리지 못하게 할 테니. 내가 널 지켜 주고 보호해 주마. 그 스페인 사람은 귀머거리도 아니고 벙어리도 아니지?

네가 무심결에 그렇게 말했잖니. 이젠 감추지 마라. 너는 스페인 사람에 대해 뭔가 비밀을 알지만 숨기는구나. 이제 나를 믿고 그게 뭔지 말해 보렴. 날 믿어. 배신하지 않을 테니까."

허크는 노인의 정직한 눈을 잠시 들여다보고는, 노인의 귀에 입을 대고 천천히 속삭였다.

"그놈은 스페인 사람이 아니에요. 인디언 조예요!"

웨일즈 노인은 너무 놀라 의자에서 벌떡 일어서려 했다. 잠시 후 노인은 겨우 말문을 열었다.

"이제 모든 게 분명해졌군. 네가 귀를 자르니 코를 베니 하는 얘기를 했을 때 나는 네가 꾸며 낸 얘기라고 생각했단다. 왜냐하면 백인들은 그런 식으로 복수하지 않으니까. 하지만 인디언이라! 그러면 문제가 다르지."

아침을 먹는 동안에도 이야기는 계속되었다. 그 과정에서 노인은 어젯밤 자기와 아들들이 잠자리에 들기 전, 마지막으로 한 일을 말해 주었다. 그들은 혹시 핏자국이라도 있는지 보려고, 등잔을 들고 부인의 집 계단과 그 주변을 샅샅이 수색했다. 별다른 건 없었고, 뭉툭한 보따리만 하나 찾았다.

"보따리요? 뭐가 들어 있었는데요?"

번개도 파랗게 질린 허크의 입술에서 나온 말보다 더 빨리 튀어나오지는 못했을 것이다. 지금 허크는 제대로 숨도 못 쉬고, 크게 뜬 눈으로 노인을 빤히 쳐다보면서 대답을 기다렸다. 웨일즈 노인도 3초…… 5초…… 10초…… 허크를 빤히 보다가 천천히 입을 뗐다.

"도둑놈들이 쓰는 연장이지. 왜 그렇게 놀라니?"

허크는 가볍게 숨을 몰아쉬며 다시 자리에 앉았다. 하지만 말이 안 나올 정도로 기뻤다. 웨일즈 노인은 엄숙하고 이상하다는 눈빛으로 허크를 바라보았다.

"도둑놈들이 쓰는 연장이었다니까 안심하는구나. 연장이 들어 있다고 해서 네게 이로울 게 없잖아? 뭐가 들어 있을 줄 알았는데 그러니?"

허크는 막다른 골목에 몰렸다. 심문하는 듯한 눈초리가 자신을 주시하고 있었다. 그럴 듯한 구실, 아니, 구실의 재료만 얻을 수 있어도 세상을 다 췄을 것이다. 아무 생각도 안 났다. 심문의 눈초리는 점점 날카로워졌다. 하필 말도 안 되는 대답이 떠올랐는데, 말이 되니 안 되니 따져 볼 시간이 없었다. 허크는 기어들어가는 목소리로 말했다.

"주일 학교에서 보는 책이요."

가엾은 허크는 너무 긴장해서 미소도 짓지 못했고, 노인은 크고 호탕한 웃음을 터뜨렸다. 노인은 머리부터 발끝까지, 온몸을 비틀며 한바탕 웃더니 "이런 웃음은 사람한테는 돈이나 마찬가지야. 왜냐하면 웃음은 병원비를 절약시켜 주기 때문이지"라고 말했다. 그리고 한마디 덧붙였다.

"가엾은 녀석, 얼굴이 창백하고 비쩍 말랐구나. 몸이 조금 안 좋은 것 같다. 머리가 조금 이상해지고 오락가락하는 것도 무리가 아니지. 하지만 곧 나아질 게다. 한잠 자면 좋아질 거야. 암, 그래야지."

허크는 자신이 너무나 멍청한 짓을 했고, 의심을 사고도 남을 만큼 흥분했다는 생각에 기분이 몹시 언짢았다. 왜냐하면 악당들이 여관에서 들고 나온 보따리가 보물일 거라는 생각은 이미 과부 아주머니네 집 계단에서 악당들의 얘기를 듣는 순간 버렸던 것이다. 하지만 그게 보물이 아닐 거라고 추측했지, 직접 보고 확인한 게 아니었다. 그래서 잠시 보물 보따리로 착각하고 냉정을 잃었던 것이다.

하지만 한편으로는 안심이 되었다. 이 보따리가 '그' 보따리가 아니라는 게 명확해지니까 마음이 편해진 것이다. 사실 모든 일이 제대로 풀려 가는 것 같았다. 보물은 분명히 아직 2호실에 있다! 사내들은 오늘 안으로 잡혀 감방에 갈 거야. 그러니 오늘 밤에 톰과 함께 누구의 방해도 받지 않고, 어떤 어려움도 없이, 금덩이를 손에 넣을 수 있어!

아침 식사를 마치자마자 누군가가 문을 두드렸다. 허크는 숨을 곳을 찾아 뛰어다녔다. 어젯밤의 사건에 연루되고 싶지 않기 때문이다. 웨일즈 노인은 대여섯 명의 부인들과 신사들을 집 안으로 맞이했다. 그중에 더글러스 과부 아주머니도 있었다. 사람들이 과부 아주머니네 집의 계단을 직접 보려고 이 언덕 위까지 온 모양이었다. 소문이 이미 다 퍼졌다는 뜻이다.

웨일즈 노인은 손님들에게 어젯밤 사건을 다 얘기하지 않을 수 없었다. 과부 아주머니는 자기 목숨을 구해 준 데 대해 적당한 감사의 말을 찾지 못할 정도로 고마워했다.

"이 말은 절대 다른 데 가서 하시면 안 됩니다, 부인. 부인이 나와 내 아들보다 훨씬 더 신세 진 사람은 따로 있습니다. 그 사람이 말해 주지 않았더라면 우리는 부인의 집에 가지도 않았을 테니까요. 하지만 그 사람의 이름을 말씀드릴 수가 없어요."

노인의 말이 오히려 사람들의 호기심을 엄청나게 자극해서, 원래의 사건은 졸지에 하찮은 일로 둔갑해 버렸다. 하지만 웨일즈 노인은 손님들의 호기심을 건드리고, 그들의 입을 통해 마을에 퍼질 정도만 이야기하고 입을 다물었다.

과부 아주머니는 이야기를 모두 듣고서 이렇게 말했다.

"나는 침대에서 책을 읽다가 잠들었어요. 그런 요란한 소리도 전혀 모른 채 잠만 잤다니까요. 왜 집에 들어와서 저를 깨우지 않으셨어요?"

"그렇게까지 할 일이 아니라고 생각했어요. 그놈들은 다시 올 것 같지 않았어요. 무기 같은 것도 없었으니까요. 부인을 깨워서 무서움에 떨게 해 봐야 무슨 소용이 있겠어요? 우리가 데리고 있는 검둥이 세 명이 부인의 집에 가서 아침까지 보초를 섰습니다. 돌아온 지 얼마 안 돼요."

다른 손님들이 계속 찾아왔다. 노인은 두어 시간 더 같은 이야기를 하고 또 해야 했다.

방학 때는 원래 주일 학교를 열지 않았다. 하지만 모든 사람들이 아침 일찍 교회에 갔다. 이 감동적인 사건이 사방에 퍼졌던 것이다. 두 악당의 흔적은 아직 발견되지 않았다는 소식이 들려왔다. 설교가 끝나자, 대처 판사의 부인은 사람들이 몰려 있는 중앙 통로를 지나가다가 하퍼 부인에게 다가가 말했다.

"우리 베키가 종일 자겠다고 하던가요? 많이 피곤해 하죠?"

"베키라뇨?"

대처 부인은 깜짝 놀랐다.

"네? 어젯밤 우리 딸아이가 댁에서 자지 않았나요?"

"이런, 안 왔는데요."

대처 부인은 하얗게 질려 의자에 주저앉았다. 마침 그때 폴리 이모가 친구와 쾌활하게 이야기하면서 옆을 지나가다가 걸음을 멈추고 인사를 했다.

"안녕하세요, 대처 부인. 안녕하세요, 하퍼 부인. 우리 집 아이가 어제 돌아오지 않았는데 혹시 두 분 집에서 신세를 지지 않았나요? 지금 혼날까 봐 교회에 못 온 것 같은데 정말 혼을 내 줘야겠어요."

대처 부인은 힘없이 고개를 저었다. 얼굴은 아까보다 더 창백

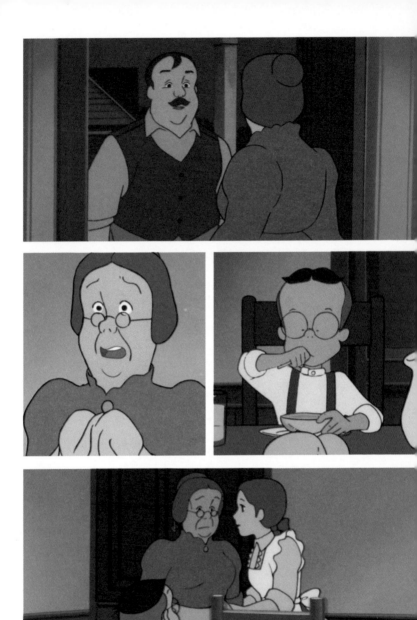

해졌다.

"톰은 우리 집에 안 왔어요."

하퍼 부인이 말했다. 얼굴에 불안한 기색이 돌기 시작했다. 폴리 이모의 얼굴에도 근심의 기운이 역력했다.

"조 하퍼, 오늘 아침에 우리 톰 못 봤니?"

"못 봤는데요."

"마지막으로 걔를 본 게 언제니?"

조는 기억해 보려고 애썼지만 확실하지 않아 뭐라고 말할 수가 없었다. 밖으로 나가던 사람들이 걸음을 멈췄다. 이곳저곳에서 속삭이는 소리가 들렸고 모두의 얼굴에 불길한 기색이 감돌았다. 아이들과 젊은 선생님들 모두 톰과 베키가 어디 있는지 몰랐고 '톰과 베키가 집으로 돌아오는 증기선에 탔는지 안 탔는지도 모르겠다'고 대답했다. 너무 어두웠고, 빠진 사람이 있으리라고는 아무도 생각하지 않았다.

"걔들이 아직도 동굴 속에 있을지도 모르겠네."

한 젊은 선생님이 무심코 말해 버렸다! 대처 부인은 그 자리에서 졸도했고, 폴리 이모는 두 손을 꼭 쥔 채 울음을 터뜨렸다.

이 비상사태는 입에서 입으로, 모임에서 모임으로, 거리에서 거리로 퍼져 나갔다. 5분도 안 되어 부서질 듯 요란하게 종이 울렸고, 온 마을 사람들이 소집되었다! 어젯밤의 카디프 언덕 사건은 순식간에 하찮은 일로 전락했고, 도둑놈들도 잊혀졌다. 사람들은 말에 안장을 채웠고 수색 보트에 인원을 배치했으며 증기선을 다시 강으로 불렀다. 이 무서운 사건이 밝혀진 지 30분도 안 돼 300여 명의 사람들이 큰길을 따라 우르르 몰려나와 즉시 배를 타고 동굴로 향했다.

긴 오후 동안, 마을은 텅 비었고 죽은 듯이 고요했다. 부인들은 폴리 이모와 대처 부인 집에 찾아가 안타까운 마음으로 위로해 주었다. 그들은 같이 울었다. 그것이 몇 마디 말보다 훨씬 나았다. 마을에 남아 있는 사람들은 긴 밤을 답답한 심정으로 보내면서 소식이 오기를 고대했다. 그러나 동이 틀 무렵 들려온 소식은 "초와 음식을 더 보내 달라"는 것뿐이었다. 대처 부인은 거의 제정신이 아니었고 폴리 이모도 마찬가지였다. 동굴에 가 있는 대처 판사가 희망과 용기를 잃지 말자는 전갈을 보내왔지만, 그 편지로 기운이 날 리 없었다.

웨일즈 노인은 새벽녘에 집으로 돌아왔다. 온몸에 촛농이 튀고 진흙으로 범벅이 되어 거의 탈진 상태였다. 허크는 고열에 시달리며 헛소리를 하고 있었다. 의사들도 전부 동굴에 가 있었기 때문에, 더글러스 과부 아주머니가 달려와 허크를 간호했다. 부인은 최선을 다해 허크를 돌보겠다고 말했다. 그 아이가 착하든 나쁘든 보통이든 하나님의 자식이며, 하나님의 자식은 누구든 소홀히 할 수 없기 때문이었다. 웨일즈 노인이 허크에게도 분명히 좋은 구석이 있다고 하자, 부인은 이렇게 대답했다.

"당연하죠. 그게 하나님의 표시예요. 하나님은 그 표시를 빠뜨리지 않아요. 절대로요. 하나님의 손으로 만들어진 모든 피조물에는 그 표시가 어딘가에 들어 있죠."

정오가 가까워질 무렵, 지친 사람들이 삼삼오오 무리를 지어 힘없이 마을로 돌아왔다. 체력이 강한 몇몇만 남아 수색을 계속했다. 돌아온 이들이 말하길, 사람들이 한 번도 들어가 보지 않은 동굴의 외진 곳까지 샅샅이 수색하고 있고, 후미진 곳이나 갈라진 틈도 모두 철저히 살펴 보고 있어서, 미로처럼 뒤엉킨 어느 통로로 들어가든 여기저기 깜박이는 불빛이 보이고, 고함 소리와 총소리의 반향이 음침한 굴속의 통로를 타고 퍼진다고 했다. 어느 외진 벽에서 촛불의 그을음으로 '베키와 톰'이라고 써 놓은 것이 발견되었다. 사람들이 잘 다니는 구역에서 꽤 떨어진 장소였다. 그 옆에 기름으로 얼룩진 리본 조각도 놓여 있었다. 대처 부인은 딸의 리본을 알아보고 다시 울음을 터뜨렸다. 부인은 이 리본이 아이가 자기에게 마지막으로 남긴 유물이며, 베키의 다른 어떤 기념물보다 소중하다고 말했다. 끔찍한 죽음이 찾아오기 전에 살아 있던 베키의 몸에서 마지막으로 떨어져 나온 것이 아닌가. 가끔 사람들이 동굴 깊숙한 곳에서 반짝이는 불빛이 보인다고 소리쳤다. 그럴 때마다 환희의 함성이 터지면서 수십 명의 남자들이 떼를 지어 메아리 울리는 동굴 속 통로를 달려갔다. 그러나 어김없이 맥 빠지는 실망만 뒤따랐다. 아이들이 아니라

다른 수색대원의 불빛이었던 것이다.

악몽 같은 사흘 낮과 사흘 밤이 지루하게 지나갔다. 온 마을이 허탈한 심정으로 절망에 빠졌다. 아무도, 어떤 일에도 의욕을 보이지 않았다. 얼마 전에 우연히 드러났던 사건, 즉 금주 여관의 주인이 여관에서 몰래 술을 판 사실은 원래 엄청난 사건인데, 아무도 관심을 기울이지 않았다. 허크는 잠깐 정신을 차렸을 때 슬그머니 여관을 화제에 올렸다. 최악의 결과가 일어났을지도 모른다는 생각에 약간은 무서워하며, 혹시 자기가 누워 있는 동안 금주 여관에서 뭔가 발견되지 않았느냐고 물어보았다.

"암, 발견했지."

과부 아주머니가 대답했다.

허크는 눈이 휘둥그레져서 침대에서 벌떡 일어났다.

"뭐예요! 뭐가 나왔어요?"

"술! 그래서 그 집은 문을 닫았단다. 누워라, 얘야. 나까지 깜짝 놀랐잖니."

"한 가지만 말해 주세요. 딱 한 가지요. 제발요! 그걸 발견한 사람이 톰이에요?"

부인은 그 말에 울음을 터뜨렸다.

"쉬, 쉬, 얘야, 말하지 마라. 전에도 말했지만 넌 말하면 안 돼. 아주, 아주 많이 아파!"

술 말고는 아무것도 안 나왔단 말인가. 금덩어리가 나왔다면 아마 동네에 난리가 났겠지. 그렇다면 보물은 영원히 사라졌단 말인가, 영원히! 그런데 아주머니는 왜 우실까? 이런 생각들이 허크의 머릿속에 희미하게 떠올랐다. 하지만 머릿속이 피곤해지자 허크는 다시 잠들었다.

"잠들었네, 가엾은 녀석. 톰 소여가 발견했냐고? 정말 안됐어. 톰 소여를 꼭 찾아야 하는데! 이젠 수색대도 없고, 희망도 없고, 더 수색할 기운들도 없으니."

제31장

탐험 – 박쥐의 추격 – 길 잃은 아이들 – 칠흑 같은 어둠 – 탈출의 희망

이제 소풍을 갔던 톰과 베키에게 무슨 일이 있었는지 되돌아
가 보자. 두 아이는 친구들과 함께 캄캄한 통로를 신나게 누비
며 이것저것 구경거리들을 찾아다녔다. 곳곳에 '응접실', '성당',
'알라딘의 궁전' 같이 약간 과장된 이름들이 붙어 있었다. 곧이
어 술래잡기가 시작되었고, 톰과 베키도 지루해질 때까지 열심
히 참가했다. 놀이가 끝나자 두 아이는 촛불을 높이 들고 바위
벽에 마치 거미줄처럼 복잡하게 얽혀서 적힌 이름, 날짜, 주소,
문구 따위를 읽으며 꼬불꼬불한 통로를 이리저리 걸었다. 바위
벽은 (촛불의 그을음으로) 프레스코화로 장식한 것 같았다. 아이
들은 무심히 걷느라, 또 이야기에 너무 정신이 팔려서 프레스코

화가 그려져 있지 않은 구역까지 와 있다는 걸 깨닫지 못했다. 두 아이는 머리 위로 선반처럼 불쑥 튀어나온 바위에 촛불의 그을음으로 자신들의 이름을 썼다.

잠시 후 두 아이는 나이아가라 폭포의 물줄기 같은 무늬가 새겨진 곳에 이르렀다. 작은 물줄기가 장구한 세월에 걸쳐 바위에 표시를 남긴 것으로, 단단한 바위에 레이스를 달아 주름을 잡은 것처럼 보였다. 물줄기가 돌출부 위에 물방울을 똑똑 떨어뜨리며 석회암 퇴적물을 나르고 있었다. 톰은 베키가 잘 감상할 수 있도록 바위 뒤로 몸을 비집고 들어가 촛불로 바위를 밝혔다. 그러다가 좁은 벽 사이에 일종의 가파른 '자연 계단'이 숨어 있는 것을 발견했다. 그 순간 톰은 탐험가가 되고 싶다는 야망에 사로잡혔다. 베키도 기꺼이 동참했다.

두 아이는 촛불로 그을린 표시를 남겨 길을 표시하면서 본격적으로 탐험에 나섰다. 이리저리 구불구불 난 길을 따라서 동굴의 가장 깊은 곳까지 내려갔다. 그곳에도 표시를 한 다음, 나중에 지상 세계로 돌아갔을 때 사람들에게 들려줄 신기한 이야깃거리를 찾아 샛길로 빠졌다.

어른 다리만큼 길고 두껍고 반짝이는 종유석이 천장에 수없이 매달린 넓은 공터가 나왔다. 두 아이는 신기하고 놀라운 광경에 감탄하며 공터 안을 돌아다녔다. 거기서 갈라지는 수많은 샛길 중 하나로 들어갔다.

잠시 후 넋을 잃을 만큼 이름다운 샘이 나타났다. 샘물 바닥에는 반짝이는 수정들이 성에처럼 촘촘히 박혀 있고 샘 주변의 동굴 벽은 거대한 종유석과 석순이 합세해 만든 수많은 환상적인 기둥들이 떠받치고 있었다. 수세기 동안 물방울들이 끊임없이 떨어진 결과였다.

그리고 천장 밑에 수천 마리의 박쥐 떼가 빽빽이 달라붙어 있었다. 촛불의 빛에 자극을 받아 수백 마리 박쥐가 찍찍 울면서 촛불을 향해 맹렬히 돌진했다. 톰은 박쥐의 습성과 이런 행동이 얼마나 위험한지 잘 알고 있었다. 그래서 얼른 베키의 손을 잡고 가장 처음 눈에 띈 통로로 뛰었다. 위기일발이었다. 베키가 공터에서 빠져나오려는 순간, 박쥐 한 마리의 날개가 베키의 촛불을 쳐서 불을 꺼뜨렸다. 박쥐들이 꽤 멀리까지 쫓아왔다. 도망자들은 새로운 통로가 나올 때마다 방향을 바꿔서 간신히 이 위험한 동물을 따돌렸다.

잠시 후 지하 호수가 나왔다. 호수는 어둠에 묻혀 모양이 잘 보이지 않을 정도로 끝없이 넓게 퍼져 있었다. 톰은 호수의 끝을 탐험해 보고 싶었지만 우선 앉아서 잠시 쉬는 게 좋다고 판단했다. 이때 처음으로 동굴의 깊은 적막이 아이들의 마음에 섬뜩한 손을 얹었다.

"어, 내내 모르고 있었는데, 다른 애들 소리를 못 들은 지가 너무 오래된 것 같아."

"베키, 생각해 보니까, 우리가 딴 애들보다 한참 아래쪽에 와 있는 것 같아. 멀리 오긴 했는데, 북쪽인지 남쪽인지 동쪽인지, 어느 쪽으로 먼 건지 통 모르겠네. 애들 소리도 안 들려서."

베키는 걱정되기 시작했다.

"우리가 얼마나 멀리 왔을까, 톰? 돌아가는 게 좋겠어."

"응, 그게 좋겠다."

"길을 찾을 수 있을까, 톰? 길이 너무 헷갈려."

"찾을 수 있을 거야. 하지만 박쥐들이 문제네. 저놈들이 우리 촛불을 두 개 다 꺼뜨리면 엄청나게 힘들어질 거야. 다른 길로 가자. 박쥐가 없는 데로 가야 하니까."

"응. 제발 길을 잃지 않았으면 좋겠어. 아주 무서울 거야!"

베키의 말에 톰은 길을 잃는 끔찍한 가능성을 떠올리고 몸을 부르르 떨었다.

아이들은 통로를 따라 걷기 시작했다. 말없이 한참 걷다가 새로운 출구가 보이면 익숙한 지형지물을 찾아 보았다. 모두 처음 보는 것처럼 낯설기만 했다. 톰이 새로운 조사를 하고 올 때마다 베키는 톰의 표정에서 희망적인 기색을 살폈다. 그러면 톰은 애써 명랑한 어조로 말했다.

"괜찮아. 여기는 아닌 것 같지만 금방 찾을 거야!"

하지만 실패가 거듭되자 톰도 점차 희망을 잃어 갔다. 그래서 정확한 길을 찾아야겠다는 절박함 때문에 갈림길이 나올 때마다 방향을 바꾸기 시작했다. 톰은 여전히 입으로는 '괜찮다'라고 말했지만 가슴은 납덩이가 내려앉은 것처럼 무거웠다. 울림이 완전히 사라진 목소리가 마치 '완전히 길을 잃었어'라고 말하는 것 같았다. 베키는 무서워서 톰의 곁에 바싹 붙어 섰다. 눈물을 참으려고 안간힘을 썼지만 금방이라도 쏟아질 것 같았다. 베키는 어렵사리 입을 열었다.

"톰, 박쥐는 신경 쓰지 말고 왔던 길로 돌아가자! 점점 더 엉뚱한 길로 가는 것 같아."

톰이 걸음을 멈추더니 소리쳤다.

"거기, 누구 없어요!"

깊은 침묵만 흘렀다. 침묵이 너무 깊어서, 고요함 속에서 자신들의 숨소리가 더욱 또렷하게 들렸다. 톰은 다시 외쳐 보았다. 톰의 외침은 텅 빈 통로를 따라 한참 내려가더니 비웃듯 낄낄거리는 소리를 희미하게 남기면서 사라졌다.

"오, 또 그러지 마, 톰. 너무 무서워."

"무섭긴 하지만 그러는 게 좋아, 베키. 사람들이 우리 소리를 들을지도 모르니까."

톰은 다시 한 번 고함을 질렀다.

'들을지도 모른다'라는 말이 유령 같은 웃음소리보다 더 무섭게 다가왔다. 희망이 사라지고 있다는 뜻이었다. 두 아이는 가만히 서서 귀를 기울였다. 아무 응답도 돌아오지 않았다. 톰은 즉시 돌아서서 빠른 걸음으로 왔던 길을 되짚어 가기 시작했다.

얼마 가지 않아 톰의 태도에서 머뭇거리는 기색이 역력해졌다. 베키는 또 하나의 두려운 사실을 깨달았다. 톰이 좀 전의 길도 잃은 것이다!

"톰, 너 표시를 하나도 안 했구나!"

"베키, 난 정말 바보야! 바보 천치였어! 되돌아갈 생각은 꿈에도 안 했어! 모르겠어. 길을 못 찾겠어. 완전히 뒤죽박죽이 됐어."

"톰, 톰. 우리는 길을 잃었어. 길을 잃었다고. 이 끔찍한 곳에서 영원히 못 빠져나갈 거야. 아, 어쩌자고 다른 사람들과 멀리 떨어져서 따로 놀았을까!"

베키는 땅에 주저앉아 격렬한 울음을 터뜨렸다. 톰은 베키가 저러다 죽거나 돌아 버릴지도 모른다는 생각에 겁이 났다. 톰은 옆에 앉아서 베키를 팔로 꼬옥 안아 주었다. 베키는 톰의 가슴에 얼굴을 묻더니 모든 두려움과, 이제 쓸모도 없는 후회를 눈물로 쏟아 냈다. 울음소리는 멀리 퍼졌다가 낄낄거리는 웃음소리로 변해 되돌아왔다.

톰은 베키에게 다시 힘내 보자고 격려했지만 베키는 고개를 저었다. 톰은 베키를 이런 비참한 상황에 몰아넣은 자신을 책망하고 욕했다. 이 말은 효과가 있었다. 베키가 자리에서 일어나, 톰이 그런 말을 더 이상 하지만 않으면 어디든지 톰이 가자는 대로 따라가겠다고 말한 것이다. 베키는 자기에게도 톰만큼이나

잘못이 있다고 덧붙였다.

그래서 두 아이는 다시 걷기 시작했다. 아무런 목적지도 없이, 아무 길이나 들어갔다. 그들이 할 수 있는 일은 계속 걷는 것뿐이었다. 잠시나마 희망이 다시 샘솟는 것 같았다. 딱히 그럴 만한 이유가 있어서가 아니었다. 그저 거듭된 실패로 희망의 샘이 완전히 말라 버리면, 다시 샘에 물이 고이기 시작하는 자연의 이치였다.

톰은 베키가 든 초를 빼앗아 불을 껐다. 양초를 아끼기 위해서였다. 톰의 이런 행동에는 많은 의미가 있었다! 설명할 필요 없이 베키도 그 의미를 알았다. 다시 희망이 사그라졌다. 베키는 톰의 호주머니에 양초가 서너개 있는 걸 알았다. 그럼에도 초를 아끼지 않으면 안 되는 최악의 상황인 것이다.

점점 피로가 쌓였지만, 아이들은 애써 무시했다. 시간이 지금처럼 아까운 순간에 주저앉아 쉬는 것은 생각만 해도 끔찍했다. 어디로 향하든 움직이고 있으면 적어도 앞으로 나아가고 있다는 뜻이고, 잘하면 좋은 결과를 얻을 수도 있다. 하지만 앉아서 쉰다는 건 죽음을 재촉하는 행위일 뿐이었다.

마침내 베키가 다리에 힘이 빠져 더 이상 걸을 수가 없었다. 베키가 주저앉았고, 톰도 그 옆에 앉았다. 둘은 집, 친구들, 편안한 침대, 그리고 무엇보다 빛에 대해 이야기를 나누었다! 베키는 울음을 터뜨렸다. 톰은 베키를 달래 줄 방법을 열심히 궁리했지만 점점 같은 말을 반복하고 있었고, 심지어 비꼬는 말처럼 들리기까지 했다.

베키는 피곤에 지쳐 어느새 잠에 곯아떨어졌다. 톰은 기뻤다. 톰은 베키의 야윈 얼굴을 들여다보았다. 달콤한 꿈을 꾸고 있는지, 베키의 얼굴은 평온했고 평소의 모습을 되찾았다. 나중에는 살며시 미소까지 띠었다. 잠시나마 톰의 마음도 평화와 안식을 얻었다. 톰은 지나간 시간과 꿈같은 추억들을 떠올렸다.

톰이 깊은 생각에 잠겨 있을 때 베키가 가벼운 미소를 머금고 잠에서 깼다. 그런데 미소가 곧장 얼어붙고, 신음 소리가 새어나왔다.

"아, 잠들다니! 그럼, 차라리 영원히 깨지 말걸! 안 돼, 안 돼, 톰! 그런 표정으로 보지 마! 다시는 그런 말 안 할게."

"네가 잠들어서 기뻤어, 베키. 좀 쉬었으니까 이제 나가는 길을 찾아보자."

"열심히 찾아보자, 톰. 하지만 꿈속에서 아주 아름다운 나라를 봤어. 머잖아 우리가 그리로 갈 건가 봐."

"아니야, 베키. 기운 내야 해. 계속 노력해 보자."

두 아이는 일어나 손을 잡고 다시 걸었다. 동굴에 들어온 지 얼마나 됐는지 궁금했는데, 마치 수십 일은 지난 느낌이었다. 당연히 그럴 리는 없었다. 양초들이 아직 바닥나지 않았으니까. 한참 만에(여전히 얼마나 오랜 시간이 흘렀는지 알 수 없었다) 톰은 최대한 살며시 걸으면서 물방울 떨어지는 소리를 쫓아 샘물을 찾아야 한다는 생각을 떠올렸다. 곧 샘물을 발견했다. 톰은 다시 쉬자고 했다. 두 아이 모두 지독하게 피곤했지만, 베키는 조금 더 갈 수 있다고 말했다. 하지만 톰이 우겼다. 베키는 톰을 이해할 수 없었지만 어쨌든 자리에 앉았다.

톰은 앞에 있는 바위에 양초를 진흙으로 붙여 놓았다. 머릿속에 온갖 복잡한 생각이 떠올랐다. 둘 다 한참 동안 아무 말도 하지 않았다. 마침내 베키가 침묵을 깨뜨리고 입을 열었다.

"톰, 너무 배고파!"

톰이 호주머니에서 뭔가를 꺼냈다.

"이거 생각나니?"

베키는 희미한 미소를 지었다.

"우리 결혼 과자잖아, 톰."

"응, 이게 드럼통처럼 크면 좋겠는데. 이것뿐이야."

"난 소풍 음식에서 일부러 빼두었는데. 어른들이 결혼 과자를 갖고 하는 것처럼 나중에 우리 둘을 위해서 말이야. 그런데 이제 우리들의……."

베키는 말을 잇지 못했다. 톰은 과자를 반으로 잘랐다. 배가 많이 고팠던 베키는 단숨에 먹었다. 톰은 자기 몫의 절반을 조금씩 갉아 먹었다. 이 잔치를 마무리해 줄 물은 충분했다.

곧이어 베키가 다시 걷자고 제의했다. 톰은 한참을 침묵하다가 이렇게 말했다.

"베키, 내가 무슨 말을 해도 참을 수 있겠니?"

베키는 얼굴이 하얗게 질렸지만 고개를 끄덕였다.

"음, 그러니까, 베키, 우리는 여기서 가만히 있어야 돼. 먹을 물이 있는 여기서, 저 작은 양초가 마지막 양초야!"

베키는 다시 울음을 터뜨렸다. 톰이 모든 방법을 동원해서 달래려 했지만 소용이 없었다. 한참 후에 베키가 말했다.

"톰!"

"응, 베키?"

"우리가 없어졌으니 사람들이 우릴 찾아다니고 있을 거야!"

"맞아, 그럴 거야! 틀림없어!"

"아마 지금 찾고 있는지도 몰라, 톰."

"정말 그렇겠는데. 아, 정말 그랬으면 좋겠다."

"사람들이 우리가 없어진 걸 언제 알았을까, 톰?"

"배로 돌아갔을 때겠지."

"톰, 그때는 아마 캄캄해졌을 텐데, 우리가 없어졌다는 걸 알아차렸을까?"

"모르겠어. 어쨌든 사람들이 집에 돌아가면 너희 엄마도 네가 없어진 걸 아시겠지."

두려움에 질린 베키의 표정을 보자 톰은 정신이 번쩍 들었다. 톰은 자기가 큰 실수를 한 걸 알았다. 베키는 그날 밤 집에 돌아가지 않기로 되어 있었다! 잠시 후 베키의 얼굴에 나타난 새로운 고민의 표정을 보고 톰은 베키도 자기와 똑같은 생각을 하고 있다는 걸 알았다. 그러니까, 수요일 아침이 반쯤 지나고 나서야 대처 부인은 베키가 하퍼 부인네 집에 가지 않았다는 걸 알게 될 것이다.

아이들은 양초 토막에 시선을 고정한 채 그것이 천천히, 야속하게 녹아 없어지는 모습을 지켜보았다. 양초는 1센티미터 남짓밖에 남지 않았다. 희미한 불꽃이 반짝이더니 사그라졌다. 잠시 양초 끝에서 가느다란 연기가 피어올랐으나 그것으로…… 공포의 어둠이 세상을 지배했다.

베키가 톰의 팔에 안겨 울다가 정신을 차리기까지 시간이 얼마나 흘렀는지 모르겠다. 아무 말도 안 나왔다. 단지 엄청나게 오랜 시간이 지난 후에야 둘은 죽음 같은 잠에서 깨어나 자신들의 비참한 처지를 다시 한 번 실감했을 뿐이었다. 톰은 지금이 일요일일 거라고 말했다. 하지만 월요일인지도 모를 일이었다. 톰은 베키에게 말을 걸려고 했지만 모든 희망이 사라진 지금 베키의 슬픔은 너무 컸다. 톰은 자기네들이 실종된 지 한참이 지났으니 수색 작업이 진행 중일 게 분명하다고 했다. 크게 소리치면 누가 나타날지도 모른다면서 소리를 질렀다. 하지만 어둠 속에서 아득히 먼 곳까지 갔다가 되돌아오는 메아리가 너무 무시무시해서 다시 시도할 엄두가 나지 않았다.

시간은 덧없이 흘러갔다. 배고픔이 또다시 이 포로들을 괴롭혔다. 톰의 몫으로 자른 과자가 남아 있었다. 두 아이는 과자를 다시 잘라서 나누어 먹었다. 하지만 허기는 전보다 더 심해졌다. 얼마 되지 않는 양의 음식은 식욕을 더욱 불러일으켰다.

　잠시 후 톰이 말했다.

"쉿! 저 소리 들려?"

　두 아이는 동시에 숨을 멈추고 귀를 기울였다. 고함 소리 비슷한 어떤 소리가 아주 희미하게 들렸다. 톰은 즉시 대답했다. 그리고 베키의 손을 잡고 벽을 더듬으며 통로를 걸어갔다. 잠시 후 톰의 귀에 다시 한 번 그 소리가 들렸다. 소리가 더 가까워졌다.

"사람들이야. 사람들이 오고 있어. 지금 오고 있어, 베키. 우리는 이제 살았어!"

　석방된 포로들의 기쁨은 이루 말할 수 없었다. 하지만 걷는 속도는 더디기만 했다. 곳곳에 구멍 같은 게 널려 있어서 조심해야만 했다. 그때 바닥에 또 구멍이 나타나서 걸음을 멈췄다. 깊이가 1미터일지 30미터일지 알 수가 없으니 섣불리 건널 수가 없었다. 톰은 바닥에 엎드려 팔을 최대한 깊숙이 넣어 보았다. 손이 바닥에 닿지 않았다. 아이들은 수색대원들이 올 때까지 그 자리에서 기다리는 수밖에 없었다.

　다시 귀를 기울였다. 희미했던 고함 소리가 점점 더 멀어지고 있었다! 잠시 후에는 아예 사라져 버렸다. 가슴이 무너져 내리는 것 같았다! 톰이 목이 쉬도록 소리를 질렀지만 소용없었다. 톰은 베키에게 희망적으로 말했지만, 오랫동안 초조하게 기다려도 소리는 다시 들리지 않았다.

아이들은 손으로 길을 더듬어 샘가로 되돌아갔다. 시간이 지루하게 흘렀다. 아이들은 다시 잠들었다가 일어났다. 배고픔과 슬픔이 다시 밀려왔다. 톰은 생각했다. 화요일쯤 됐겠구나.

그때 문득 한 가지 생각이 톰의 머릿속에 떠올랐다. 근처에 샛길이 몇 개라도 있을 텐데, 한곳에서 손 놓고 시간의 압박에 시달리느니 샛길들을 조금이라도 찾아보는 게 낫겠어! 톰이 호주머니에서 연줄을 꺼내 바위의 튀어나온 부분에 묶은 다음 출발했다. 연줄을 풀며 길을 더듬어 나갔다. 스무 발자국쯤 가자 샛길이 끝나고 낭떠러지가 나왔다. 톰은 무릎을 꿇고 바닥을 더듬었다. 그다음엔 모퉁이 주변을 손이 미치는 한도까지 뻗어 더듬었다. 온 힘을 다해 오른쪽으로 더 더 손을 뻗었다.

그때, 20미터도 안 떨어진 곳의 바위 뒤에서 촛불을 든 사람의 손이 불쑥 튀어나왔다! 톰은 환희의 함성을 질렀다. 잠시 후 그 손의 주인공이 모습을 드러냈다. 인디언 조였다! 톰은 그 자리에 얼어붙었다. 꼼짝도 할 수 없었다. 다음 순간 '스페인 사람'이 뒤돌아 시야에서 사라지고서야 톰은 크게 안도했다. 톰은 조가 왜 자기의 목소리를 알아채지 못했는지, 쫓아와 법정에서 증언한 죄로 자기를 죽이려 하지 않았는지 의아했다. 아마 내 목소리가 메아리 때문에 다르게 들렸나 봐. 틀림없어.

두려움 때문에 온몸에서 기운이 빠졌다. 톰은 샘가로 돌아갈 힘만 있다면 돌아가서 계속 머물겠다고, 어떤 유혹이 와도 인디언 조와 마주칠지도 모르는 무모한 짓은 하지 않겠다고 다짐했다. 톰은 자기가 무엇을 봤는지 베키가 알지 못하도록 조심했다. 톰은 그냥 '재수 좋으라고' 소리를 질러 보았다고 둘러댔다.

그러나 배고픔과 절망이 길어지면 두려움보다 더 고통스러운 법이다. 톰과 베키는 샘 옆에서 지루하게 기다리고 긴 잠을 자고 나자 생각이 바뀌었다. 아이들은 격렬한 배고픔에 시달리다 잠에서 깼다. 톰은 수요일이나 목요일, 아니면 금요일, 또는 토요

일이 되었을 거라고 짐작했다. 이제 수색 작업도 끝났을 것이다.

톰은 다른 샛길을 찾아보자고 제의했다. 톰은 인디언 조가 아니라 그보다 더 큰 두려움에도 기꺼이 맞설 준비가 되었다. 하지만 베키는 너무 기진맥진해 있었다. 완전히 무기력해져서 일어서려고도 하지 않았다. 베키는 그냥 그 자리에서 기다리다가 죽겠다고, 그리 오래 걸리지도 않을 것 같다고 말했다. 샛길을 찾고 싶으면 연줄을 묶으면서 다니고, 자주 자기에게 돌아와서 이야기해 달라고 애원했다.

"'운명의 시간'이 오면 '모든 것이 끝날 때'까지 옆에서 손을 잡아준다고 약속해, 톰. 제발 약속해 줘."

톰은 베키에게 입을 맞췄다. 울컥했다. 톰은 반드시 수색대나 탈출구를 찾아오겠다는 자신에 찬 표정을 지어 보였다. 그리고 손에 연줄을 쥐고 샛길 하나를 골라서 두 손과 두 발로 바닥을 기어갔다. 배고픔에 지치고, 곧 다가올 불길한 운명을 두려워하며……

제32장

화요일 오후가 되었다. 어느덧 땅거미가 지기 시작했다. 세인 트피터즈버그 마을은 여전히 슬픔에 잠겨 있었다. 사라진 아이들은 발견되지 않았다. 두 아이의 무사 귀환을 비는 기도회가 열렸고, 각 가정에서도 정성 어린 기도를 올렸지만, 동굴 쪽에서는 좋은 소식이 전혀 들려오지 않았다. 수색대도 거의 철수해서 각자 본업으로 돌아갔다. 이제는 아이들을 찾아내기가 불가능해 보인다는 이유였다.

대처 부인은 병석에 누웠고 대부분의 시간을 혼수상태로 지냈다. 딸의 이름을 부르다 갑자기 고개를 들고 잠시 귀를 기울이다 다시 힘없이 누워 버리는 모습에, 사람들은 정말 애처롭다고 수군거렸다. 폴리 이모도 깊은 우울증에 잠겼다. 이모의 회색 머리는 거의 흰색으로 변해 버렸다. 화요일 밤, 온 마을 사람들이 절망과 슬픔 속에서 잠자리에 들었다.

한밤중에 갑자기 마을의 종들이 요란하게 울렸다. 옷을 반쯤 걸친 마을 사람들이 급히 거리로 뛰어나왔다. 사람들이 크게 외치고 있었다.

"나와 봐! 나와 보라고! 아이들이 왔어, 아이들이!"

사람들의 외침에 양철 팬과 뿔나팔 소리가 합세했다. 사람들은 떼를 지어 강 쪽으로 몰려가 아이들을 맞이했다. 두 아이는 다른 시민들이 큰 소리를 외치며 끌고 오는 뚜껑 없는 마차에 타고 있었다. 사람들은 곧 마차를 빙 둘러싸더니, 함께 마을을 향해 행진했다. 모두들 "만세! 만세!" 하고 외치면서 큰길을 휩쓸고 다녔다.

온 동네에 불이 환히 켜졌다. 다시 잠자리로 들어가는 사람은 없었다. 이 조그마한 마을이 생긴 이래 가장 엄청난 밤이었다. 처음 반 시간 동안 마을 사람들은 대처 판사 집에 몰려와 살아난 아이들을 껴안고 키스를 퍼부었다. 모두들 대처 부인의 손을 꼭 잡고 한마디씩 하려 했으나 말이 나오지 않았다. 온 집 안에 비 오듯이 눈물만 뿌리며 돌아다닐 뿐이었다.

폴리 이모의 행복은 절정에 달했다. 대처 부인도 마찬가지였지만, 동굴에 사람을 보내서 이 엄청난 소식을 남편에게 알리고 나서야 비로소 완전히 기뻐할 수 있었다.

톰은 소파에 몸을 누인 자세로, 조바심을 내며 귀를 기울이고 있는 청중에게 자기의 멋진 모험 과정을 이야기했다. 물론 이야기에 살을 많이 붙여서 멋지게 장식했다. 모험담의 마무리로 베키를 남겨 두고 홀로 탐험을 감행한 일, 두 개의 통로를 골라 연줄이 미치는 곳까지 들어가 본 일, 그리고 마침내 세 번째 통로에서 연줄이 끝나는 곳까지 갔다가 돌아나오려는 순간 멀리서 가느다란 빛줄기 같은 것을 발견한 일까지 술술 이야기했다. 연줄을 놓고 손으로 계속 더듬어서 가 보니 결국 작은 구멍이 나타났고, 그 구멍을 비집고 나오니 넓은 미시시피 강이 옆에서 흐르고 있었다!

그때가 밤이었더라면 그 한 점의 빛을 못 봤을 테니까 그 통로를 더 이상 살피지 않았을 것이다. 톰은 베키에게 돌아가서 기쁜 소식을 전했지만 베키는 쓸데없는 이야기로 힘들게 하지 말아 달라고 했다. 완전히 지쳐서 곧 죽을 것 같고, 그냥 조용히 죽고 싶다는 것이었다. 톰은 사람들에게 자기가 얼마나 힘들게 베키를 달래서 자신감을 주었는지, 베키가 막상 그 푸른빛이 보이는 지점까지 오자 얼마나 기뻐했는지, 자기가 어떻게 구멍을 빠져나와 베키를 꺼내 주었고 둘이 기쁨의 눈물을 얼마나 흘렸는지, 지나가는 보트를 어떻게 불러 세워서 자신들의 사정과 배고픔을 호소했는지를 들려주었다. 보트에 탄 사람들은 처음에는 그 터무니없는 이야기를 믿으려 하지 않았다. 당연했다.

"말도 안 돼! 동굴이 있는 골짜기는 여기서 8킬로미터나 상류에 있는데!"

그 사람들은 아이들을 배에 태워 어느 집으로 데려가 저녁을 먹였고 날이 저물자 두어 시간 재웠다. 그러고 나서 톰과 베키를 이 마을로 데려온 것이다.

동이 틀 무렵 마을에서 온 사람들이 허리에 줄을 동여매고 밧줄을 따라서 동굴로 들어가 대처 판사와 수색대원 몇 명에게 이 엄청난 소식을 전했다.

동굴 속에서 사흘 밤낮으로 겪은 고통과 배고픔의 후유증은 금방 떨쳐지지 않는다. 톰과 베키도 곧 체감했다. 그래서 수요일에도 목요일에도 종일 자리에 누워 있었다. 그런데 더 피곤하고 더 지치는 것 같았다. 그래서 톰은 목요일에 집앞을 거닐었고, 금요일에는 마을까지 돌아다녔다. 토요일에야 거의 평소의 모습을 되찾았다. 하지만 베키는 일요일이 되어서야 간신히 자기 방에서 나올 수 있었다. 중병을 앓고 일어난 사람 같았다.

톰은 허크가 아프다는 말을 듣고 금요일에 찾아갔다. 하지만 허크의 침실에는 들어가지 못했다. 토요일과 일요일에도 들어가라는 허락이 떨어지지 않았다. 월요일부터는 매일 들어갈 수 있었지만, 미리 톰의 모험담이나 허크를 흥분시키는 어떤 화제도 꺼내지 말라는 경고를 받았다. 톰이 이 지시를 잘 따르는지 감시하려고 더글러스 아주머니가 항상 옆에 있었다. 톰은 식구들에게 카디프 언덕 사건을 전해 들었다. 그리고 '누더기를 걸친 남자'의 시체가 나루터 부근에서 익사체로 발견되었다는 이야기도 들었다. 사람들은 도주를 시도하다가 익사했을 것이라고 짐작했다.

동굴에서 구출된 지 2주일쯤 지난 뒤, 톰은 허크를 병문안하러 집을 나섰다. 허크도 이제는 놀라운 이야기를 들을 수 있을 만큼 많이 좋아졌다. '네가 재미있어 할 이야기가 나한테 있지.' 톰은 깜짝 놀랄 허크를 떠올리며 신나게 걸어갔다.

도중에 베키를 보려고 대처 판사의 집에 잠시 들렀다. 판사와 그의 친구들이 톰에게 이것저것 물었다. 한 명이 놀림조로 그 동굴에 또 가고 싶으냐고 물었다. 톰은 가도 괜찮을 것 같다고 대답했다. 그러자 판사가 말했다.

"너 같은 애들이 또 있겠지, 톰. 암, 틀림없어. 그래서 우리가 그 문제를 해결했단다. 이젠 아무도 동굴에서 길을 잃는 일은 없을 게다."

"왜요?"

"2주일 전에 동굴 입구에 큼지막한 철문을 달았거든. 자물쇠도 삼중으로 채웠단다. 열쇠는 내가 가지고 있고."

톰의 얼굴은 하얗게 질렸다.

"얘, 왜 그래? 어이, 아무나 빨리 가서 물 한 컵 떠 와!"

누군가가 물을 가져와서 톰의 얼굴에 끼얹었다.

"자, 이제 괜찮니? 톰, 도대체 왜 그러니?"

"오, 판사님, 인디언 조가 동굴 안에 있어요!"

제33장

인디언 조의 최후 - 감쪽같이 사라진 보물 - 다시 동굴로! - 유령 퇴치법
- "세상에, 이런 곳에!" - 더글러스 아주머니의 만찬

그 소식은 순식간에 퍼졌다. 마을 사람들은 10여 척의 배에 나
누어 타고 맥두걸 동굴을 향해 노를 저었다. 승객을 가득 실은
증기선이 이들의 뒤를 따랐다. 톰 소여는 대처 판사와 같은 배를
탔다.

동굴의 문을 열자 희미한 불빛 아래 처참한 광경이 눈앞에 드
러났다. 인디언 조가 숨이 끊어진 채 바닥에 쓰러져 있었다. 얼
굴을 문틈에 바싹 붙인 채로. 마지막 순간까지 자유로운 바깥세
상의 빛과 즐거움에 동경의 눈길을 보내고 있었던 모양이었다.

톰은 이 악당이 받았을 엄청난 고통을 경험으로 잘 알고 있었
기 때문에 가슴이 뭉클해져 동정심이 생겼다. 동시에 커다란 안

도감을 느꼈다. 이 흉악한 악당에게 불리한 증언을 한 그날 이후로 얼마나 큰 공포가 자신을 짓누르고 있었는지 그제야 실감이 났다.

인디언 조의 옆에 사냥칼이 두 동강이 난 채 놓여 있었고, 철문의 하부를 가로질러 받치고 있는 커다란 빗장에 오랫동안 힘들게 쪼고 깎은 칼자국이 선명했다. 물론 헛수고였을 것이다. 바깥에서 자연석이 문지방처럼 문을 받치고 있었으니까. 단단한 바위 위로 아무리 칼질을 해 봤자 칼만 상할 뿐이다. 그러나 이 바위가 방해하지 않았더라도 그런 노력은 허사로 돌아갔을 게 뻔했다. 그 버팀목을 잘라도, 꽉 잠긴 문 밑으로는 인디언 조의 몸이 빠져나올 수 없었다. 조도 그것을 알았으리라. 다만 뭔가 하지 않고는 견딜 수 없어서 그랬으리라. 그 무서운 시간을 견디기 위해, 고통에 일그러진 심정을 표현하기 위해서.

평소에는 입구 틈새에 구경꾼들이 버린 양초 부스러기가 대여섯 개 정도 흩어져 있는데, 지금은 하나도 눈에 띄지 않았다. 동굴 속 죄수가 모조리 주워 먹은 것이다. 박쥐도 잡아먹었는지 주변에 박쥐 발톱도 여기저기 흩어져 있었다. 그 불쌍하고 재수 없는 사나이는 굶어 죽은 것이다.

바로 근처에 장구한 세월에 걸쳐 천장의 종유석에서 떨어진 물방울로 자라난 석순이 있었다. 조는 그 석순의 끝을 잘라 내고 그 위에 안을 얇게 판 돌을 얹어 놓았다. 귀중한 물방울을 받으려고 했던 것이다. 물방울이 시계의 시침과 분침이 똑딱이는 소리처럼 정확하게 3분마다 한 방울씩 떨어졌다. 24시간 내내 받아도 디저트 스푼 하나를 간신히 채우는 양이었다. 그 물방울은 피라미드가 처음 만들어진 때도, 트로이가 함락되었을 때도, 로마 제국 시초에도, 예수님이 십자가에 못 박혔을 때도, 정복왕*이 대영 제국을 건설할 당시에도, 콜럼버스가 항해에 나섰을 때나 렉싱턴 대학살** 소식이 전해질 때도 떨어졌다.

지금 이 순간에도 한 방울씩 똑 똑 떨어지고 있다. 모든 세상사가 역사의 오후, 전통의 황혼기를 거쳐 망각의 어둠 속으로 사라져 갈 때도 이 물방울은 계속 떨어질 것이다. 세상 만물에는 목적과 사명이 있다고 했던가? 그렇다면 이 물방울은 죽어가는 이 벌레 같은 인간의 갈증을 일순간이나마 채워 주기 위해 5천 년 동안 떨어져 왔던 것인가? 아니면 앞으로 1만 년 후에 성취해 낼 또 다른 목적이 있는 걸까? 상관 없다. 불운한 혼혈 인디언이 돌을 깨어 그 귀중한 물을 받아 먹은 지 여러 해가 지났지만, 지금도 맥두걸 동굴의 비경을 보러 온 관광객들은 이 애처로운 사연이 담긴 돌과 아주 천천히 떨어지는 물방울을 가장 오랫동안 쳐다본다. '인디언 조의 잔'은 동굴에서 가장 유명한 구경거리가

* 노르망디 공 윌리엄 1세
** 미국 독립전쟁의 출발점이었던 전투

되었고, '알라딘의 궁전'도 경쟁이 안 될 정도로 인기가 높다.

인디언 조의 시체는 동굴 입구 근처에 매장되었다. 장례식에 인근 약 10킬로미터 반경 안의 모든 마을에서 많은 사람들이 배와 마차를 타고 몰려들었다. 그들은 아이들과 함께 먹을 것을 잔뜩 싸 왔고, 그자의 장례식을 보니 교수형 집행을 보는 것처럼 속이 후련하다고 한마디씩 했다.

이 장례식 때문에 진행 중이던 한 가지 일이 중단되었다. 주지사에게 인디언 조의 죄를 사면해 달라는 탄원이었다. 탄원서에 서명한 사람들이 이미 상당히 많았다. 사람들이 눈물을 흘리고 흥분된 목소리로 떠들어 대는 모임도 여러 번 열렸다. 어리석은 부인네들로 구성된 위원회가 깊은 애도를 나타내는 옷차림으로 주지사에게 몰려가 눈물로 호소하며, 주지사에게 자비로운 얼간이가 되어 자기 직무를 스스로 짓밟으라고 간청할 예정이었다. 인디언 조는 마을 사람들을 적어도 다섯 명이나 살해한 것으로 알려진 악당이었다. 그래도 상관없었다! 그자가 진짜 악마라도 석방 탄원서에 이름을 끼적여 놓고는 그 위에 완전히 고장난 수도꼭지처럼 눈물을 줄줄 흘릴 여린 사람들은 얼마든지 있었을 것이다.

장례식 다음 날 아침, 톰은 중요한 이야기를 나누려고 허크를 조용한 곳으로 데려갔다. 허크는 이미 웨일즈 노인과 더글러스 아주머니에게 톰의 모험담을 들어서 잘 알고 있었다. 톰은 한 가지 이야기가 빠져 있고, 지금 같이 의논하고 싶은 게 바로 그거라고 말했다. 허크는 슬픈 얼굴로 대답했다.

"나도 무슨 얘기인지 알아. 2호실에 위스키 병 말고는 아무것도 없었다, 이거지. 그게 너라고 아무도 나한테 말해주지 않았지만 그 위스키 이야기를 듣는 순간 너라는 걸 알았어. 그리고 돈을 못 찾았구나, 대번에 짐작했지. 돈을 찾았다면 다른 사람에게는 침묵을 지키더라도 적어도 나한테는 어떻게 해서든 알려 주었을 테니까 말이야. 톰, 우리는 그 돈 보따리를 영원히 손에 넣을 수 없나 봐."

"이봐, 허크, 난 그 여관방 얘기는 아무에게도 하지 않았어. 내가 소풍 갔던 그 토요일에 그의 여관에서 아무 일도 없었다는 건 너도 알잖아. 그날 밤 네가 망을 본 것도 기억하지?"

"응, 맞아! 1년이나 된 일처럼 아득하다. 바로 그날 내가 인디언 조를 더글러스 아주머니네 집까지 쫓아갔지."

"네가 뒤를 밟았어?"

"응, 하지만 잠자코 있어야 돼. 인디언 조의 패거리가 아직 남아 있을지도 모르니까. 그놈들이 원한을 품고 나에게 앙갚음을 하려고 들면 큰일이야. 내가 가만 있었으면 그놈은 지금쯤 텍사스에 가 있었을 테니까."

허크는 자기의 모험을 톰에게 전부 털어놓았다. 그때까지 톰은 웨일즈 노인한테 들은 부분만 알고 있었다.

"어쨌든 누군지 2호실에서 위스키를 가져간 놈이 그 돈도 가져간 거야. 어쨌든 이제 우리 손에서 영원히 떠났어, 톰."

톰이 갑자기 목소리에 힘을 잔뜩 주고 말했다.

"허크, 그 돈은 처음부터 2호실에 없었어!"

"뭐?"

허크가 톰의 얼굴을 뚫어져라 바라보았다.

"톰, 그럼 넌 돈의 흔적을 다시 찾았단 말이야?"

"허크, 돈은 동굴 안에 있어!"

허크의 눈이 빛났다.

"다시 말해 봐, 톰."

"돈은 동굴 속에 있다니까!"

"톰, 지금 날 놀리는 거야? 사실이야, 거짓말이야?"

"사실이라니까, 허크. 내 생애에서 제일 진지하게 얘기하고 있는 거야. 나랑 같이 동굴에 가서 가지고 오자."

"물론 가고말고! 들어가서 헤매지 않을 장소라면 어디든지 따라갈게."

"허크, 아무 문제없이 해낼 수 있어."

"잘됐어! 그런데 돈이 거기에 있는 줄 어떻게……?"

"허크, 가 보면 알아. 돈이 없으면, 내 북이랑 가진 걸 다 줄게. 맹세한다."

"좋았어. 언제 갈 건데?"

"지금 당장, 너만 좋으면. 몸은 이제 괜찮아?"

"동굴에서 한참 가니? 사나흘 전부터 걷긴 걷는데 1~2킬로미터 이상은 힘들어, 톰. 지금은 힘들 것 같은데."

"다른 사람들은 8킬로미터쯤 걸어 들어가야 하지만, 나만 아는 지름길이 있어. 허크, 내가 너를 배에 태우고 갈게. 거기까지 내가 배를 몰고. 배를 도로 갖다 놓는 것도 내가 다 알아서 할게. 넌 손 하나 까딱할 필요 없어."

"그럼 바로 떠나자, 톰."

"좋아, 그런데 빵과 고기가 필요해. 담배도! 또 자루 한두 개와 연줄 두서너 개, 또 요새 새로 나온 '사탄의 성냥'*이라는 거 알지? 동굴 속에 있을 때 그 성냥 생각이 어찌나 간절하던지."

정오가 조금 지나서, 두 소년은 주인이 자리를 비운 보트 한 척을 무단으로 '빌려' 즉시 동굴로 출발했다. 동굴 입구에서 수 마일 떨어진 지점에 이르렀을 때 톰이 입을 열었다.

"동굴 입구에서부터 여기까지는 절벽들이 다 똑같아 보여. 집도 없고, 장작 창고도 안 보이고, 모두 비슷비슷한 덤불만 눈에 띄지. 하지만 저기, 절벽이 무너져 하얗게 드러난 곳을 봐. 그게 나만 아는 표시야. 여기에 배를 대자."

두 소년은 땅으로 올라왔다.

---

* 황린 성냥은 1827년 영국에서 발명되었고, 1836년 미국에서 특허를 받았다.

"내가 빠져나온 구멍은 지금 우리가 서 있는 곳에서 낚싯대 하나만 한 거리에 있어. 네가 한번 어딘지 맞혀 봐."

허크가 그 근처를 찾아보았지만 아무것도 발견할 수 없었다.

톰은 으스대며 작은 옻나무 숲을 헤치고 들어갔다.

"여기야! 잘 봐, 허크. 이 동네에서 제일 비밀스러운 구멍이지. 아무에게도 얘기하면 안 돼. 난 항상 도적이 되고 싶어서 이런 장소가 필요했는데, 어디가 좋을지 고민이었거든. 이제 찾은 거야. 절대로 비밀로 하고, 조 하퍼와 벤 로저스에게만 알려 주자. 갱단을 만들어야 하니까. 안 그러면 멋이 없지. 톰 소여 갱단, 멋있지 않니, 허크?"

"응, 멋있어, 톰. 그런데 누굴 털지?"

"아무면 어때. 숨어서 지나가는 사람들을 기다려야지. 도적들은 다 그렇게 해."

"그리고 죽여?"

"아니, 항상 죽이진 않아. 사람들이 몸값을 낼 때까지 동굴 속에 숨겨 두는 거야."

"몸값이 뭐야?"

"돈이지. 가진 돈을 다 내놓게 만들어야 돼. 어떤 때는 그들의 친구한테 내라고 할 때도 있어. 1년이 지나도 돈이 안 오면 그때 죽이지. 보통 그렇게들 해. 여자들은 안 죽여. 가둬 두기만 하고 죽이진 않아. 여자들은 다 예쁘고 부자고, 엄청나게 겁이 많

거든. 시계 같은 걸 빼앗는 건 괜찮지만, 여자들 앞에서 항상 모자를 벗고 공손하게 말해야 돼. 도적들만큼 예의 바른 자들도 없어. 어떤 책을 봐도 다 그렇게 써 있다니까. 그러면 그 여자들이 너를 사랑하게 된단 말이야. 한두 주일 갇혀 있다 보면 울지도 않고, 집에 가라고 해도 안 가거든. 강제로 쫓아내도 좀 있다 다시 돌아와. 어떤 책을 봐도 다 똑같아."

"야, 그거 멋있다, 톰. 해적보다 더 나은 것 같아."

"그럼. 좋은 점이 한두 가지가 아니지. 왜냐하면 집에서도 가깝고 서커스 구경 같은 것도 하기 쉬우니까."

이때쯤 모든 준비가 끝났다 톰이 앞장서서 구멍으로 들어갔다. 그들은 좁은 통로를 힘들게 빠져나갔다. 그런 뒤 연줄을 한쪽에 단단히 고정시켜 놓고 계속 전진했다. 몇 걸음 안 가서 샘이 나타났다. 톰이 온몸을 부르르 떨더니, 동굴 벽에 진흙으로 붙여 둔 양초 토막을 가리키며 자기와 베키가 꺼질락 말락 하는 촛불을 바라보며 얼마나 가슴을 졸였는지 이야기했다. 두 소년은 괜히 목소리를 낮춰서 속삭였다. 동굴의 고요하고 음침한 분위기에 압도되었기 때문이다.

아이들은 계속 전진했다. 잠시 후 톰이 발견했던 또 다른 통로로 들어섰고, 마침내 '낭떠러지'가 나왔다. 불빛 아래에서 다시 보니 그곳은 절벽이 아니라 약 6~9미터 높이의 진흙 언덕에 불과했다.

"이제 진짜 굉장한 것을 보여 줄게, 허크."

톰이 귓속말로 속삭이며 초를 높이 쳐들었다.

"저 멀리 구석을 좀 봐 보여? 저기, 커다란 바위 위에 그을린 데가 보이지?"

"톰, 십자가가 그려져 있네."

"이제 그 2호실이 어디인지 알겠지? 십자가 아래라 이거야. 바로 저기서 인디언 조가 촛불을 붙이는 걸 봤어, 허크!"

허크는 잠시 그 수수께끼 같은 표시를 바라보다가 떨리는 목소리로 말했다.

"톰, 여기서 나가자!"

"뭐! 보물을 놔두고 가자고?"

"응, 그냥 놔둬. 인디언 조의 유령이 돌아다니고 있는 것 같아. 확실해."

"아냐, 허크, 유령은 없어. 조가 죽은 데는 여기가 아니라고. 훨씬 멀리 떨어진 동굴 입구에서 죽었어. 여기서 8킬로미터도 더 멀어."

"아니야, 톰, 그렇지가 않아. 유령은 돈 근처에서 서성대고 있을 거야. 난 유령이 어떻게 노는지 잘 알아. 너도 알잖아?"

허크의 말이 그럴 듯해서 톰도 겁이 났다. 온갖 불안이 그의 마음에 몰려왔다. 그때 좋은 생각이 떠올랐다.

"아하, 우린 정말 바보야! 인디언 조의 유령은 십자가가 있는 곳에선 돌아다니지 못해!"

톰이 핵심을 찔렀다. 톰의 말은 금방 효과를 나타냈다.

"그걸 미처 생각하지 못했네. 그 말이 맞다. 십자가가 있다는 건 우리에게 행운이야. 밑으로 내려가서 궤를 찾아보자."

톰이 앞장서 내려갔다. 진흙 언덕 위에 그의 발자국이 찍혔다. 허크가 뒤를 따랐다. 큰 바위가 서 있는 작은 동굴에서 네 갈래의 샛길이 뻗어 있었다. 두 소년은 세 개의 통로를 조사했지만 소득이 없었다. 큰 바위에서 제일 가까운 샛길에 땅이 약간 움푹 파졌는데 너덜너덜한 담요로 덮여 있었다. 주변에는 낡은 멜빵, 약간의 베이컨 껍질, 남김없이 발라먹은 두어 마리분의 닭 뼈가 이리저리 뒹굴었다. 돈 상자는 없었다. 두 소년은 주변을 뒤지고 또 뒤졌지만 헛수고였다.

마침내 톰이 말했다.

"그놈이 십자가 아래라고 했어. 여기가 십자가 바로 밑에서 제일 가까운 곳인데, 설마 바위 밑을 말했던 건 아니겠지. 바위는 단단하게 고정돼 있어서 꿈쩍도 안 하는데."

아이들은 다시 한 번 근처를 샅샅이 뒤졌다. 그러고는 실망해서 바닥에 주저앉았다. 허크는 할 말을 잃었다. 얼마 후 톰이 입을 열었다.

"이것 봐, 허크, 바위 이쪽 편 진흙에는 발자국도 나 있고 촛농도 떨어져 있는데 반대편에는 아무것도 없어. 왜 그럴까? 역시 돈은 바위 밑에 있어. 진흙을 파 보자."

"그럴 듯한 생각인데, 톰!"

허크가 기운차게 말했다.

톰이 '발로 나이프'를 꺼내서 땅을 팠다. 10센티미터도 안 팠는데, 칼끝에 나무 부딪히는 소리가 났다.

"야아, 허크! 무슨 소리가 났지?"

허크도 흙을 파다 말고 손으로 긁었다. 판자가 몇 장 드러났다. 바위 밑의 구멍을 가리고 있었다. 톰은 구멍으로 얼굴을 들이밀고 최대한 멀리 비춰 보려고 촛불을 밀어 넣었다. 그러나 끝이 보이지 않았다. 톰은 직접 조사해 보자며, 허리를 굽혀 바위 밑으로 들어갔다. 좁은 통로는 완만하게 아래로 뻗어 있었다. 톰은 구불구불한 길을 따라 처음에는 오른쪽으로, 조금 후에는 왼쪽으로 돌아 내려갔다. 허크가 바싹 톰의 뒤를 따랐다. 톰은 짧게 커브를 한 번 틀었다. 그러더니 갑자기 소리쳤다.

"세상에, 허크, 이걸 봐!"

바로 그 보물 상자였다! 상자는 아늑하고 조그만 동굴에 자리하고 있었다. 보물 상자 말고도 빈 화약통 하나, 가죽 케이스에 담긴 총 두 자루, 모카신*, 가죽 혁대, 그 밖에 자질구레한 물건들이 물에 흠뻑 젖어 있었다.

---

* 인디언들이 신는 뒤축 없는 사슴 가죽 구두를 말한다.

"찾았다!"

"와, 우린 이제 부자야, 톰!"

허크가 빛바랜 금화 속에 손을 넣고 뒤적이면서 외쳤다.

"허크, 언젠가는 찾을 줄 알았어. 너무 좋아서 믿어지지가 않아. 하지만 분명히 찾았어! 자, 꾸물거리지 말고 빨리 가지고 나가자. 이 상자를 들 수 있나 볼게."

상자의 무게는 5킬로그램 정도였다. 톰이 엉거주춤한 모양으로 궤를 간신히 들었는데, 나르기는 쉽지 않았다.

"허크, 내 생각이 맞았어. 그놈들이 전에 유령의 집에서 들고 나갈 때도 쩔쩔매더라고. 그때 알아봤지. 역시 자루를 가져오길 잘했어."

두 소년은 돈을 재빨리 자루에 옮겨 담은 뒤 십자가 표시가 있는 바위까지 날랐다.

"이제 가서 총과 나머지 물건들을 가져오자."

"아니야. 허크…… 그건 그냥 거기 놔두자. 우리가 도적 일을 할 때 필요한 것들이거든. 그것들을 항상 거기 두고 주연酒宴도 여기서 하자고. 주연을 열기에 정말 멋진 장소잖아."

"주연이 뭐야?"

"나도 잘 몰라. 하지만 도적들은 늘 주연을 열어. 그러니까 우리도 그렇게 해야 돼. 자, 가자, 허크. 여기 너무 오래 있었어. 날이 저물었을 거야. 배도 고프고 빨리 배에 가서 뭘 좀 먹고 담배

도 피우자."

얼마 후 아이들은 옻나무 덤불숲으로 나왔다. 조심스럽게 얼굴을 내밀고 사람이 없음을 확인한 후 배 위에 올랐다. 그리고 간단히 점심을 먹은 다음 담배를 피웠다. 수평선 너머로 해가 뉘엿뉘엿 질 무렵, 아이들은 배를 밀고 나와 노를 저었다. 톰은 허크와 유쾌하게 잡담을 나누면서 강둑을 따라 계속 미끄러져 나아갔다. 해가 떨어진 직후, 아이들은 땅에 닿았다.

"이봐, 허크. 우선 이 돈을 더글러스 아주머니네 헛간 다락에 감추고, 내일 아침 내가 다시 올 테니 그때 돈을 세어서 나누자. 그런 뒤 숲으로 가서 돈을 숨길 만한 데가 있나 찾아보자고. 여기서 잠깐만 이걸 지키고 있어. 난 베니 테일러네 집에 가서 손수레를 슬쩍 끌고 올 테니까. 금방 돌아올게."

톰은 떠났다. 그리고 얼마 후 손수레를 끌고 나타났다. 아이들은 자루 두 개를 손수레에 싣고 몇 장의 헌 넝마로 덮은 뒤 수레를 끌었다. 웨일즈 노인의 집 앞에 왔을 때 잠시 쉬었다가 출발하려는데, 웨일즈 노인이 밖으로 나와서 외쳤다.

"이봐, 거기 누구요?"

"허크와 톰이에요."

"잘됐다, 애들아. 이리 오너라. 너희들 때문에 다른 사람들이 다 기다리고 있어. 빨리, 어서 앞장서. 수레는 내가 끌어 줄게. 이런, 보기보다 가볍지 않네. 벽돌이 들었니? 아니면 고철인가?"

"고철이에요."

톰이 얼른 대답했다.

"그럴 줄 알았다. 이 동네 애들은 고생은 고생대로 하고, 시간은 시간대로 낭비하면서 겨우 75센트 벌자고 고철을 철공소에 갖다 주는 모양이구나. 정식으로 취직해서 일하면 두 배는 더 벌 텐데. 하지만 그게 인간의 본성인지도 몰라. 어서 가자, 어서!"

두 소년은 그렇게 급한 일이 뭔지 궁금했다.

"염려 마라. 더글러스 부인 집에 가 보면 금방 알 테니."

허크는 걱정이 됐다. 지금까지 살아오면서 엉뚱한 누명을 쓰고 혼난 적이 한두 번이 아니었기 때문이었다.

"존스 씨, 우린 아무 짓도 안 했어요."

웨일즈 노인이 소리 내어 웃었다.

"글쎄, 잘 모르겠다. 애야, 나도 무슨 일인지 잘 몰라. 어쨌든 넌 과부 아주머니하고 친하지 않니?"

"네. 아주머니는 저에게 잘해 주셨어요."

"그럼 됐지. 겁낼 이유가 없잖니?"

허크가 잘 안 돌아가는 머리로 대답을 하기도 전에, 두 아이는 등을 떠밀려서 더글러스 부인네 거실로 들어섰다. 존스 씨는 손수레를 문간에 세워 놓고 아이들의 뒤를 따라 들어왔다.

집 안에 불이 환히 밝혀져 있었고 마을의 중요 인사들이 모두 모여 있었다. 대처 판사 부부, 하퍼 부부, 로저 부부, 폴리 이모,

시드, 메리 누나, 목사님, 신문사 편집장, 그 밖에 많은 사람들이 정장 차림으로 와 있었다. 더글러스 부인은 형편없는 몰골을 하고 있는 두 소년을 누구보다 따뜻하게 맞아 주었다. 아이들의 온몸은 진흙과 촛농으로 얼룩져 있었다. 폴리 이모는 창피해서 얼굴이 빨개졌고, 톰을 향해 고개를 저으면서 얼굴을 찡그렸다. 그러나 누구보다도 본인들이 더 당혹스러웠다.

존스 씨가 입을 열었다.

"톰이 돌아오지 않아서 포기하려던 참이었는데 바로 제 집 앞에서 애들을 만났지 뭡니까. 그래서 두 아이를 바로 이리로 데려왔어요."

"정말 잘하셨어요. 자, 얘들아, 따라오너라."

부인은 두 소년을 침실로 데려갔다.

"자, 씻고 옷을 갈아입어라. 여기 새 옷을 두 벌 놔뒀지. 셔츠에서 양말까지 전부 준비했단다. 허크 옷이야. 아니, 괜찮아, 허크. 고맙다는 말은 안 해도 돼. 존스 씨가 한 벌, 내가 한 벌 사 왔단다. 그렇지만 너희에게 다 잘 맞을 거야. 입어 봐. 우린 아래층에서 기다리고 있을게. 멋있게 차려입고 내려오렴."

이렇게 말하고 부인은 나갔다.

제34장

"톰, 밧줄만 있으면 도망칠 수 있을 텐데. 이 창문은 별로 높지 않거든."

허크가 말했다.

"쳇, 왜 도망가려고 해?"

"글쎄. 난 저렇게 사람들이 많이 모여 있으면 편하지가 않아. 그냥 못 견디겠어. 톰, 난 아래층으로 안 내려갈래."

"야, 이런 건 아무것도 아니야. 난 아무렇지도 않잖아. 내가 옆에서 챙겨 줄게."

그때 시드가 나타났다.

"톰, 아주머니가 오후 내내 널 기다렸어. 메리 누나는 네 나들이웃을 손질해 놓았고. 사람들이 다 너 오기만을 기다렸어. 옷에 묻은 건 촛농하고 진흙 아니야?"

"시드 씨, 자기 일이나 잘하시죠. 그런데 왜 이 난리야?"

"이건 더글러스 아주머니가 허구한 날 하는 파티야. 오늘은 웨일즈 할아버지와 그 집 아들들을 위해 특별히 마련한 거래. 지난번에 그들이 아주머니를 구해 주었으니까. 그리고…… 한 가지 말해 줄 게 있는데…… 네가 알고 싶은지 모르겠지만."

"뭔데?"

"존스 할아버지가 오늘 밤 여기 모인 사람들을 깜짝 놀라게 해 줄 거래. 하지만 난 오늘 존스 할아버지가 이모랑 나누는 이야기를 엿들었거든. 이제 알 사람은 다 알아서 비밀이랄 것도 없는 얘기지. 더글러스 아주머니도 아시는걸 뭐. 그냥 모르는 체할 뿐이라고. 할아버지는 허크가 여기 있어야 한다고 고집하셨어. 허크가 없으면 그 멋진 비밀을 털어놓지 못해서 그래!"

"무슨 비밀인데, 시드?"

"허크가 도둑놈들 뒤를 따라서 아주머니네 집까지 온 거 말이야. 존스 할아버진 모두를 깜짝 놀라게 해서 즐겁게 할 생각인 것 같아. 하지만 보나마나 싱겁게 끝나고 말걸."

시드는 흡족하고 만족스러운 듯이 혼자 킬킬대며 웃었다.

"시드, 미리 퍼뜨린 사람이 바로 너지?"

"누가 그랬든 무슨 상관이야. 누군가 얘기했으면 그만이지."

"시드, 이 마을에서 그런 비겁한 짓을 할 사람은 한 녀석밖에 없어. 바로 네놈이야. 네가 만약 그때 허크였다면 언덕을 몰래 내려와서는 누구에게도 그 도둑놈에 관한 이야기를 안 하고 입을 다물었을 거야. 넌 비겁한데다가, 다른 사람이 훌륭한 일을 해서 칭찬을 받으면 못 참지. 자, 고맙다는 말은 필요 없어. 더글러스 아주머니 말처럼."

톰은 시드의 엉덩이를 서너 번 걷어차서 문밖으로 내쫓았다.

"이모한테 이르기만 해 봐. 그럼 내일 나한테 죽어!"

얼마 후 더글러스 아주머니의 손님들이 모두 만찬 테이블에 자리를 잡고 앉았고, 당시 이 지방 관습에 따라 10여 명의 소년 소녀들은 조그마한 곁 테이블에 앉았다. 적당한 때에 존스 씨가 자리에서 일어나 인사말을 했다. 그는 더글러스 부인이 자신과 아들들을 위해 만찬을 베풀어 준 것에 고마움을 표하고 나서, 사실 고맙게 생각하는 또 한 사람이 있는데 그 사람이 워낙 겸손하다며 서두를 꺼냈다. 존스 씨는 그가 잘하는 극적인 어조와 동작을 써 가며 이 사건에서 허크가 해낸 역할을 털어놓았다. 하지만 청중들의 놀라는 태도에는 짐짓 꾸민 듯한 데가 있었고 이 즐거운 상황에 비추어 그다지 소란스럽지도, 진지하지도 못했다. 그럼에도 불구하고 더글러스 아주머니는 아주 놀란 척하며 입에 침이 마르도록 허크에게 감사와 칭찬의 말을 퍼부었다.

모두의 시선과 칭찬의 관심이 쏠리자 허크는 너무 거북해서 새 옷에 대한 참을 수 없는 불편함마저 잊었다. 과부인 더글러스 아주머니는 허크를 자기 집에서 먹이고 재우고 학교에도 보낼 생각이라고 했다. 또 돈을 모아 나중에 허크에게 자그마한 사업을 시킬까 한다고 말했다.

톰이 끼어들었다.

"허크는 이제 그런 게 필요 없어요. 허크는 부자예요."

손님들은 이런 엄청난 농담을 듣고도 예의를 지키느라 간신히 웃음을 참았다. 조금 부자연스러운 침묵이 이어졌다. 톰이 그 침묵을 깨뜨렸다.

"허크에게는 돈이 있어요. 믿지 못하시겠지만 허크는 돈이 많아요. 웃지 마세요. 당장 보여 드릴게요. 잠깐만 기다리세요."

톰이 문밖으로 튀어나갔다.

손님들은 어리둥절하면서도 재미있다는 듯이 서로를 바라보았다. 그리고 무슨 일이냐고 묻는 듯 혀가 얼어붙은 허크를 바라보았다.

폴리 이모가 말했다.

"시드, 톰이 어디 아프니? 쟤가 대체 뭐로 만들어져서 저러는지 모르겠네. 나는 절대로……."

그때 톰이 자루들을 낑낑거리며 멘 채 비틀비틀 방에 들어와서 식탁 위에 금화를 수북하게 쏟아 놓았다.

"자, 제가 뭐라고 했어요? 반은 허크 거고 반은 제 거예요!"

사람들은 톰이 펼쳐놓은 놀라운 광경에 숨도 제대로 쉬지 못할 지경이었다. 자리에 있던 사람들 모두가 눈을 휘둥그레 뜨고 바라볼 뿐 한마디도 못 했다. 그러다가 일제히 금화에 대한 설명을 요구했다.

톰은 다 말씀드리겠다고 말한 다음, 모든 것을 이야기했다. 이야기는 길었지만 흥미진진했다. 물처럼 흐르는 톰의 재미있는 이야기에 아무도 끼어들지 못했다.

"이런, 난 오늘을 위해 깜짝 놀랄 이야기를 준비했는데 이제 보니 아무것도 아니군요. 이 얘기 때문에 제 얘기는 정말 사소한 게 돼 버렸네요. 인정합니다."

이야기가 끝나자, 존스 씨가 말했다.

돈을 다 세어 보니 1만 2천 달러가 조금 넘었다. 손님들 중에는 그보다 더 많은 재산을 가진 사람도 몇 명 있긴 했지만, 한 번에 이만한 양의 현금을 본 사람은 아무도 없었다.

제35장

뒤바뀐 세상 – 가엾은 허크 – 새로운 모험을 향해!

톰과 허크의 뜻하지 않은 횡재가 조그맣고 보잘것없는 세인트피터즈버그 마을에 불러일으킨 엄청난 소동에 독자 여러분도 만족할 것이다. 그 막대한 돈, 그것도 전부 현금이라는 사실을 도저히 믿기 어려울 정도였다. 사람들은 계속 그 돈 이야기를 했고, 부러워했고, 찬양했다. 급기야 이 불건전한 흥분에 휩싸여 이성을 잃은 사람들이 속출하기 시작했다. 세인트피터즈버그와 인근 마을에 있는 모든 유령의 집이 파헤쳐졌다. 마루 판자를 뜯고, 주춧돌을 들어냈다. 숨겨진 보물을 찾기 위해 샅샅이 뒤졌다. 그것도 애들이 아니라 어른들이! 그중에는 매우 근엄하고, 낭만하고는 거리가 먼 사람들도 많았다.

톰과 허크는 어디를 가든 좋은 대접을 받았다. 찬탄의 대상이 되었을 뿐 아니라 온 시선을 한 몸에 받았다. 두 소년은 여태까지 남들이 자기들 말을 제대로 존중해 준 기억이 한 번도 없었는데, 이제는 모두가 자신들의 말을 보물처럼 귀하게 여기며 따랐다. 두 소년은 뭘 해도 주목을 받았다. 평범한 행동과 평범한 말을 할 자유를 완전히 박탈당했다. 게다가 사람들은 이 아이들이 과거에 저지른 짓까지 샅샅이 뒤져서 독창성의 흔적을 억지로 찾아냈다. 마을 신문에 두 소년의 간략한 일대기가 실렸다.

더글러스 과부 아주머니는 허크의 돈을 6퍼센트 이자가 나오는 곳에 투자했고, 대처 판사도 폴리 이모의 부탁으로 톰의 돈을 똑같이 처리했다. 톰과 허크는 이제 수입이 생겼다. 그것도 막대한 금액이었다. 1년 내내 매일 1달러씩, 그리고 일요일에는 절반을 받았다. 목사가 받는 돈과 똑같았다. 아니, 정확히 말하면 목사가 받기로 돼 있는 액수와 같았다. 목사는 실제로 그만큼 받지 못했다. 생활이 어렵던 그 시절에는 일주일에 1달러 25센트만 있으면 아이 하나를 먹이고 재우고 학교에 보낼 수 있었다. 그뿐 아니라 깨끗이 씻겨서 새 옷을 사 입힐 수도 있는 액수였다.

대처 판사는 톰을 대단히 높이 평가했다. 보통 아이라면 절대로 자기 딸을 동굴에서 구출하지 못했을 거라며 톰을 칭찬했다. 베키가 절대 비밀이라면서 자기 대신 톰이 학교에서 매 맞은 일까지 털어놓자 판사는 눈에 띄게 감동했다. 그래서 베키가 자기

등짝에 내려올 회초리를 톰이 대신 맞느라 엄청난 거짓말을 한 것에 대해 용서를 빌었을 때, 판사는 흥분해서 '그것은 숭고하고 너그럽고 훌륭한 거짓말이며, 심지어 조지 워싱턴의 도끼에 얽힌 유명한 일화와 어깨를 나란히 하여 역사의 대로를 당당하게 걸어갈 만한 가치가 있는 것'이라고 말했다. 베키는 아버지가 거실을 성큼성큼 걸으며 이런 말을 할 때만큼 더 멋있고 위대하게 보인 적이 없었다. 베키는 바로 나가서 톰에게 이 이야기를 들려주었다.

대처 판사는 톰이 위대한 법률가나 군인이 되기를 바랐다. 그래서 톰이 우선 사관학교를 졸업하면, 미국에서 제일 좋은 법과대학에서 교육을 받아 법률가나 군인, 아니면 두 분야에서 모두 성공할 수 있도록 돌봐 줄 작정이라고 말했다.

허크는 부자가 된 점과 더글러스 부인의 보호를 받는다는 사실 때문에 평범한 세상 속으로 나오게 되었다. 아니, 억지로 끌려 나왔거나 얼떨결에 휘말려 들어갔다고 해 두자. 어쨌든 허크의 고통은 도저히 견디기 어려울 정도였다. 아주머니네 하인들이 늘 허크에게 옷을 갈아입히고 씻겨 주고 머리를 빗겨 주고 밤마다 정떨어질 정도로 깔끔한 이불에 허크를 뉘었다. 그 이불에는 허크의 마음을 편안하게 해 주는 티끌이나 얼룩이 한 점도 없었다. 밥을 먹을 때는 반드시 나이프와 포크, 냅킨, 컵, 접시를 사용해야 했다. 또 책으로 공부하고 교회에도 꼭 가야 했다. 또 항상 바른 말만 써야 했기 때문에 그의 입에서는 재미없는 말만 나왔다. 어느 쪽을 둘러보아도 문명의 탈을 쓴 빗장과 족쇄가 허크의 손과 발을 꽁꽁 묶어 놓고 있었다.

3주 후 허크가 갑자기 사라졌다. 더글러스 부인은 크게 낙담하여 꼬박 이틀 동안 사방을 돌아다니며 허크를 찾았다. 마을 사람들도 힘께 걱정하며 온 동네를 샅샅이 뒤졌고, 혹시 몰라서 강까지 수색했다.

허크가 행방불명된 지 사흘째 되던 날, 톰은 아침 일찍 도살장 터 뒤편의 낡은 빈 통들을 뒤져서 '도망자' 허크를 찾았다. 그는 훔친 음식물 부스러기로 아침 식사를 마치고, 담배 한 대를 피워 물고는 편안하게 쉬고 있었다. 지저분했고 머리도 안 빗었고 예전처럼 누더기를 걸쳤는데, 자유롭고 행복하게 살던 옛날의 멋진 모습으로 돌아온 것 같았다. 그런데 톰이 허크에게 '너 때문에 난리가 났으니 빨리 집으로 가자'고 재촉하자, 얼굴에서 편안한 만족의 빛이 사라지며 우울한 그림자가 덮었다.

"그 얘긴 하지 마, 톰. 나도 노력했어. 그런데 안 돼. 안 되더라고, 톰. 나에겐 안 맞아. 적응할 수가 없어. 아주머니가 잘해 주시고 다정하게 대해 주시지만, 도저히 그런 식으로는 못 살겠어. 아침마다 똑같은 시간에 일어나게 하신단 말이야. 세수를 시키고, 머리를 빗기고, 헛간에서도 못 자게 하고, 그리고 숨이 막히는 그 빌어먹을 옷까지. 톰, 그 옷은 전혀 바람이 안 통하는 것 같

아. 게다가 옷이 너무 좋아서 주저앉지도, 눕지도, 아무 데서나 뒹굴지도 못하겠어. 지하실 계단에서 미끄럼도 못 탔다니까. 그 집에서 몇 년은 지낸 것 같아. 억지로 교회에 가긴 가지만 땀만 실컷 흘리고 온다고. 그런 지루한 설교는 정말 질색이야! 파리도 못 잡고, 담배도 못 피우잖아. 또 일요일 내내 구두를 신어야 돼. 아주머니가 종 치면 밥 먹고, 종 치면 자러 가고, 또 종 치면 일어나고……. 모든 게 다 규칙적이라서 이 몸은 참을 수가 없다 이거야."

"모두들 그렇게 살아, 허크."

"톰, 나는 '모두'가 아니야! 그렇게 참을 수가 없어. 그렇게 묶여서 사는 생활은 끔찍하다고. 먹는 것도 너무 쉽게 들어와. 공짜로 주는 음식은 싫어. 낚시를 갈 때도 허락을 맡아야 하고, 헤엄치러 갈 때도 허락을 맡아야 하고. 허락 없이는 아무것도 못 해, 나 참. 또 말할 때 바른 말만 써야 하는 것도 영 맘에 안 들어. 그래서 다락에 올라가서 살짝씩 소리를 질렀어. 매일. 그래야 밥맛이 났거든. 안 그러면 죽을 것 같았거든, 톰. 아주머니는 담배도 못 피우게 해. 사람들 앞에서 소리도 못 지르게 하고, 하품도 못 하게 하지. 기지개도 못 켜게 하고, 몸을 긁지도 말라지……. (갑자기 더 짜증 나고 기분 나쁘다는 어투로) 게다가 아주머니는 매일 기도만 해! 그런 사람은 처음 봤어. 도망칠 수밖에 없었어. 톰…… 이렇게 할 수밖에 없었다고. 또 있어. 개학하면 나도 학

교에 가야 한대. 나는 '그 짓'은 절대 못 해, 톰. 야, 부자가 된다는 게 그렇게 좋은 일이 아닌 것 같아. 이런 걱정 저런 걱정에, 더럽게 땀만 나고, 죽고 싶다는 생각도 들어. 나한테는 이런 옷이 어울려. 이런 통이 어울리고. 이것들을 버리지 않을 거야. 톰, 그 돈만 없었다면 그런 지옥에 안 들어갔을 텐데. 이제 내 돈, 네가 다 가져가고, 나한테 가끔 10센트씩만 줘⋯⋯. 자주도 필요 없어. 지독하게 갖고 싶은 게 아니면 물건을 사는 일도 없을 테니까. 톰, 네가 내 대신 아주머니한테 가서 잘 좀 얘기해 줘."

"오, 허크 난 못 해. 너도 알잖아. 사람이 그러면 안 돼. 조금만 더 참아 보면 그런 생활도 좋아질 거야."

"좋아진다고! 그래, 뜨거운 난로에 오래 앉아 있으면 그것도 좋아진다는 거야? 아니, 톰. 난 부자 안 할래. 그 숨 막히는 집에서 살기도 싫어. 나는 숲이랑 강이랑 이런 돼지 여물통이 좋아. 여기를 절대 떠나지 않을 거야. 제기랄, 총도 생겼고 동굴도 있고, 모든 게 도적 노릇을 하기에 딱 좋았는데, 이런 골치 아픈 일에 휘말려서 엉망진창이 되어 버리다니!"

톰이 이 기회를 놓치지 않았다.

"이봐, 허크, 나는 부자가 되었다고 해서 도적이 되는 걸 포기할 생각이 없어."

"와! 그거 좋은데. 진심으로 하는 말이야, 톰?"

"내가 지금 여기 앉아 있다는 사실만큼이나 틀림없는 사실이야. 하지만 허크, 네가 좀 더 점잖게 행동하지 않으면 우리 갱단에 끼워 줄 수 없어."

순간 허크의 기쁨은 사라졌다.

"못 끼워 준다고, 톰? 해적 놀이에는 끼워 줬잖아!"

"이번엔 달라. 도적은 해적보다 훨씬 차원이 높거든. 원래 그래. 어느 나라에 가 봐도 도적들은 공작이나 뭐 그런 아주 높은 귀족 출신들이 한다고."

"야아, 톰, 넌 나한테 항상 잘해 주었잖아! 설마 날 진짜로 뺄 거야, 톰? 아니지, 그렇지?"

"허크, 나도 물론 그러고 싶지 않아. 정말 그렇게 하고 싶지 않아. 그런데 사람들이 우리더러 뭐라고 하겠어? '흥, 톰 소여 일당이라! 한심한 놈들만 모였네!' 그게 바로 널 두고 하는 소리야. 그런 말을 들으면 너도 싫겠지. 나도 싫어."

허크는 한참 동안 말없이 고민하더니 입을 열었다.

"좋아, 그럼 아주머니네 집으로 돌아가서 한 달만 더 참아 볼게. 견뎌 낼 수 있을지 어떨지 한번 해 볼게. 네가 도적단에 끼워 준다는 조건으로, 톰."

"알았어, 허크, 잘 생각했다! 자, 가자. 그리고 내가 아주머니한테 널 조금만 풀어 달라고 부탁해 볼게, 허크."

"그래 줄래, 톰? 지금 당장 그렇게 해 줄래? 좋았어. 제일 힘든 것들 몇 개만이라도 조금 풀어 줬으면 좋겠어. 담배는 숨어서 피우고, 욕도 숨어서 하면 되거든. 뭐 어떻게 되겠지. 넌 언제 애들을 모아서 도적이 될 거야?”

“응, 당장. 오늘 밤에 애들을 모아서 창단식을 하자.”

“뭘 한다고?”

“창단식 말이야.”

“그게 뭔데?”

“전부 나란히 서서 ‘몸이 갈기갈기 찢기는 한이 있더라도 조직의 비밀을 말하지 않으며, 우리 동지를 건드리는 자는 그놈은 물론이고 그 가족까지 몰살한다’, 그런 걸 함께 맹세하는 거야.”

“멋있다! 정말 멋있어, 톰.”

“그럼, 당연하지. 이 맹세는 한밤중에, 세상에서 제일 외지고 으슥한 장소에서 해야 돼. 유령의 집이 딱 알맞은데, 지금은 다 부서졌잖아.”

“어쨌든 한밤중인 건 좋다, 톰.”

“그럼. 그리고 그런 맹세는 꼭 관 위에 올라가서 해야 돼. 그다음에 피의 맹세까지 하는 거야.”

“야, 정말 멋있다! 와, 해적보다 백만 배는 더 멋진걸. 나, 죽을 때까지 아주머니네 집에 붙어 있을래, 톰. 내가 훌륭한 도적이 되어서 세상 사람들이 다 내 얘기를 하면, 우리 더글러스 아주머니도 날 진창에서 끌어낸 걸 자랑스러워 하시겠지.”

맺는말

이 연대기는 이렇게 끝난다. 순전히 한 '소년'의 이야기니까 여기서 끝내야 한다. 더 이상 이야기를 끌고 나가면 한 '어른'의 이야기가 되어 버리기 때문이다. 어른이 주인공으로 나오는 소설을 쓰는 경우, 작가는 어느 대목에서 결말을 지어야 할지 정확히 안다. 즉, 결혼식 장면에서 끝내면 된다. 하지만 '소년'의 이야기에서는, 작가가 스스로 끝내기에 적당한 지점을 찾아야 한다.

이 책에 등장하는 대부분의 인물들은 지금도 살아 있으며, 그것도 행복하게 잘 살고 있다. 나중에 그들이 어떤 남자와 여자로 자라났는지를 이야기로 써 보는 것도 가치 있는 작업일 것이다. 그래서 지금으로서는 그들의 삶을 더 이상 드러내지 않는 게 현명하리라 생각한다.

귀여운 악동의 미완성 일대기

미국의 저명한 풍자 소설 작가 마크 트웨인의 대표작 《톰 소여의 모험》은 미시시피 강 지류의 작은 시골 마을에 사는 소년이 여름 한철 겪은 생활과 모험을 그린, 이른바 '귀여운 악동의 미완성 일대기'라고 할 수 있다.

나는 이 책을 번역하는 내내 130년 전 미국 남부 시골의 나른하고 목가적인 마을을 배경으로 벌어지는 엉뚱하고 인간미 넘치는 주인공의 재미있는 모험의 세계에 흠뻑 빠져 '지금껏 경험해 보지 못한' 신나는 모험을 했다. 어른들의 고개를 절레절레 젓게 만드는 '창의적인 사고뭉치' 톰의 장난에 절로 웃음이 나왔고, 작가의 유머러스하고 서정적인 필치를 따라 130년 전 미국 남부의 야생지로 '즐거운 해적 캠프 여행'을 떠날 때는 설레였다. 또 살인 사건의 진범을 밝히고 보물을 찾아낼 때는 책 속의 인물들과 함께 외쳤다. "역시 톰이군!" 한마디로, 번역하는 내내 작품에 온전히 몰입되어 있었다.

톰은 알려진 대로 공부에는 관심이 없고 공상을 즐기며, 사고를 달고 사는 악동이지만 여자 친구를 위해 죄를 대신 뒤집어쓴 채 용감하게 선생님의 회초리에 맞설 줄 아는 멋진 아이다. 천 길 굴 속에 고립되었을 때에는 사흘 동안 베키를 달래 가며 탈출하는 용기도 있다. 또 살인 누명을 쓰고 감옥에 갇힌 머프 영감을 매일 찾아가 위로하고, 부랑아 허크를 냉대하는 동네 사람들에게 항의하고, 부랑아 생활을 못 잊어 하는 허크를 달래 줄 때는 어린아이답지 않은 포용력, 아니 어린아이여서 가질 수 있는 가장 따뜻하고 순수한 인간미도 보여준다.

톰은 내가 아는 세 사람의 성격을 합쳐 놓은 인물이다.
—마크 트웨인

아마도 작가는 톰을 통해 그 시대에 바람직한 어린이상, 나아가 바람직한 인간상을 나타내려 한 것인지도 모르겠다.

우리의 일상이 안전하기만을 바라며 내버려 두었던, 우리 마음속 깊이 내재되어 있는 '모험'은 아주 즐겁고 삶의 활력소가 될 수 있는 유쾌함이 될 수 있음을 보여 준다. 뿐만 아니라 작가는 폴리 이모와 톰 사이에서 벌어지는 작은 '실랑이'를 통해 기성세대에 대한 반발과 조롱, 오랜 관습만 고집하려는 세대에 대한 풍자도 담아 놓았다.

이 책의 두 주인공인 톰과 허크는 책을 끝까지 읽게 하는 '재미'를 탄탄하게 이어간다. 둘은 어른들에게는 걱정거리며 골칫덩이지만, 독자에게는 자신들이 해 보고 싶던 모험을 대신 경험하게 하는 재미와 열정, 도전을 선사하는 생기 넘치는, '진정으로 살아 있는' 인물들이다.

그 인물들이 쏟아 내는 통통 튀는 대사와 재치 넘치는 문장 역시 이 책의 재미를 더한다. 동심을 마음껏 드러냄으로써 관계, 따뜻함, 순수함, 자유로움 등 우리가 원초적으로 늘 그리워하고 있는 진한 감정들이 바탕에 깔려 있다.

이렇듯 톰을 통해 아이들 세계의 순수함과 자유로움을 재발견한 것은 이 책의 역자로서 덤으로 얻은 또 하나의 큰 즐거움이다. 어릴 적 내 마음에도 있었을 아이의 순수함, 자유로움과 오랜만에 조우한 느낌이다.

자신의 장례식에 나타나 동네 사람들에게 '경악'과 '안도의 기쁨'을 안겨 준 톰이 그날 저녁 '폴리 이모의 기분에 따라 꿀밤과 키스 세례를 번갈아 받으면서 어느 것이 진짜 사랑의 표시인지 헷갈렸다'는 대목은, 이 매력적인 소년을 바라다보는 독자들의 시각을 잘 대변한다.

'고전은 역시 생명이 길 수밖에 없다'라는 생각을 다시 한 번 했다. 생명이 긴 데는 그만한 이유가 있는 법……. 탁월한 작가의 입담, 문장을 이끌어 나가는 재치, 생생한 묘사도 그 이유 중의 하나이겠지만 가장 큰 것은 세대를 잇는 '공감'의 힘이 아닐까.

어릴 적 누구나의 마음속에 있었을 '톰'과 만나 자연스럽게 형성되는 유대감, 그 공감의 힘이 이 작품을 오늘날까지 살아 있게 하는 게 아닌가 싶다.

마도경

마크 트웨인
Mark Twain (1835~1910)

1835년	11월 30일 미주리 주 먼로 카운티 플로리다 마을에서 시골 변호사인 존 마셜 클레멘스와 제인 램턴 클레멘스 사이에서 6남매 중 다섯째로 출생. 본명은 새뮤얼 랭혼 클레멘스(Samuel Langhorne Clemens).
1839년	미시시피 강변 서쪽의 소도시인 한니발로 이사해서 유년기를 보낸다.
1847년	3월에 아버지의 사망으로 가세가 급격히 기울자, 이듬해 학교를 그만두고 견습 인쇄공이 된다. 지방 신문사 〈쿠리어〉에 식자공으로 취직.
1850년	맏형 오라이언이 운영하는 신문사 〈한니발 저널〉의 식자공으로 자리를 옮기고, 이때부터 틈틈이 만담을 써서 신문에 게재.
1852년	보스턴 주간 유머신문 〈여행가방〉에 콩트 '산 사람을 위협한 댄디의 이야기'를 발표한다.
1853년	세인트루이스로 나가 〈이브닝 뉴스〉에서 일한다. 이후 뉴욕, 필라델피아, 신시내티 등을 떠돌며 견습기자로 일한다.
1857년	아마존 탐험기를 읽고, 4월 미시시피 강의 증기선을 타고 가다가 뉴올리언스에서 배편이 끊겨 정착한다. 그 배에서 호레이스 빅스비를 만나 18개월간 수로 안내인 수련을 받는다.
1858년	수로 안내인 면허증을 취득한다. 사회적 대우도 좋고 수입도 좋은 이 직업에 3년간 종사하며, 일하면서 겪은 유쾌한 에피소드들을 〈키오컥 새터데이 포스트〉에 연재한다. 동생 헨리가 증기선 폭파 사고의 후유증으로 허망하게 죽는다.
1861년	남북전쟁 발발로 미시시피 항로가 끊기자 수로 안내인을 그만둔다. 남부군 사병으로 잠시 복무했다가, 네바다 주지사 비서로 부임한 형 오라이언을 따라 역마차를 타고 서부로 간다.
1862년	형과 함께 네바다 주와 캘리포니아 주를 여행한다.

1863년	2월 3일자 〈테리토리얼 엔터프라이즈〉에 유머러스한 여행기를 기고하면서 '마크 트웨인'이라는 필명을 처음으로 쓴다.
1864년	샌프란시스코로 가서 황금을 찾아 헤매다가 다시 〈모닝콜〉 기자로 취직. 여러 매체에 기고하며 브레트 하트, 아티머스 워드 등의 문인들과 친분을 쌓는다.
1865년	단편 〈짐 스마일리와 그의 뜀뛰기 개구리〉로 동부 잡지사들과 독자들 사이에 이름이 알려지기 시작한다.
1866년	특파원 자격으로 샌드위치 제도(하와이)를 방문한다. 취재 여행을 마친 후 처음으로 강단에 서는데, 이 강연으로 명성을 얻는다.
1867년	서부 생활을 끝내고 동부 뉴욕으로 갔다가, 다시 성지 순례단의 일원으로 유럽 지중해 일대를 여행한다. 첫 단편집 《캘리베러스 군의 명물, 뜀뛰는 개구리》를 출간한다. 뉴욕 주 엘마이라의 부유한 실업가의 딸 올리비어 랜든(Olivia Landon)을 만난다.
1869년	2월 올리비어와 약혼한다. 7월 〈새터데이 프레스〉 신문에 게재한 유럽 여행기 《철부지의 해외 여행기》가 폭발적인 인기를 얻는다.
1870년	올리비어와 결혼, 11월에 장남 랜든 클레멘스가 태어난다. 부유한 실업가인 장인에게 뉴욕의 지역 신문 《버펄로 익스프레스》의 지분을 양도받아 운영하고, 월간지 《애틀랜틱》의 편집장으로 활동한다.
1871년	《버펄로 익스프레스》의 지분을 팔고 코네티컷의 하트퍼드로 이주, 이곳에서 왕성한 창작 시기를 보낸다.
1872년	장녀 수지가 태어나나, 장남이 죽는다. 영국으로 이주한다. 10년 전 형과의 서부 여행기를 상기하며 《고난을 이겨 내고》를 쓴다.
1873년	자동 스크랩북 기계를 발명해서 특허를 낸다. 찰스 더들리 워너와 공동으로 지은 풍자소설 《도금 시대》 출간.
1875년	월간지 《애틀랜틱》에 '미시시피 강의 삶' 연재.
1876년	《톰 소여의 모험》을 출간한다.
1878년	가족과 함께 유럽을 여행하다.
1880년	독일, 이탈리아, 스위스 여행을 기록한 《도보 여행기》 출간.
1882년	《왕자와 거지》 출간.

1883년	《미시시피 강의 삶》 출간.
1884년	《톰 소여의 모험》 출간 직후부터 8년간 집필한 《허클베리 핀의 모험》을 영국과 캐나다에서 출간.
1885년	《허클베리 핀의 모험》을 미국에서 출간. J.W 페이지 자동식자기에 투자하고, 친척인 찰스 웹스터(《키다리 아저씨》의 저자 진 웹스터의 아버지)와 함께 '찰스 L. 웹스터 출판사'를 설립한다.
1889년	《아서 왕 궁전의 코네티컷 양키》 출간.
1891년	인쇄용 자동식자기 개발 투자에 실패해서 재정적 어려움이 깊어지자, 하트퍼드의 저택을 처분하고 가족과 함께 유럽 여행을 떠났다.
1894년	탐정소설 《바보 윌슨의 비극》 출간. 찰스 웹스터와 공동으로 경영하던 출판사가 파산한다.
1895년	급히 귀국, 빚을 갚기 위해 아내와 둘째 딸 클라라, 막내 진과 함께 세계 일주 강연 여행을 기획해서 떠난다.
1896년	유럽에서 강연 여행 중에 사랑하는 큰딸 수지(24세)의 사망 소식을 듣는다. 전기인 《잔 다르크에 대한 개인적 회상》 출간.
1897년	강연 여행기 《적도를 따라》 출간.
1899년	부채를 모두 청산한다.
1900년	6월 단편집 《해들리버그를 타락시킨 사나이》 출간.
1901년	예일 대학에서 명예문학박사 학위를 받는다.
1904년	아내 올리비어가 2년간 투병하다가 사망한다.
1905년	시어도어 루스벨트 대통령의 초청으로 백악관을 방문한다.
1906년	자서전 집필 제의를 받고 구술을 시작한다. 《아담과 이브의 일기》, 《인간이란 무엇인가?》 출간.
1907년	《크리스천 사이언스》 출간. 영국 옥스퍼드 대학에서 명예문학박사 학위를 받는다.
1909년	막내딸 진이 죽으며 큰 실의에 빠진다.
1910년	코네티컷 주 레딩에 있는 스톰필드로 이사한다. 편집증과 우울증으로 고생하다가 4월 21일 75세를 일기로 사망.
1916년	미완성 유작으로 《수수께끼의 나그네 The Mysterious Stranger》 출간.

옮긴이 마도경

경희대학교를 졸업하고 도서출판 예음, 한겨레출판에서 편집장을 지냈다. 현재는 전문 번역가로 활동 중이다. 《지킬 박사와 하이드》, 《공포》, 《43번가의 기적》, 《대충돌─달 탄생의 비밀》 등을 번역했다.

톰 소여의 모험

초　판 1쇄　2020년 5월 25일
개정판 1쇄　2024년 5월 10일

지은이　마크 트웨인
옮긴이　마도경

펴낸이　장영재
펴낸곳　(주)미르북컴퍼니
자회사　더모던
전　화　02-3141-4421
팩　스　0505-333-4428
등　록　2012년 3월 16일(제313-2012-81호)
주　소　서울시 마포구 성미산로32길 12, 2층 (우 03983)
E-mail　sanhonjinju@naver.com
카　페　cafe.naver.com/mirbookcompany
S N S　instagram.com/mirbooks

I S B N　979-11-6445-920-9　03840